소두향 新무협 판타지 소설

FANTASTIC ORIENTAL HEROES

북해군주 5

소두향 新무협 판타지 소설

초판 1쇄 찍은 날 § 2011년 9월 28일
초판 1쇄 펴낸 날 § 2011년 10월 5일

지은이 § 소두향
펴낸이 § 서경석

편집부장 § 권태완
편집책임 § 어정원

펴낸곳 § 도서출판 청어람
등록번호 § 제1081-1-89호
등록일자 § 1999. 5. 31
어람번호 § 제2-2158호

주소 § 경기도 부천시 원미구 심곡2동 163-2 서경B/D 3F (우) 420-822
전화 § 032-656-4452 팩스 § 032-656-4453
http://www.chungeoram.com
E-mail § chungeoram@chungeoram.com

ISBN 978-89-251-2643-2 04810
ISBN 978-89-251-2539-8 (세트)

北海君主
북해군주
소두향 新무협 판타지 소설
5
[완결]
FANTASTIC ORIENTAL HEROES
도서출판 청어람

目次

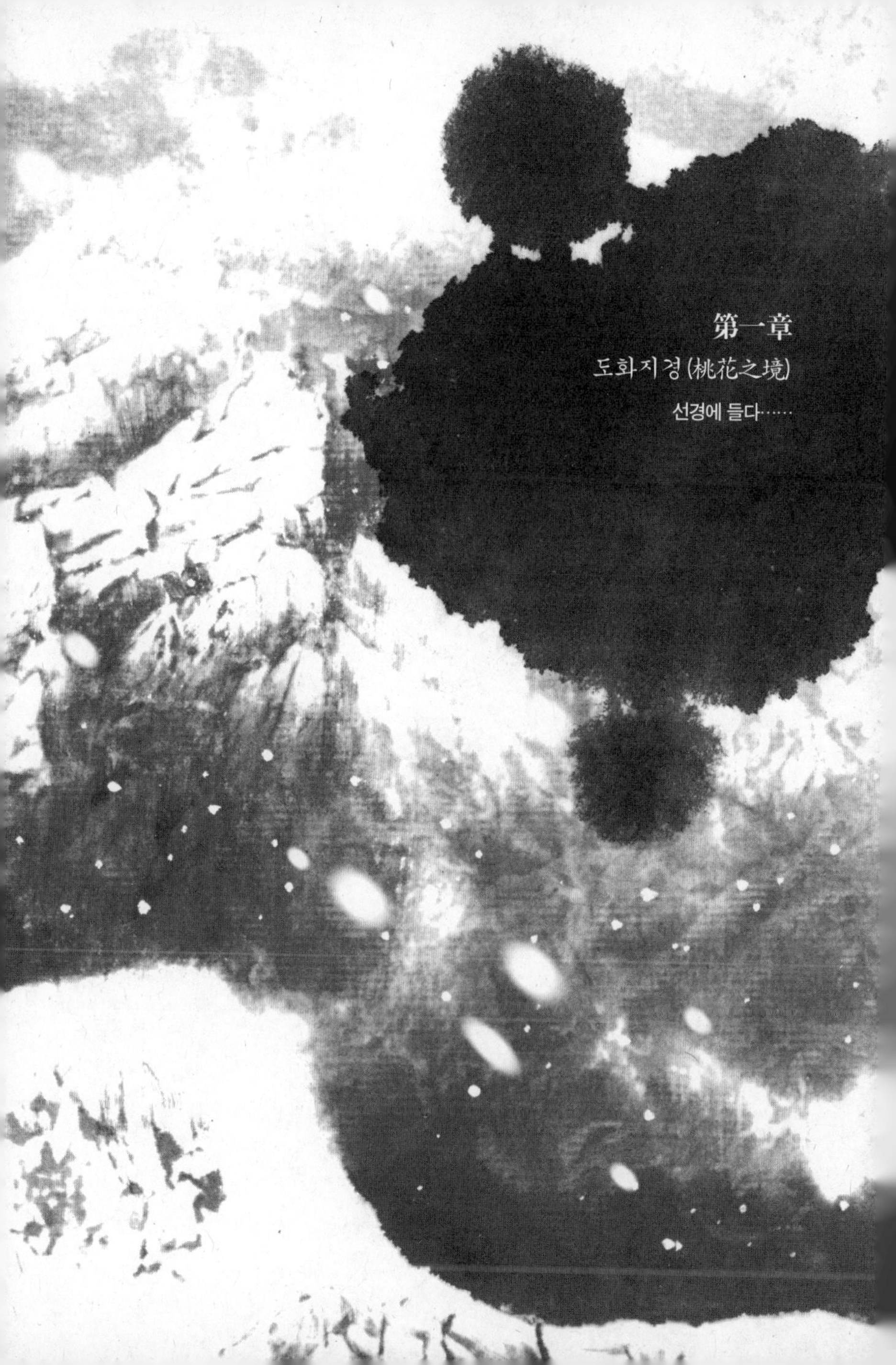
第一章
도화지경 (桃花之境)
선경에 들다……

도화지경 (桃花之境)

선경에 들다……

"어서 오너라. 중천에 든 것을 환영한다."

귀청을 간질이는 소리가 들렸다. 음색은 미약했으나 음산한 것이 귀신의 울부짖음 같아 머리카락을 쭈뼛 세웠다.

"뭐하는 짓이오!"

호연웅의 날카로운 음색이 공동에 울렸다. 그의 목소리는 거칠었다. 이어지는 괴사가 모두 암왕야의 농간이라 판단했기 때문이다.

사물을 인지할 수 없는 암중이나 귀곡성 같은 울림은 모두 사술로 형성된 결계가 아니겠는가.

밀폐된 이곳에서 그런 짓을 벌일 사람은 암왕야뿐이었다.

아니나 다를까, 그에 확답하는 음성이 들려왔다.

"너와는 참으로 묘한 인연이구나."

그 음색은 암왕야의 목소리였다.

한데 목소리를 접한 호연웅의 눈빛이 떨렸다.

늙수그레한 그의 음색에 주가청의 낭랑한 음색이 섞여 있었기 때문이다.

"대체 무슨 짓을 벌인 것이오?"

주가청을 염려한 호연웅의 목소리가 격해졌다.

왜 암왕야의 둔탁한 음성에 그녀의 음성이 섞여 있단 말인가. 그러나 이어지는 답변은 호연웅을 더욱 미궁으로 빠져들게 했다.

"운회(運回)는 누구도 거스르지 못하는 자연의 섭리이네. 한데 그 아이가 순행에 역행하며 끼어들어 어쩔 수 없이 발생한 일이라네."

"대체 그게 무슨 뜻이오?"

―어서 들지 않고 뭐하는 것이냐!

암동 깊은 곳에선 음산한 그 귀곡성이 들려왔다.

도대체 혼합된 음성은 무엇이고 저 음산한 음성은 또 누구의 것이란 말인가.

연이어지는 괴사에 호연웅은 혼란스러웠다.

그때 암왕야의 혼합된 음성이 들려왔다.

"어쩔 도리가 없구나. 어떠냐. 중천을 유람해 보겠느냐?"

호연웅의 얼굴이 구겨진 종이처럼 일그러져 갔다.

"혹여 그 중천이 유계(幽界)를 말하는 것이오?"

유계나 중천은 저승의 또 다른 표현, 설마하니 그가 말하는 중천이 저승은 아닐 것이라고 호연웅은 판단했다.

그런데 천만뜻밖의 대답이 들렸다.

"맞다. 그곳은 유계이니라."

호연웅이 고개를 세차게 흔들었다.

설마하니 유계라니…….

절대 믿을 수 없는, 아니, 말도 되지 않는 일이다.

"사람의 이지를 혼란케 하는 결계가 존재한다 하더니 지금 나를 현혹하겠다는 것이오?"

"허허."

암왕야는 안쓰럽다는 듯 헛웃음을 흘렸다.

"이곳에 결계가 펼쳐진 것은 맞다. 하지만 그 결계는 인위적인 것이 아니고 운회가 이룬 차원의 결계이니라. 믿고 안 믿고는 네 판단으로 결정하거라. 난 지금 중천에 들어가려고 하는 중이니 말이다."

"정말 중천을 유람할 수 있단 말이오?"

호연웅은 여전히 암왕야의 말을 믿지 않았으나 달리 생각해 보면 이어지는 괴사가 그의 말이 맞은 것도 같기도 하고 도무지 갈피를 종잡을 수 없었다. 그렇다고 그의 농간에 계속 휘둘리고만 있을 순 없는 일이다.

가장 염려가 되는 것은 주가청의 생사였다.

"거두절미하고 묻겠소. 이곳으로 뛰어든 여인은 어찌 되었소?"

"호 공자님, 전 무탈합니다."

이번엔 주가청의 음성이 들렸다. 그런데 그 음색엔 암왕야의 탁한 음성이 뒤섞여 몹시 혼탁하게 들렸다.

호연웅이 물었다.

"대체 어떻게 된 것이오?"

"저도 영문을 모르겠어요."

"이 아이는 지금 내 영체와 합신(合神)되었느니라."

이번엔 암왕야의 음색이 좀 더 강한 목소리였다. 한데 그 내용은 점점 더 호연웅을 오리무중으로 빠뜨려갔다.

합신이라니?

"주 낭자는 무탈한 것이오?"

"네."

이번엔 다시 주가청이 화답했다.

합신이라 함은 두 개의 영체가 하나로 통했다는 말. 무속에서 혼을 받아들인다는 영매(靈媒)를 말한다.

도대체 왜 그와 같은 일이 벌어졌단 말인가?

윤회가 어쩌니 차원의 결계가 어쩌니 하던 암왕야의 말이 그럼 모두 사실이었던 말인가.

"어떡하면 그 영매를 풀어낼 수 있소?"

"전 잘 몰라요. 어쩌다 보니 이렇게……."

호연웅의 속은 한여름 메마른 논바닥처럼 타들어갔다.

"노인장, 대체 어찌하여 두 영체가 합쳐진 것이오?"

"좀 전에 말하지 않았더냐."

"운회를 거슬렀다는 그 허무맹랑한 말씀 말이시오?"

"선계의 섭리는 거스를 수 없느니라. 하지만 사십구 일이 지나면 원래대로 환원될 것이니 우려할 것은 없느니라."

"이게 무슨 말도 안 되는……."

"답답하더냐?"

"……."

호연웅은 더는 말문을 열지 못했다. 입을 열었다간 예민해진 신경이 폭발할 것만 같았다.

"나야 사시사철 어둠이니 불편이 없으나 너는 그렇지 않겠구나. 이 어둠은 중천의 초대에 응하는 순간 사라질 것이다. 어쩌냐. 나를 따르겠느냐?"

"으음."

"못 믿겠더냐? 아니면 두려운 것이더냐?"

"그깟 저승이 뭐가 두렵겠소. 하지만 이 어둠은 정말 답답하구려. 좋소, 그 초대에 응하겠소."

그 순간 거짓말처럼 사방이 밝아지기 시작했다.

바위가 녹아내린 흔적이 역력한 동굴. 그 깊이를 알 수 없을 공간에 희뿌연 형체가 부유하고 있었다.

희뿌옇게 보이는 형체는 암왕야의 형상을 하고 있었다.

한데 형상은 이전 그의 모습과 달리 꼿꼿하게 허리를 펴고 있었다.

그를 보며 호연웅이 물었다.

"주 낭자는 어디에 있는 것이오?"

"이제 주변이 보이느냐?"

"지금 내 눈앞에서 노인장이 부유하고 있잖소."

"그렇다면 중천에 들어섰구나."

호연웅이 주변을 둘러봤다.

바위벽이 기괴하게 녹아내렸을 뿐 다른 동굴과 별반 별다를 것이 없었다.

"그저 동굴이거늘 중천이란 말이오?"

"네 육신을 살펴보거라."

그 말에 따라 무심코 시선을 내렸던 호연웅의 눈빛이 격하게 떨렸다. 자신 역시도 희뿌연 형체가 되어 둥둥 허공을 떠다니고 있지 않은가.

"이게 대체……?"

그때 뿌연 막으로 가려진 동굴 너머의 광경이 눈에 들어왔다. 놀란 얼굴로 굳어진 주가청과 가부좌를 튼 암왕야, 그리고 쇠말뚝처럼 버티고 선 자신의 모습이 그곳에 보였다.

"대체 저 광경은 또 무엇이오?"

암왕야의 형상이 절레절레 고개를 흔들었다.

“공교롭게도 영사지가 활성화되어 중천이 열리는 시각에
너희가 이곳에 뛰어들었느니라. 중천이 열리면 영사지의 모
든 영체는 유체를 이탈하게 된다.”

들어도 무슨 말인지 이해가 되지 않는 말이었다.

호연웅이 되물었다.

“그래서 그게 어쨌다는 것입니까?”

호연웅의 반문에 암왕야의 설명이 이어졌다.

영사지는 순수한 영령이 모여드는 자리였다. 그 영령이 일
정 이상 채워지면 영사지는 공간적 한계에 도달한다. 그때는
영령도 포화상태는 견뎌내지 못하고 원래의 행선지인 중천으
로 향하게 된다. 이때 발생하는 미증유의 힘은 산 사람의 경
우 유체이탈을 불러오게 되는데 이는 생존한 본체로는 중천
에 들 수 없기에 벌어지는 현상이었다.

한데 공교롭게도 중천이 열리는 시각에 주가청이 영사지
에 뛰어들었다. 그때 공교롭게도 암왕야와 함께 유체이탈이
일어나며 두 영체가 합신되고 말았다. 호연웅 또한 중천이 열
려 있는 시각에 뛰어들어 유체이탈이 일어난 것이었다.

“그럼 이게……?”

유체이탈을 체험 중인 호연웅이 놀란 입을 다물지 못했다.

버젓이 눈앞에는 본체가 납덩이처럼 굳어 있고 자신은 훨
훨 날고 있으니 어찌 놀랍지 않겠는가. 이대로 영영 떠돌게
되는 것은 아닌지 그는 내심 불안한 마음이 들었다.

“본신으로 다시 돌아갈 수 있는 겁니까?”

“결계가 닫히면 영체는 자연히 본체로 돌아가게 된다.”

“그때가 언제입니까?”

“사십구 일 뒤.”

사십구 일이란 말은 충격이었다. 그러나 회귀할 수 있다는 사실에 조금은 안도했다.

“그 말씀은 듣던 중 다행입니다.”

“두려웠더냐?”

“그것보다는 아직 이승에서 할 일이 남아서……. 아직 초 야도 치러보지 못했고 또 자식도 봐야 하지 않겠습니까.”

이 순간 왜 그런 하소연이 쏟아졌는지 모를 일이지만 사실 그것이 호연웅의 본심이기도 했다.

“노구에게 합신된 이 아이를 연모하더냐?”

“그 무슨 억지이시오. 난 정인이 있소.”

호연웅이 머리를 흔들며 질색했으나 속이 뻔히 보이는 거 짓부렁인지라 암왕야의 입가에 기괴한 웃음이 맺혔다.

“그것도 아니면서 서로가 구하겠다고 영사지에 난입하였 더란 말이냐?”

암왕야도 자신이 주가청과 합신된 상황이 탐탁지 않았다.

팔순을 넘어선 영체에 이제 갓 스물을 넘었을 영체가 스며 들었으니 거북살스럽기 그지없었다. 세월이 전하는 시대적 괴리가 너무도 크기 때문이었다.

“정말 사십구 일이 지나기 전까지는 본체로 돌아갈 방도가 없습니까?”

암왕야가 고개를 저었다.

“선계의 섭리란 순리를 따라 일어나는 자연 발생적인 것. 그를 인의로 뒤집을 순 없느니라.”

“그러면 이대로 사십구 일 동안 갇혀 있어야… 휴!”

호연웅의 입에서 절로 한숨이 쏟아졌다.

마음도 다급했지만 사십구 일 동안이나 저 기괴한 음색을 들어야 한다는 것 역시 끔찍한 일이 아닐 수 없었다.

“나 역시 고역이나 어쩔 도리가 없다.”

“으음.”

호연웅은 난감했다. 당장 펼쳐 놓은 일이 산더미요, 홍초화와 도주한 늙은 영체까지 행방이 묘연하여 불안했는데 사십구 일 동안이라니 그저 암담할 뿐이다.

“이승이 염려되더냐?”

어찌 알았는자 암왕야가 슬쩍 호연웅의 내심을 찔러왔다.

“사기를 심었던 자들을 처단했으나 그중 하나가 영체가 되어 사라졌습니다. 더욱이 영체가 사람들에게 해악을 끼칠 수 있다는 것을 알고 나니 걱정이 되는 건 사실입니다.”

호연웅의 근심은 천아영에게 해악이 닥칠까 우려하는 것이었다.

“허허, 그런 일이……. 하나 염려치 않아도 될 것이다.”

“무슨 뜻입니까?”

“이곳에선 사십구 일이 지겨울 수도 있을 것이나 막상 지나고 나면 별일이 아니란 것이지.”

“그것이 어떻게 별일이 아닙니까?”

“허허, 지나보면 알 것이다.”

“…….”

암왕야는 뭔가를 숨기는 듯한 인상을 풍겼다. 그러나 호연웅은 묻지 않았다. 어차피 시간이 지나면 밝혀질 일이다.

허허로운 미소를 띤 암왕야가 말했다.

“그럼 이야기했던 대로 중천 유람을 떠나볼까?”

“정말 중천으로 유람을 가시는 겁니까?”

“그럼 이대로 이곳에서 사십구 일이나 머물겠단 말이냐?”

“아니, 그것이 아니라 정말 중천을 구경할 수 있느냐 그것을 묻는 것입니다.”

“좀 전에 저들이 부르지 않더냐. 환영한다고.”

환청이라 생각했던 것이 사실이라니, 그 또한 호연웅으로선 쉽사리 믿기지 않는 일이었다.

그러나 사실이라면 언제 유계를 경험해 보겠는가. 그 실상이 어떠할지 호기심이 강하게 일어났다.

“좋습니다. 가시죠.”

“일생에 다시 못 올 진귀한 경험이 될 것이다.”

허공에 부유한 암왕야는 동굴 깊은 곳을 향해 흘러갔다.

그리고 그 뒤를 호연웅이 조심스럽게 따랐다.

얼마나 지났을까.
희미했던 동굴 내부가 서서히 밝아지며 광채가 피어났다. 이내 그 빛은 천지로 확산하더니 곧이어 색다른 세상이 펼쳐졌다.
중천! 유계! 저승!
불리는 이름은 제각각이었으나 그곳은 한 장소였다.
아니, 신천지라 불리는 것이 옳을 것이다.
먼저 끝없이 펼쳐진 기화요초의 벌판이 시선에 한가득 들어왔다. 그 형형한 색색에 정신이 혼란스러울 정도로 끝없이 펼쳐진 꽃밭이었다.
호연웅이 짐작했던 염라부니 염라성 같은 기괴한 전경은 보이지 않았다. 통곡이 메아리치고 극열과 극한의 고통이 피바람처럼 몰아치는 아비규환인 줄 알았더니 천상의 극락 같은 이 정경은 무엇이란 말인가.
"놀랍더냐?"
"네, 그러네요. 정말 여기가 중천인가요?"
암앙야는 묵묵히 고개를 끄덕이며 앞서 나갔다.
"같이 가세요."
호연웅이 부랴부랴 그 뒤를 따랐다. 어느새 두 사람은 대지에 내려서 꽃이 만연한 소로를 걸어나갔다.

“어디를 가시는 겁니까?”

호연웅이 휘둥그레 주변을 둘러보며 물었다.

“중천의 실상이 어떤지 네 눈으로 확인해 보아야 할 것 아니겠느냐. 우리가 가는 곳은 선도가(仙道家)이니라.”

“그곳은 뭐하는 곳이죠?”

“도인들의 영이 모여 사는 곳이니라.”

암왕야의 뒤를 따르는 동안에도 호연웅은 주변 풍취에 빠져 끊임없이 탄성을 흘렸다.

“캬!”

“햐아!”

들꽃 중에는 삼색을 띤 꽃도 있었다. 또 분명히 하나의 꽃송이이건만 보는 각도에 따라 그 색깔이 달라지는 들꽃도 있었다.

“참으로 신비롭군요.”

“이승이 아니니 더욱 그러할 것이네.”

오묘한 색 변화에 취해 있던 호연웅이 암왕야의 답변에 퍼뜩 정신을 차렸다. 이승이 아니라는 말에 왠지 오싹한 기운이 스쳐 갔다.

“뭐하는가, 뒤따르지 않고.”

“아, 알겠습니다. 그런데 그 눈이……?”

백태가 가득 끼어 보기에 거북스럽던 암왕야의 눈동자가 지금은 까만 동공에서 초롱초롱한 안광을 피워내고 있었다.

"저승이니 이승과는 많이 다르지. 이곳에선 나에게도 빛을 준다네."

암왕야가 환한 웃음을 지었다.

자글자글한 노안의 용모가 웃으니 그 웃음에 주변이 다 환하게 느껴질 정도였다.

"그거 정말 다행이군요."

호연웅은 진심을 담아 축하를 전했다.

거기에 주가청과 합신된 목소리마저 듣기에 편해진다면 더없이 좋으련만.

"이럴 때가 아니네. 꼭 만나볼 분이 있으니 서두르세."

암왕야가 갑자기 발걸음을 재촉했다.

아마도 그가 이야기하던 선도가를 뜻하는 것이리라. 급하게 앞장서 가는 그를 따라 호연웅도 부지런히 발걸음을 놀렸다.

암왕야는 거침없이 들길을 헤쳐 나갔다.

그 몸놀림이 능숙하였고 척척 길을 찾아냈다.

"이전에도 자주 오셨던 모양이군요."

"자주는 아니고 가끔 조사님을 찾아뵙고는 하였지."

사실 호연웅 역시도 안왕아의 입장이라면 이곳을 자주 찾았을 것 같았다. 앞을 못 보는 세상에서 시름하느니 기회가 된다면 이곳을 찾지 않겠는가.

신묘한 세상의 여행은 이어졌다.

일곱 빛깔의 오묘한 호수가 나타났다.

그 현란함에 찬사를 흘리고 있을 때 암왕야가 성큼성큼 물 위를 걸어나갔다. 깜짝 놀란 호연웅이 그의 뒤를 쫓았다.

듣도 보도 못한 세상에서 낙오될까 봐서였다.

한데 그는 눈에 보이지 않는 징검다리를 건너고 있었다.

다리를 넘어서자 이번엔 버드나무가 한들한들 늘어진 목초림이 나타났다.

분명히 버드나무이기는 한데 늘어진 가지마다 좁쌀만 한 하얀 꽃송이가 피어 바람에 휘날렸다. 그 광경이 한여름에 눈발이 날리는 것 같았다.

"카!"

북해의 설원이 한없이 그리워지는 시간이었다.

이번엔 붉은 쌀알이 영그는 논두렁을 지났다.

하나부터 열까지 이승과는 다른 사물에 호연웅은 찬사를 흘리기에 여념이 없었다.

그렇게 경관에 취해 암왕야의 뒤를 따르다 보니 다섯 개의 둥그스름한 봉우리가 올려다 보이는 산기슭에 도착했다.

산허리에 구름을 휘감은 것이 예사로워 보이지 않았고, 산봉우리를 향해 거슬러 오르자 이전 풍경과는 다른 또 다른 별세계가 펼쳐졌다.

천선비경(天仙秘境)이라 할까.

눈앞에 펼쳐진 풍경은 한 폭의 그림과도 같았다.

자욱한 운무가 두 개의 산봉우리를 감으며 폭포처럼 심산유곡으로 흐르고, 그 사이로 거울처럼 맑은 계곡물이 졸졸 흐르는 곳에 소담한 초가들이 자리했다.

한마디로 극락정토를 떠올리게 하는 정경이었다.

아담한 정경은 거기서 끝나지 않았다.

좀 더 가까이 다가가자 소담한 복사나무들이 가옥마다 촘촘히 담장을 둘렀고, 복사꽃은 흐드러지게 피어 꽃잎을 흩날리니 춘풍에 한겨울 절경이 절로 펼쳐지고 있었다.

버드나무 목초림을 지날 때 느꼈던 감정과는 또 다른 풍취였다. 그곳이 눈발이라면 이곳은 눈송이가 바람을 타고 창공을 펄펄 날아다녔다.

게다가 코끝을 간질이는 복사꽃 향기!

그 향기에 취해 마을에 다가서자 눈앞에 이승에선 볼 수 없는 거대한 복사나무가 자태를 드러냈다. 장정 스무 명은 족히 둘러서야 감싸질 만한 둘레였고, 담장처럼 둘러싼 복사나무들은 거목이 뻗어낸 가지에 불과했다.

운무가 복사꽃이 동산을 이루는 거목을 가려 먼 거리에서 그를 파악하지 못했던 것이다.

거목 둥치로 하얀 도복을 걸친 노인들이 몰려들었다.

한결같이 신선의 풍모가 느껴지는 것이 복사나무와 어울려 신선들이 노닌다는 도화경(桃花境)을 떠올리게 했다.

그들 중에서 한 도인이 앞으로 나섰다.

범접 못할 현기가 느껴지는 도인이었다.

호호백발에 슬쩍 말아 튼 상투에는 백잠을 꽂았고, 탐스럽게 흐트러진 백염은 하복부를 뒤덮고 있었다. 또한 허옇게 흐트러진 아미는 용안을 타고 턱밑까지 늘어져 나이를 짐작하기 어려웠다.

도인이 말했다.

"속세의 중생들이 어찌 선도가를 찾았는가?"

암왕야가 백옹을 향해 털썩 무릎을 꿇고 배례를 올렸다.

"모산의 후사 구자기, 이제야 종사의 용안을 뵙습니다."

백옹의 입가에 희미한 미소가 번졌다.

"간혹 선도가를 찾는 생인이 모산의 후인이라 하더니 바로 자네였구먼?"

"그렇사옵니다. 소생이 모산의 마지막 후인입니다."

"마지막?"

마지막이라는 말에 백옹의 표정이 굳어졌다. 아무리 현기가 출중해도 내심은 숨기지 못하는 것일까?

백옹의 얼굴은 경직되어 있었다.

이승에서도 유랑으로 여생을 보냈던 백옹이다. 그 덕분에 위명은 얻었으나 본산의 제자들에게 미안한 감정이 남아 있었고, 저승에 들어서도 방랑벽 때문에 자주 선도가를 비웠다. 한데 공교롭게도 자신이 선도가를 비울 때마다 모산의 후인이 찾아왔다.

후인은 번번이 허탕치고 돌아섰고, 백옹도 그 후인을 꼭 만나려는 욕심에 방랑벽을 억제하며 그를 기다려 왔다.

한데 마지막 후인이라니.

사실 백옹은 이승을 떠난 지가 까마득하여 지난 기억조차 가물가물했다. 다만 본산에 대한 미안한 감정만 남아 있어 옛정을 새록새록 떠올리고 있는 참이었는데 마지막 후인이라 하니 아쉬움이 클 수밖에 없었다.

그 표정을 읽었는지 암왕야는 더욱 황송한 표정으로 머리를 조아렸다.

"제 나이 열다섯에 산문의 맥이 단절되었고 홀로 남았던 저는 역량이 부족하여 끝내 산문을 재건하지 못했나이다. 여생이 다해가는 제가 조사를 뵙고자 했던 이유도 미진한 후학의 불미한 죄를 고하기 위함이니 우매한 말학이 그 죄를 조사께 청하겠나이다."

선인들이 술렁거렸다.

생인(生人)의 정기를 지닌 영체가 중천을 찾은 이유가 여죄를 청하기 위함이니 그 정성이 갸륵해 보였던 것이다.

암왕야를 물끄러미 바라보던 백옹의 입가에도 슬며시 미소가 물렸다.

"괜찮으이. 그럴 수도 있는 게지. 하나 중천을 넘나들 도력이라면 이제라도 후학을 양성하여 사문의 맥을 이으면 되지 않겠는가?"

"송구합니다. 제 영혼이 이미 사념에 물들었는지라 도문의 현기를 잃고 말았나이다."

"허허, 안타까운 일이로고."

"미진한 후학을 벌하여 주소서."

"됐네. 그것도 천리(天理)인 것을 인간이 어찌 그 순리를 역행하겠는가, 다 하늘의 뜻인 것을. 또한 천하에 도인이 넘쳐난다면 그곳이 어디 이승이겠는가, 선경이지."

백옹은 암왕야의 어깨를 두들겨 주며 다독였다.

"한데 자네에게 빙의된 이 시주는 누군가?"

암왕야의 목소리를 듣고 백옹은 이미 후학의 영체에 다른 영혼이 들어 있음을 알고 있었다.

"저, 그것은……."

암왕야는 영사지에서 벌어진 일을 고스란히 전했다.

이야기를 듣고 난 백옹이 경탄을 흘렸다.

"허허, 천운이로다. 사념이 들었어도 합신된 영체에 도력을 전수한다면 자넨 선도가에 들 수 있을 것이네. 맑은 영혼이 자네의 사념을 치유하였기 때문이네."

그 말에 암왕야가 고개를 들었다. 하지만 그의 표정은 몹시 어두웠다.

"그렇사옵니까?"

"왜? 선도행을 꿈꾸지 않는가?"

"그것은 아니오나, 소생은 아직 이승에 품어둔 한이 많아 그 행로가 어디로 정해질지 모르기 때문입니다."

암왕야의 표정은 비장했다.

"이승에 피바람이라도 뿌릴 작정이던가?"

"어쩌면 그리 될지도……. 소생은 분명 나락으로 떨어지게
될 것입니다."

대답을 올리는 암왕야의 음성이 몹시 떨렸다.

암왕야에게 백옹은 무려 십구 대 이전의 조사였다. 그런 종
사에게 선도를 마다하고 죄업을 쌓아 나락으로 직행할 것이
란 이야기를 올리니 어찌 죄송스럽지 않겠는가.

그러나 백옹의 표정은 편안했다.

"그런가. 그럼 내 지옥옥부에게 말은 전해줌세."

백옹의 평온한 위로에 암왕야는 더욱 머리를 조아렸다.

"진노를 우려하였는데 그리 마음 써주시니 미천한 후학은
감읍하여 몸 둘 바를 모르겠나이다."

"본인의 여생을 어찌 타인이 논하겠는가. 다만 이승의 한
을 초월하지 못한 자네가 안쓰러울 뿐이지."

"송구하옵니다."

"그런데 사기가 침탈한 이 청년은 누군가?"

곁에 멀뚱히 선 호연웅을 묻는 말이었다.

사기가 침탈했다는 말에 암왕야의 시선이 호연웅에게 향
했다. 사기에 물든 자는 중천의 초청을 받을 수 없었다. 또한
영사지에서도 이전과 다르게 호연웅에게서 사기에 대한 거부

반응은 일어나지 않았었다.

한데 아직도 사기가 침탈하고 있었다니.

암왕야의 우려 섞인 눈빛에도 호연웅은 대수롭지 않다는 듯 백옹을 향해 포권을 취했다.

"까마득한 말학이 선인을 뵙습니다. 이역만리 북해에서 온 호가 연웅이라 합니다. 사실 저는 사기가 무엇인지 잘 모릅니다. 하나 사기에 침탈되었다는 제가 중천에 들었으니 선인들의 수양에 해를 끼치는 것은 아닌지 염려스럽습니다."

"예가 뭐 별스러운 곳이라고… 자네는 사기에 침습되었으나 활성화되지 않았기에 중천의 초대를 받을 수 있었던 것이네."

"그렇다면 별 무리는 없습니까?"

백옹이 호탕한 웃음을 지었다.

"자네의 총기가 사기의 활성도를 억누르니 문제는 없을 것이나 이성을 잃어버린다면 곤란한 일이 벌어질 것이네. 하나 그 또한 천리인 것을 어찌하겠는가. 허허."

"……"

"어쨌든 반갑네. 난 백옹이라 하고, 이쪽들은 선계에 들지 못해 중천을 맴도는 허울뿐인 도인들이라네. 커커커."

백옹의 핀잔에 몰려든 도인들이 한마디씩 불평을 늘어놓았다.

"그러는 백옹은 뭐 별다른 줄 아는가?"

“그렇게 말일세. 허울뿐인 도인이라니……”

다른 선인들의 핀잔에도 백옹의 얼굴에는 흐뭇한 웃음이 이어졌다.

“맞네. 나 역시 말코나 진배없지. 커커커.”

근엄한 용모와 달리 그들이 주고받는 말은 평인과 다를 바 없었다.

호연웅도 피식 웃었다.

현기가 넘쳐나 범접하기 어려웠는데 왠지 친근한 정경에 정이 우러났다. 저들은 선경에 든 지 수백 년은 족히 지났을 것이다. 그런데도 뒷방 늙은이들의 농처럼 털털한 광경에 살가움이 느껴졌다.

“손님을 이리 세워두는 건 예가 아니지. 안으로 드세.”

백옹이 방문자를 이끌고 초옥으로 발걸음을 돌리자 선인들도 하나둘 발걸음을 돌렸다.

백옹의 거처는 도인들의 처소처럼 단출했으며 운치가 느껴졌다. 침상이며 탁자나 의자들이 대나무로 짠 것들이었고, 물건 하나하나에 도력이 묻어났다. 그 조화로움은 주변 풍광과 더없이 어울려 바라보는 것만으로도 청명한 기운이 스며드는 것 같았다.

호연웅의 입에서 찬사가 쏟아졌다.

“정갈합니다. 이 모든 걸 손수 만드셨는지요?”

“이곳에선 넘쳐나는 것이 시간이라네.”

“아무리 시간이 넘쳐나도 손재주가 없다면 이런 운치는 생겨날 수 없는 일이죠. 한데 이곳에 정착하신 지는 얼마나 되셨어요?”

“글쎄?”

백옹의 시선이 문가에 선 암왕야에게 향했다.

“내가 노사(老死)한 지 얼마나 지났지?”

“저, 그게…….”

백옹의 물음에 긍긍하는 암왕야가 안쓰러워 보였다.

겉으로는 비슷한 연배인데 백옹은 그에게 조사라 하지 않던가. 그러니 아무래도 어려울 것이다. 하여 두세 대쯤 윗선으로 생각했는데 실로 충격적인 이야기가 흘러나왔다.

“조사께서 영면에 드신 지 사백여 년은 족히 지났을 것이옵니다.”

“그런가? 그렇다는군.”

사백여 년이라는 말에 호연웅이 놀라 눈을 부릅떴지만 백옹은 대수롭지 않은 표정이었다. 그저 고개를 끄덕이며 호연웅과 암왕야에게 자리를 권했다.

“다들 앉지. 먼 길을 오느라 출출했을 게야.”

아니게 아니라 중천에 들어 무작정 선도가까지 걸어온 탓인지 몹시 시장기가 느껴지고 있었다.

자리를 권한 백옹은 주방으로 향하더니 약간의 음식을 찬접(饌楪)에 담아와 탁자에 올렸다.

그러나 올린 것은 달랑 백미 주먹밥 두 개와 빈 사발 두 개 뿐이었다.

너무도 단출한 식단에 호연웅은 뭔가 싶었다.

그것이 도인들의 생식도 아니요, 선인들이 즐긴다는 선식도 아니었다. 왠지 푸대접을 받는 것 같아 섭섭한 마음이 들었다. 한데 백옹의 진지한 표정을 보니 그것 또한 아닌 것 같았다.

백옹은 호리병 하나를 들고 와 빈 사발에 맑은 액체를 졸졸 따랐다. 무색무취한 그것은 필시 맹물이었다.

달랑 주먹밥에 맹물뿐인 식사. 극진한 표정과 달리 옹색한 식단에 호연웅이 무안해지는데 백옹이 말했다.

"들게. 선미식(仙米食)이라 하네."

이름은 그럴듯했다. 하지만 펼쳐진 음식은 주먹밥 하나와 맹물이 전부가 아닌가. 한데 가만히 살펴보니 맹물은 눈이 시리도록 맑았고, 뭉쳐진 밥알에는 은은한 금빛이 감도는 것이 예사롭지 않았다.

"밥알에서 금빛 서기가……?"

"금곡(金穀)이라는 것이네. 그 물은 감로수지."

"이!"

어쩐지 물 빛깔이 청명하다 싶더니 말로만 듣던 그 감로수란 말인가. 백옹의 이야기가 이어졌다.

"감로수에 주먹밥을 잘 풀어서 음미하면서 마셔보게."

　호연웅은 그의 말대로 주먹밥을 감로수에 말아 풀어낸 뒤 한 톨씩 젓가락에 담아 음미했다.

　순간 눈을 부릅뜬 호연웅과 암왕야가 마주 보며 혀를 내둘렀다.

　말로는 형언할 수 없는 오묘한 맛!

　단지 한 톨을 씹었을 뿐인데 입안 한가득 풍성함이 퍼지고 차진 그 감촉은 오감을 채워주었다.

　백옹의 극진했던 표정이 비로소 이해되었다.

　선미식은 어떤 진수성찬보다도 더한 풍족함을 전했다. 호연웅의 코끝에서 여전히 풍만한 만족감이 흘렀다.

　"으음."

　"조사께서 내려주신 성찬 덕분에 천상의 맛이란 것을 이제야 조금은 알 것 같습니다."

　암왕야 역시 고개를 조아리며 찬사를 늘어놓았다.

　"흡족한 표정들이군. 하나 정작 진미는 금곡이 풀린 그 감로수에 있다네."

　조심스럽게 한 모금을 머금은 호연웅이 자리에서 벌떡 일어섰다.

　맹물에서 식감이 느껴졌다.

　걸쭉하고 구수하며 풍만함이 전해지는 맛, 심신이 편안하게 가라앉고 평정이 찾아오는 느낌이었다.

　잠시 뒤 백옹은 복숭아와 비슷한 과일을 담아왔다.

“중천에 들었으니 이곳 별식도 한번은 맛을 보아야 하겠지? 이것이 그 전설에 떠도는 금도(金桃)라 하는 복사나무의 과실이라네.”

“금도요?”

“제천대성이 선계에서 옥황상제를 진노케 했다는 천도복숭아가 바로 이것이라네.”

“이것이……?”

감격한 호연웅의 표정이 초야를 치르기 위해 신방에 들어서는 신랑과도 같았다.

그렇게 신선들이 노니는 세계에 푹 빠져든 호연웅은 사십구 일이 어떻게 지나는지도 모르게 꿈같은 시간을 보냈다.

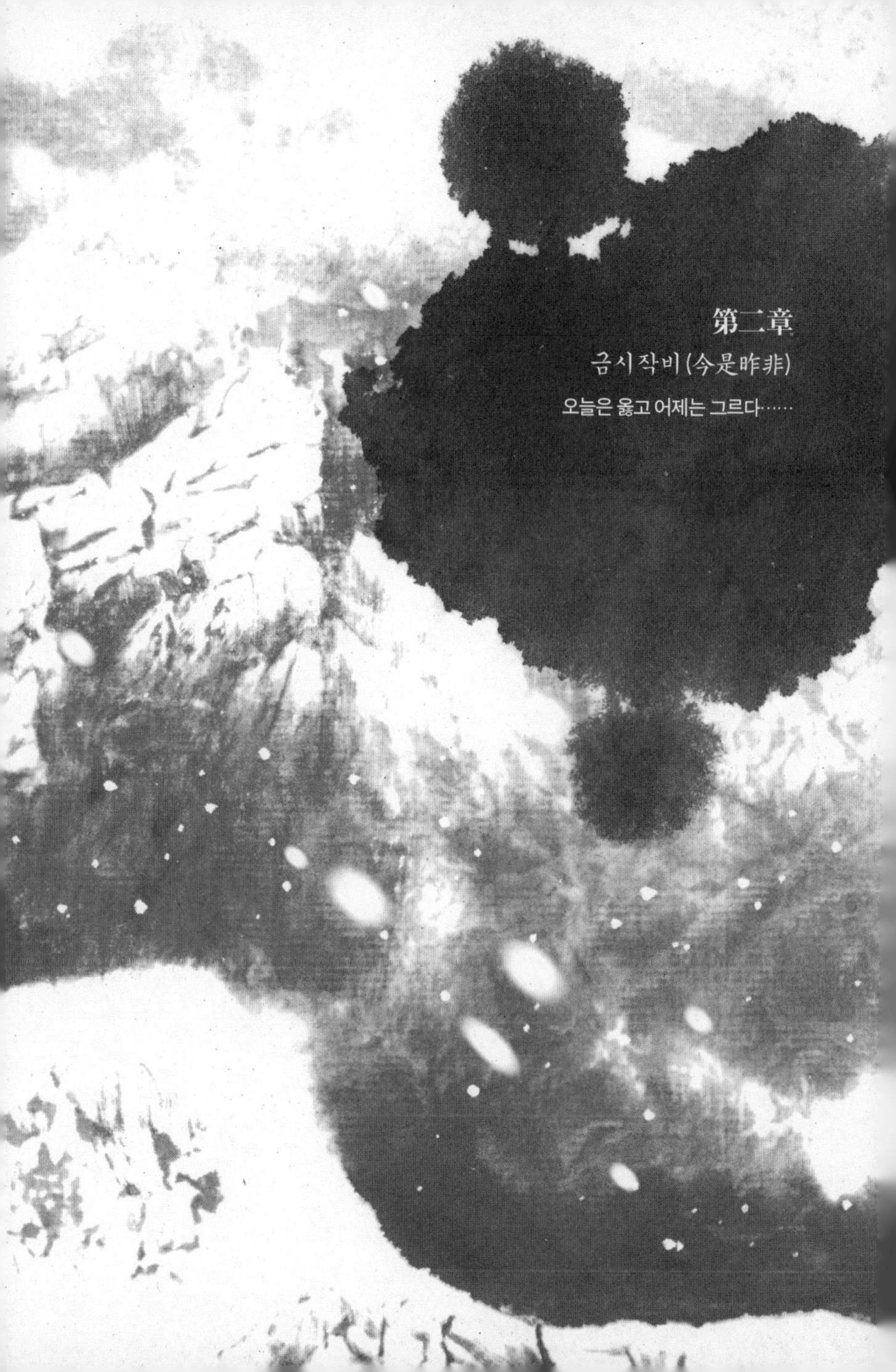
第二章
금시작비 (今是昨非)
오늘은 옳고 어제는 그르다……

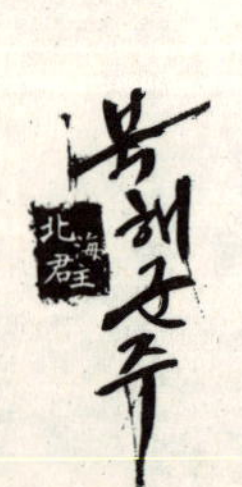

금시작비(今是昨非)

오늘은 옳고 어제는 그르다……

"으으으……."

호연웅이 온몸에 뻐근한 감각을 느끼며 깨어났다.

세상은 온통 컴컴했다. 그리고 잠시 뒤 그 어두운 공간에서 흐릿하게 형체가 느껴졌다.

그 형체는 주가청이었다.

그리고 그 전면에 가부좌를 튼 노인은 암왕야였다.

'드디어 사십구 일이 지난 건가?'

마치 꿈을 꾸다가 깨어난 기분, 아니, 어쩌면 꿈을 꾸고 깨어난 것인지도 모른다.

그런 알쏭달쏭한 마음으로 심신을 추스를 때 암왕야가 기

지개를 켜고 잠에서 깨어났다. 그 뒤를 이어 주가청이 깨어났
다.

잠시 두리번거리던 주가청이 이내 호연웅을 발견하곤 환
한 웃음을 지었다.

"무사하셨군요."

"오히려 자네가 무사함을 하늘에 감사드려야 할 것이네."

자리에서 일어선 암왕야가 지팡이에 의지해 노구를 이끌
며 건넨 말이었다.

어두운 공간에서 꿈틀거리는 그 움직임에 주가청이 섬뜩
하여 주춤 물러섰고, 호연웅이 암왕야의 앞길을 막아섰다.

"이게 어찌 된 일이오? 내가 꿈을 꾼 것이오?"

"무얼 말하는 건가? 자네가 꾼 꿈을 내가 어찌 알겠는가?"

영문을 모르겠다는 암왕야의 말투에 호연웅의 시선이 주
가청에게 향했다.

"당신도 중천에서의 일이 기억나지 않는 것이오?"

"네? 전 암동에 뛰어들었다가 의식을 잃은 기억밖에는."

호연웅은 진정 자신이 꿈을 꾸고 난 것인지 의아했다.

그 꿈이 너무도 생생하였기 때문이다.

무려 사십구 일간의 길고 길었던 체험이다. 그런데 자신마
저도 한낱 꿈처럼 느껴지니 이것이 어이 된 일이란 말인가.

어쨌든 꿈은 꿈이요, 지금은 현실이다.

어차피 자신과 암왕야와는 공존할 수 없는 관계. 그 은원을

해결하는 것이 우선이었다.

"노옹, 내가 누군지 알고 있을 것이오."

호연웅은 어림짐작하여 물었다.

주가청과 영매를 이루었으니 그녀의 기억이 그에게 전이
되었을 것이란 판단에서였다.

"뭘 말하려는 것인가?"

"우리가 양립할 수 없는 관계라는 뜻이오."

"양립? 공존을 생각해 본 적은 있고?"

사실 호연웅도 암사파와의 모호한 친분 때문에 공존을 염
두에 둔 적도 있다. 그러나 곽철산의 확고한 결심을 접하고
난 뒤 공존은 무가치하다는 결론을 내렸다.

태생이 어디로 가겠는가.

수재는 서책을 말하고 백정은 돼지에 관한 이야기를 나눈
다고, 흑도라는 그 근성이 바뀌지는 않을 것이다.

"흑도들은 이미 그 더러운 습성이 뿌리까지 물들어 있소.
그런 자들과 공존을 논할 순 없소."

"그건 나를 두고 하는 말인가?"

암왕야의 물음에 호연웅은 순간 멈칫했다.

그가 타 흑도들과는 다르다는 것을 알고 있다. 하나 추종하
는 세력이 사악함으로 물들었으니 그 또한 물이 든 것과 다를
바 없는 일이다.

"지금은 개인이 아닌 전체를 논할 시기요."

암왕야가 노구를 흔들었다.

"하면 나는 괜찮지만 다른 흑도들과는 공존을 용납할 수 없다는 말인가?"

"그렇소."

"강북 흑사회에 소속된 흑도가 얼마나 되는지 아는가?"

"대략 칠만 명 정도를 추산하고 있소."

"좀 과하게 잡았군. 정확하게 오만 칠천 명이 강북 흑사회 소속의 조직원이며 그들 중 일가를 이룬 자가 삼 할, 그 식솔의 수가 칠만을 헤아리네."

대충 산출해도 십삼만에 육박하는 인원이다.

"하면 그들 모두를 길바닥으로 내몰 속셈인가? 아니면 모조리 몰살할 셈이던가?"

구체적인 숫자를 따져 놓고 보니 섣불리 대답하기 어려운 문제였다. 강제 노역에 평생 종사케 한다던 구상도 그 구체적인 숫자에 철벽이 가로막은 것 같았다.

"그 말에 현혹될 것 없어요. 일단은 흑사회 수괴와 그 소두목들만 처단하면 흑사회는 알아서 붕괴될 거예요."

뒷전으로 물러섰던 주가청이 일침을 던지며 나섰다.

물론 그녀의 의견도 일견 타당하다. 하지만 문제는 흑도라는 그늘이 지닌 자생력이었다.

수뇌를 제거해도 그 빈자리는 수레바퀴가 구르듯 금세 새로운 인물로 채워지게 된다. 뒤 물결이 앞 물을 밀어내는 것과 같다.

"세상의 이치를 어느 정도 꿰게 되면 방금과 같은 말은 꺼내지도 못할 것이네, 처자."

암왕야는 순간 진노하고 있었다.

전신에서 살갗을 아리게 하는 살의가 번졌다. 하지만 암왕야는 노련한 경험으로 충동을 절제해 냈다.

"자네는 나름 총명하니 맹점이 무엇인지 잡아냈을 것이라 짐작하네. 그래도 공존을 모색하지 않겠는가."

암왕야는 세월이 전하는 연륜만큼이나 노련했다. 호연웅의 갈등을 정확히 짚어서 일침을 던졌다.

깊은 생각에 빠져들었던 호연웅이 고개를 들었다.

"노옹이 택한 공존은 어떤 방식이오?"

"태생부터 악인인 자는 없네. 주어진 환경이 악인을 양산하지. 그들이 정화할 수 있도록 자네가 안정에 심혈을 기울여 주기만 하면 되네."

"인간의 욕심은 끝이 없는 법이오. 생활이 안정되어도 흑도들의 치부는 멈추지 않을 것이며 양민들은 그들에게 끝없이 고혈을 갈취당할 것이오."

"그 부분은 내가 책임짐세."

"노옹께서 말이오?"

"명색이 그들에게는 지존일세. 실상이 안정되면 그들을 양지로 이끌어내겠네. 물론 자잘한 분란까지 다 막아낼 순 없을 것이나 그마저도 시간이 흐르면 정화되어 갈 것이네.”

“속지 마세요! 범인의 이지를 흐트러뜨리는 요사스런 술법을 부리는 자예요. 감언이설에 속아선 안 돼요.”

다시 주가청이 일침을 던지며 나섰다.

여인에게는 사내들이 모르는 직감이 따로 있다.

그것은 한번 어긋난 눈으로 상대를 보면 좀처럼 제자리로 돌아오지 않는 여인들 특유의 선입견 같은 것이다.

주가청은 암왕야의 제안을 끝끝내 믿지 않았다. 그러나 호연웅은 확인해 보고 싶은 것이 있었다.

“금곡을 탄 감로수를 기억하시오?”

“평생 잊지 못할 맛이었지.”

“우리가 긴 시간을 함께한 것이 맞았군요. 노옹의 의견을 따르겠습니다.”

호연웅이 주가청에게 말했다.

“돌아갑시다.”

사실 호연웅의 마음은 조급했다. 사십구 일의 부재 동안 천아영에게 변고는 없었을까 하는 우려였다.

호연웅을 따라는 주가청은 불만족스런 표정이었으나, 호연웅은 암왕야를 믿었다.

선도가에서 백옹은 암왕야에게 제안을 했었다. 선도가에 입적할 방도를.

그것은 주가청의 맑은 영혼을 빌려 사념을 정화하는 것이었는데, 암왕야는 스스로 그 방법을 회피했다.

비록 선계로 드는 등천은 아니나 누구라도 나락보다는 중천을 소원할 것이다. 하지만 암왕야는 그를 거부했다.

나락에 들더라도 굽히지 않는 그의 소신이 호연웅에게 믿음을 전해준 것이다.

쭈뼛거리는 주가청을 이끌고 초옥으로 올라왔을 때는 맹가량과 육섭이 여전히 호연웅을 기다리고 있었다.

그를 본 호연웅이 급하게 물었다.

"그동안 변고는 없었는가?"

"뭔 말씀이십니까? 빛을 차단하라고 하여 출구를 닫고 기다린 지 겨우 일각이 지났을 뿐인데?"

'일각?'

지난 사십구 일의 여행이 이승에서는 겨우 일각에 지나지 않았다니. 호연웅의 입가에 실없는 웃음이 번졌다.

장원으로 돌아온 호연웅은 급하게 천아영의 무탈함을 확인하고는 안도했다. 이어 황염을 불러 흑도 토벌령에 대한 자신의 의견을 전달했다.

호연웅의 제안은 상생으로, 공존하며 살아갈 방안을 바련하라는 것이었다. 물경 십삼만에 달하는 인원도 부담으로 다가왔으나 암왕야에 대한 믿음이 있었다.

호연웅은 맹노가 암왕야였단 사실을 황염에게 밝히고 그

와 나눈 이야기를 전했다.

　스스로 양지로 나올 것이라는 암왕야의 말을 신뢰하고 싶다는 것. 사태를 조망하는 능력이 뛰어난 황염은 이내 호연웅의 제안을 수용했다.

　하지만 황염은 툭 던지듯 한마디를 건넸다.

　"그를 얼마나 믿으십니까?"

　단순한 듯하나 의미를 함축한 물음이다. 그리고 그 물음에는 공경과 질책이 다 들어 있었다. 특히나 쉽게 사람을 믿어 사달을 자초한다는 호연웅의 약점을 황염이 다시 지적한 것이다.

　안 그래도 주진도에게 속아 그 점을 절감한 호연웅이었으나 이번엔 경우가 달랐다.

　진정이 가슴을 울렸기 때문이다.

　"머리나 말로는 어떤 해답도 전해줄 수 없네."

　호연웅은 묵묵히 자신의 심장을 가리켰다.

　"단지 이 울림을 믿을 뿐이네."

　천 마디의 답변보다 확고한 의지가 느껴지는 모습에 황염이 물러섰다.

　"알겠습니다. 일단은 굶주린 양민들이 발생하지 않도록 모종의 조치를 마련해 보겠습니다."

　호연웅도 자신의 믿음이 올바른 판단인지는 확신이 없었다. 그러나 그 결과는 예상보다 빠르게 나타났다.

다음날 본성 성문으로 한 떼의 무리가 열을 지어 들어섰다.

온통 붕대로 친친 두르고 목발에 의지해 내성으로 들어서는 그들은 암사파와 야적회의 무리였다. 그 선두에서 곽철산과 야적회 막손이 무리를 이끌고 있었다.

삼층 전각에서 그 광경을 내려다보던 호연웅이 빙그레 웃었다. 아마도 암왕야의 입김이 작용했을 것이다.

암사파와 야적회가 백기를 들고 자진 입성한 이상 강북 흑사회는 이미 절반을 장악한 것과 다를 바 없었다.

나머지는 시간이 지나면 알아서 머리를 조아리게 될 것이다. 그들의 지존이 음지 타파를 표명한 이상 죽이 되든 밥이 되든 양지로 나올 수밖에 없을 것이다.

"어떤가, 흡족한 광경인가?"

늙수그레한 음성, 뒷전에서 들려오는 그 음성은 암왕야의 목소리였다.

호연웅이 고개를 돌렸다.

"대체 그 귀신같은 몸놀림은 어디에서 나오시는 겁니까?"

어떻게 기척 하나 흘리지 않고 나타났느냐는 물음이다.

"크크, 내가 영체를 조종한다는 것을 몰랐던 게냐? 그를 알면 어느 곳이라도 흔적없이 잠입할 수 있다는 것을 잘 알 텐데. 한데 저들을 수용할 능력은 되느냐?"

"글쎄요? 생계를 말씀하시는 거라면 자신없습니다. 하지만 자리를 말씀하시는 거라면 그 자리는 넘쳐납니다."

강북을 재건하기 위해 황염이 뽑아낸 사업 목록은 수백 가지에 달했다. 그 자리에 저들을 박아놓으면 알아서 생계를 꾸려 나갈 수 있을 것이다.

"한 번에 쉬이 변하진 않을 것이다. 하나 적당한 규율을 내려주고 그를 실천하는지만 점검하여도 세상은 꽤 많이 정화될 것이야."

그렇게만 되어도 감지덕지해야 할 일이었다.

더욱이 저들을 그 쓰임새가 분명했다. 당장은 양지의 적응이 곤란할 것이나 차츰 나아질 것이고, 이후로 흑도로 유입되는 세력들 역시 사라질 것이다.

그 방패 역할을 바로 저들이 맡아줄 것이기에.

더불어 암왕야는 자신의 가진 모든 기반을 던져 버린 것이니 그 결단이 호연웅에게는 소중하게 다가왔다.

"이제 모든 것을 내려놓으셨는데 섭섭하지 않으십니까?"

"내가 사는 꼴을 보고도 그런 생각이 들던가?"

변변한 집 한 칸 지니지 못하고 어둠에서 기거하던 광경은 흑도의 지존에 걸맞지 않은 것이었다.

"하면 저들은 지금껏 노옹에게 짐이었습니까?"

"맞네. 난 지금 그 짐을 자네에게 떠넘기려는 것이네."

암왕야는 홀가분한 듯 말했다. 그러나 호연웅은 그 말 속에 숨은 고뇌를 느꼈다. 아마도 어려운 결단이었으리라.

“감사합니다.”

“감사하긴, 내가 미안하지.”

자글자글한 암왕야의 짙은 주름살이 그 순간 호연웅에게 더욱 살갑게 느껴졌다.

“어르신, 북상련의 태상령(太常令)을 맡아주십시오.”

“겨우 내려놓은 짐을 다시 들라는 말인가?”

“하면 노구를 의탁하실 곳은 있으신 겁니까?”

하얗게 백태가 낀 눈을 치켜드는 암왕야의 얼굴에 불쾌한 빛이 가득했다.

“내가 당장에라도 죽을 듯이 이야기하는군.”

솔직히 암왕야는 관에 누워 있어도 이상하지 않을 노구였다. 지금도 지팡이를 쥔 손이 부들부들 떨리고, 구부정한 허리에 깊은 주름이 진 얼굴, 그가 산다면 얼마를 더 살겠는가.

“으음.”

호연웅이 낮은 신음을 토해냈다.

노령인 암왕야에게 남은 것이 무엇이겠는가. 그나마 추종 세력이 전부일 것인데, 그는 호연웅의 부담을 덜어주려고 그 모두를 내려놓았다. 하여 호연웅은 천수를 누릴 때까지 봉양하고 싶다는 뜻을 내비친 것이다.

솔직히 일가친척 살붙이 하나 없는 그가 다시 암동에 들어가는 광경은 보고 싶지 않았다.

“어르신을 공경하고 봉양하는 것이 어려운 용단에 대한 제

보답이라 생각합니다."

암왕야의 표정이 굳어졌다.

"앞으로 조부님처럼 모시겠습니다. 수락해 주십시오."

"음."

잠시 침묵하던 암왕야가 입을 열었다.

"나에겐 팔십 평생을 내려놓지 못한 응어리가 있지. 그 응어리는 쉬이 풀어낼 수 없으며 그 한을 풀기 전까지 나는 배부르고 등 따신 생활을 누리지 못할 것이야."

목소리는 잔잔했으나 깊은 회한이 묻어나는 말이었다.

그 말에 호연웅의 표정엔 안쓰러움이 짙어졌다.

"선도가의 백옹께서도 말씀하셨습니다."

이어 호연웅은 마른침을 세 번이나 삼켰다. 이어질 말이 마음에 걸리기 때문이었다.

그리고 조심스럽게 운을 띄웠다.

"이승의 한을 초월하지 못한 어르신이 안쓰럽다고."

그 순간 팔순의 노구가 부르르 떨었다.

감정을 주체하지 못해 일어나는 격분이었다. 지난 회한이 일시에 격발하며 일어나는 울분.

호연웅도 그 순간 숨이 막히는 것 같았다.

그 기운에 밀려 움찔했던 호연웅이 쐐기를 박고 나섰다.

"어르신의 영령이 사후 나락으로 떨어진다면 전 그 슬픔을 감당하지 못할 것 같습니다."

암왕야의 노구가 부들부들 떨렸다.

“소손이… 시름에 잠기지 않도록 선처해 주십시오.”

호연웅의 표정은 간절했다.

이후 긴 침묵이 흘렀고, 숙고하던 암왕야의 입에서 나지막한 말이 흘렀다.

“난 눈뿐만이 아니라 마음까지 멀어 있었구나.”

강북 흑도를 접수하는 일은 이후로도 순조롭게 풀려 나갔다. 그늘에 숨어 있던 그들이 자진하여 모습을 드러내고 북상련에 투항해왔다.

그렇게 삼백예순두 개의 흑사회가 해체를 선언하고 북상련 산하의 분회로 인정받게 되는 날, 강 남북의 존망을 좌우할 서막이 마침내 촉발되었다.

“드디어 전쟁입니다!”

황염이 문을 박차고 뛰어들었다. 그는 얼마나 격동했는지 헐떡이는 숨을 진정시키지 못했다.

“은형사의 전갈이온데, 삼천에 달하는 대병이 항주를 떠나 강북을 향하고 있다 하고, 요녕 쪽에서도 징제불명의 무인 삼백이 이곳 본성으로 향하고 있다 합니다.”

호연웅과 담소를 나누던 천아영의 표정이 굳어졌다.

“요녕이라고요?”

“그렇습니다. 저희가 요녕에서 철수한 이후 요녕지부의 사

태를 진압하기 위해 도착했던 병력이온데, 지금껏 심양에 주
둔해 있다가 이번 금천세가 본단의 출병에 맞추어 남하 중이
라 합니다."

"이제야 우리의 정체를 밝혀냈나 보군."

호연웅은 대수롭지 않은 듯 덤덤하게 답했다. 이어 자리를
털고 일어서며 말했다.

"비상 소집령을 내리고 은형사에게는 그들의 이동 경로를
철저하게 파악하여 보고하라 전하게."

호연웅은 기분이 살짝 언짢았다.

이번 흑사회의 문제만 해결되면 자신이 먼저 항주에 잠입
하며 금천의 수뇌부들을 선별하여 쓸어버릴 계획이었다.

한데 그들이 선수를 쳐 대병을 출병하니 본의 아니게 큰 피
바람이 몰아치게 될 것 같아 마음이 심란했다.

착잡한 심정의 호연웅이 밖으로 나섰다.

강토가 피바다로 뒤덮일 광경이 눈에 보이는 것 같았다.

그렇다고 이제 와 물러설 순 없는 일. 한 번은 겪어야 할 참
화라면 거부치 않을 것이다.

'와라! 너희의 피를 이 산하에 뿌려줄 것이다!'

련주전을 나온 호연웅이 곧바로 향한 곳은 암왕야의 숙소
인 원서각(原序閣)이었다.

"소손, 문안 여쭈러 들렀습니다."

문을 열고 들어서자 방 안에 정좌하고 있던 암왕야가 고개

를 돌렸다. 앞을 못 보는 그였지만 언제나 저런 모습을 보일 때면 정말 시력을 잃은 것이 맞는지 의아스럽다.

"반 시진 전에도 문안이라 하더니 또 무슨 문안이란 말이냐?"

"에이, 자주 오면 좋잖아요."

"말 돌리지 말고 용건을 말하거라."

암왕야가 핵심을 간파해 내자 호연웅은 고개를 절레절레 흔들며 미소를 띠었다.

"곧 전쟁이 벌어질 것 같아요."

"어디쯤 당도했다고 하더냐?"

앞뒤를 다 잘라낸 호연웅의 대답에 암왕야는 이미 사태를 추이하고 있었다는 듯 상황을 유추해 냈다.

세월이 전하는 연륜은 이래서 대단하다.

"항주에서 한 무리가 출병하고, 요녕에서도 소소한 무리가 남하 중이라네요."

"넌 어디가 더 위험한 무리라 판단하느냐?"

"글쎄요?"

"전장을 이끌 수장이 그런 전황도 판단하지 않고 도대체 뭘 하는 게냐?"

"좀 더 시간이 있을 줄 알았죠. 놈들이 불시에 움직이기 시작해 아직 그럴 여유가 없었어요."

"허허, 아직도 전쟁을 아이들 전쟁놀이쯤으로 생각하고 있느냐?”

“에이, 왜 그러세요. 저도 심각하다고요.”

“하면 내가 싸울 상대가 누구인지는 파악하였느냐?”

“금천세가와 대련회잖아요.”

“그것이 틀렸다는 것이다.”

“하면? 또 다른 세력이 있단 말입니까?”

“대련은 강호를 아우르는 거대 세력이다. 너의 상대는 바로 무림이란 말이다.”

순간 호연웅은 머릿속에서 공명이 일어나는 것 같았다. 갑자기 멍해지며 세상천지가 아득하게 보였다.

왜 그 점을 간과하고 있었을까?

대련이 준동하면 무림이 움직인다는 사실을.

“어르신, 저와 함께 갈 곳이 있는데 동행해 주시겠습니까?”

“왜 이제야 목이 바짝 마르더냐?”

“네! 소손 지금 목이 말라 갈라 터지고 있습니다.”

암왕야를 모신 호연웅이 은밀하게 도착한 곳은 호류현 외곽에 자리한 대장원이었다.

호류상방주 한대수가 거만선과 별개로 마련했던 안전 가옥으로 풍림죽원(風林竹院)이라 불리는 곳이었으나 실상은 은형사 본단이 자리하고 있었다.

　그리고 그 대전에서 강호의 판도를 좌우할 세 거물이 조우하게 되었다.

　"어서 오십시오. 그렇잖아도 연락을 받고 기다리는 중이었습니다."

　주름이 자글자글한 은형대사주 묵노가 암왕야를 보고 공손히 예를 올렸다.

　묵노의 안색은 예전보다 혈색도 좋고 더욱 밝은 모습이라 오래간만에 만난 호연웅의 표정도 덩달아 밝아졌다.

　묵노의 걸걸한 음색에 그 나이를 직감한 암왕야도 공손하게 그녀에게 예를 취했다.

　"이곳으로 오는 동안 이야기를 들었습니다. 모용세가의 자당이시라고."

　"지난 세월을 이야기하여 무엇하겠습니까."

　지난 기억만 떠올리면 회한으로 가득 채워지는 묵노였다.

　오로지 은형사에 매진하는 이유도 지난 아픔을 잊기 위해서가 아니겠는가. 그 아픔을 아는 호연웅인지라 이야기의 방향을 서둘러 돌렸다.

　"할머님, 그보다도 강호에 새로운 움직임이 감지되는 것은 없었습니까?"

　"그렇잖아도 그 이야기를 전하려고 하는 중이었다. 대규모 무인의 이동이 평시 비해 몇 곱절이나 증가하고 있다. 게다가 그 방향이 모두 이곳을 향하고 있는지라 은형사 지부에 비상을 내리고 그들을 예의 주시하라 일렀다."

"아마 할머님의 추측이 맞을 것입니다. 그들은 대련회 소속의 무인들입니다."

묵노의 표정을 심각하게 굳어졌다.

"대련회의 영향력이 그 정도나 되었더냐?"

"강호가 곧 대련이니 이 정도는 예상했어야 하는데 제가 좀 안일했습니다."

"그렇다 해도 상황이 심각하구나. 전역에서 이곳으로 향하는 무리의 수가 수백에 이르고 있다. 구대문파나 명문세가는 물론이거니와 무가의 현판을 지닌 자들은 죄다 강북으로 몰려들고 있는 것이 작금의 상황이니라."

"금천지단을 접수하였을 때 반격이 지체되어 무슨 일인가 싶었는데 암중으로 세력을 규합했던 모양입니다."

"하면 어찌 대처할 셈이더냐?"

"이건 피할 길 없는 벼랑 끝에 선 싸움입니다."

이런 사태를 호연웅은 우려했다. 하지만 작금에 와선 어쩔 수 없는 일. 강토를 피바람으로 휩쓰는 수밖에.

호연웅의 의지를 읽은 묵노는 우려 섞인 물음을 던졌다.

"그들과 맞서겠다는 것은 만용이니라. 너를 따르는 가솔이 수만을 넘어서고 있다. 수만을 이끄는 자가 어찌 그리도 무모한 생각만을 떠올린단 말이더냐."

"전 무모하다 생각하지 않습니다. 언젠가는 지나쳐야 할 진흙탕 길이었습니다. 그리고 전 이 전쟁의 승자로 남고 싶습니다. 더욱이 작금의 상황에서 물러설 길이 있다고 판단하십니까?”

“물러서는 것이 아니라 우회를 논하는 것이다. 조금은 안전하게 돌아가자는 말이다.”

진중하게 의견을 전하는 묵노의 판단 역시 틀린 바는 아니었다. 세월에 묵은 연륜만큼이나 상황을 판단하는 안목이 뛰어났다.

그리고 그 이면에는 은형사가 가진 힘의 위대함을 이용하여 각개격파를 실행하자는 것이었다. 그 점은 사실 호연웅도 염두에 두었던 내용이다.

하지만 그 방법은 너무 오랜 시일이 걸린다는 단점이 있었다. 호연웅이 생각한 전략은 속전속결. 적이 정신을 차릴 겨를이 없도록 핵심 세력을 암습하여 그 뿌리를 일거에 제거하는 것이었다.

그런데 문제는 동시다발적으로 적들이 사방에서 몰려들고 있다는 것이 걸렸다.

사방팔방 뛰어다니는 동안에 어느 한구석이 뚫리면 바로 대형 참사가 이어지기 때문이디.

그 문제를 어떻게 해결해 내느냐.

그것에 이번 전쟁에 승패가 달려 있었다.

“안 됩니다. 여기서 우회한다면 강북은 회생 불능에 빠져들게 됩니다. 앞으로 그들이 집결한 달포의 기간을 착실히 준비하여 맞서 싸우는 것이 그나마 피해를 최소화하는 길입니다.”

호연웅의 이야기를 묵묵히 듣고 있던 암왕야가 비로소 고개를 끄덕였다.

“이제야 골목 싸움을 벗어나 진정한 전쟁을 준비하는 자세가 되었구나.”

지금껏 자신을 동네 골목대장쯤으로 인식하던 암왕야의 호평에 호연웅의 얼굴이 상기되었다.

“그러나 지금도 시산혈해를 이룰 광경이 조금은 두렵습니다.”

“강호의 역사를 세우는 일이다. 이 싸움은 저들의 도발에서 시작된 것. 그를 두려워해선 안 된다.”

암왕야와 호연웅이 의기투합해 가자 묵노의 표정은 더욱 굳어졌다. 이 싸움의 승패는 이미 금천과 대련의 연합군에게 기울어 있다 생각하기 때문이었다.

“노옹, 이건 무모한 싸움입니다.”

“모용의 자당께선 왜 이 싸움을 무모하다 생각하시오?”

암왕야의 물음 자체가 묵노의 입장에선 황당하게 들리는 이야기였다.

구대문파 중 일개 문파와 자웅을 겨루어도 부족한 북상련의 세력으로 강호와 한판 전쟁을 벌이겠다니 그 말이 온전하게 들릴 리 없는 일이다.

"노옹의 물음이 오히려 당혹스럽군요."

"저들이 강호 전역에 우호 세력을 가지고 있으나 강호 그 자체는 아니란 이야기를 드리는 것이오."

뭔가 실마리가 보이는 듯한 제안이었다.

묵노가 깊은 생각에 빠져들었으니 그 이상은 추측해 내지 못했다.

"노옹께선 이 전쟁에 대한 복안이 있으신지요?"

"이번 전쟁에는 양쪽 진영에 커다란 결점이 있소."

"그것이 무엇인지 이 노고가 감히 경청할 수 있겠는지요?"

암왕야의 시선이 호연웅에게 향했다.

너는 알고 있느냐는 의미이다.

호연웅의 입가엔 희미한 미소가 번졌으나 그는 모르겠다는 듯 고개를 가로저었다.

"양 진영이 가진 맹점은 결속력이오. 그 말이 뜻하는 바는 핵심 세력만 제거하면 사분오열된다는 말과도 상통하오."

"하면 결사조를 조직해 그들을 제거하자는 말씀이신지요?"

임욍아의 지적에도 묵노는 여전히 반신반의했다.

무림을 아우르는 거대 조직의 수장들이다. 그들을 일거에 제거한다는 것이 실현 불능한 일임을 잘 알고 있기 때문이다.

그러나 묵노의 반신반의한 제안에 암왕야는 빙그레 웃음

으로 화답했다.

그 웃음에 결사조를 결성하자는 것인지 아닌지 감 잡을 길 없는 묵노는 답답한 속내를 마냥 쓸어내렸다.

하지만 그 웃음에 호연웅의 표정은 일변했다. 암왕야의 속내가 짐작되기 때문이다.

그러나 지금 이 자리에서 그 의도를 지적한다고 하여도 암왕야는 번복하지 않을 것이다.

호연웅의 우려 깊은 시선이 암왕야에게 향했다.

'어르신의 생각이 제가 추측하는 바가 아니길 간절히 염원합니다.'

호연웅은 자신의 추측이 틀리기를 간절히 소망했다.

그러나 삶을 초월한 듯한 암왕야의 표정에서 자신의 판단이 맞을 것이란 확신이 들었다.

'어르신의 결행 이전에 제 손으로 해결해 내겠습니다. 어르신이 나락에 빠지는 것을 절대 좌시하지 않겠습니다.'

그때 대전이 열리며 수많은 소식이 쇄도하기 시작했다.

강호 전역에서 올라온 전서구들을 집계하여 삼차에 걸쳐 상황 점검을 마친 전서들이었다.

대전에 마련된 상황판에는 각지에서 올라오는 병력의 이동이 적나라하게 드러났다.

사천의 청성, 아미, 점청, 당문에서 각각 일백의 병력이 준동하여 산서로 북상 중.

산동의 황보세가 일백여 병력이 산서로 이동 중.

감숙 공동파 일백여 병력이 산문을 벗어남.

호북 무당파 일백여 병력이 산문을 벗어남.

섬서 종남파로 그 산하의 속가제자들이 속속 집결 중.

상황판에 깃발이 하나둘 꽂혀갈수록 그를 지켜보는 묵노의 안색은 흙빛으로 가라앉았다.

"허! 이를 어쩐단 말이냐."

묵노의 탄식이 대전을 숙연하게 물들였다.

호연웅이 보기에도 상황판은 붉은 깃발 일색이라 먹이를 향해 몰려드는 붉은 개미 떼를 떠올리게 할 정도였다.

비로소 강호를 상대로 싸우는 자신의 처지가 여실하게 다가왔다.

세상천지에 올올이 홀로 선 느낌이랄까.

호연웅이 피식 실소를 흘렸다. 그 순간 그의 뇌리에 끝 모를 오기가 치솟아 올랐다.

'그래, 어디 한 번 해보자!'

벌떡 일어선 호연웅이 묵노에게 시선을 돌렸다.

"저 지금 전장으로 향합니다. 은형이조만 대동하고 떠날 것이니 은형사의 정보망을 총동원히여 저를 배후에서 도와주시기 바랍니다."

묵노는 황당한 표정으로 일어선 호연웅을 올려다보았다.

대체 제정신으로 내뱉는 소리인지 그녀는 자신의 귀를 의

심했다.

달랑 수신호위 다섯을 데리고 개미 떼 같은 저들을 상대로 무엇을 하겠단 말인가.

"지금 제정신인가?"

"저 멀쩡합니다. 오히려 너무 맑아 손끝에 흐르는 혈관의 움직임까지 세세하게 느껴질 정도입니다."

호연웅의 의지는 너무도 극명했다.

그 모습에 묵노가 할 말을 잃을 때 호연웅의 이야기가 이어졌다.

"저들은 본성 인근에 집결하기까지 소요될 달포 동안 지옥을 체험하게 될 것입니다!"

호연웅의 나지막한 외침이 대전을 울렸다.

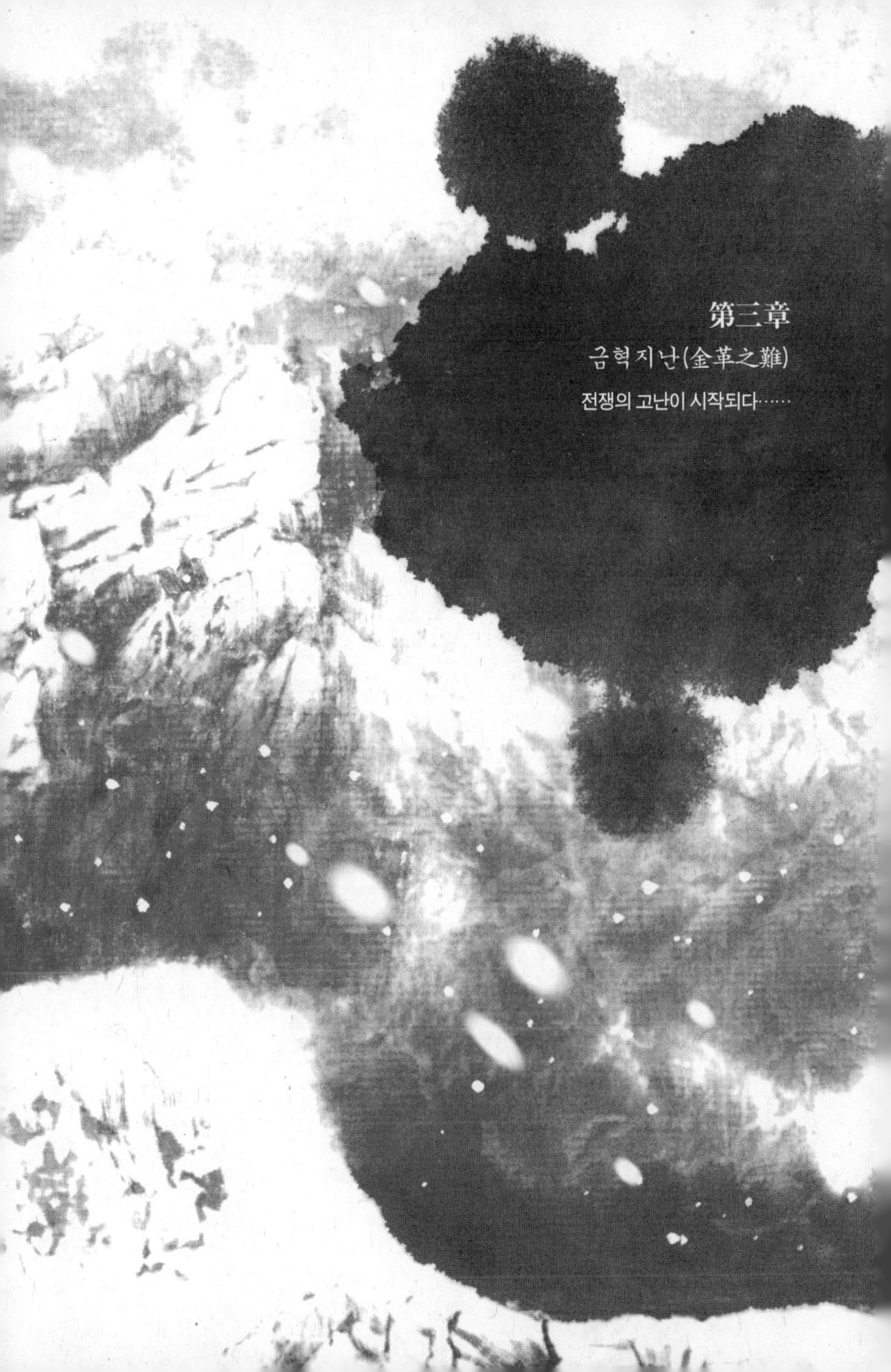

第三章
금혁지난(金革之難)
전쟁의 고난이 시작되다……

금혁지난(金革之難)
전쟁의 고난이 시작되다……

삼문협(三門峽). 하남과 산서를 구분하는 황하 기슭의 오랜 도시인 이곳은 거대한 황하 본류가 급격하게 좁아지는 지역이라 거친 물살로 악명이 높은 곳이다.

호연웅은 그 인근 강기슭의 낮은 벼랑 위에서 굽이치는 물살에 시선을 던지고 있었다.

절벽을 굽이쳐 흩날리는 물보라가 바람을 타고 기슭에선 호연웅의 얼굴을 저셨다. 서늘한 물안개를 뒤집어쓴 그가 허공을 향해 물었다.

"요녕에서 남하하는 세력의 위치는?"

"하북을 넘어 항산에 도달했다는 전갈입니다."

호연웅의 표정이 어둡게 굳어졌다.

"시간이 촉박하구나."

산서 끝자락인 삼문협에 선 그는 강호 전역에서 산서로 몰려드는 병력을 파악하느라 여념이 없었다.

은형사에선 매일같이 적들의 이동 경로를 호연웅에게 전서구를 통해 전송하고 있었다.

하루가 지나면서 그들은 확연하게 느껴질 정도로 거리를 좁히고 산서로 몰려들었다.

그들의 최종 목적지는 산서 중심부에 자리한 북상련 본단일 것이다. 벌써 산서 남단의 경계선을 넘어선 무리가 있었다. 또한 시시각각 산서로 향한 몰려드는 무리는 크게 나누어 아직도 네 부류나 더 있었다.

총 다섯 개의 무리 가운데 지금 호연웅이 결전을 준비하는 무리는 금천세가 본단의 주력군이었다. 무위는 어떨지 모르나 일단 규모 면에서 그들은 가장 큰 세력을 유지했고, 그 인원이 삼천을 넘어서고 있었다.

눈앞에 한 떼의 거대한 무리가 나타났다.

"드디어 당도했구나."

금빛 깃발의 기치를 세운 그들은 검붉은 갑주로 무장하여 일순간 강변은 핏물이 번져가는 것 같았다.

강변을 붉은빛 일색으로 물들인 그들은 금천세가 삼대무력단 가운데 일좌를 차지한다는 적상철갑무단(赤上鐵鉀武團)

이었다. 일사불란한 그 위용은 바라보기만 해도 절로 숨이 막힐 정도로 대단한 위압감을 뿜어내고 있었다.

호연웅은 만 하루 동안 꼬박 저들을 기다리는 중이었다.

검붉은 갑주에 금룡승천기의 금빛 문양이 휘황찬란한 광채를 뿌렸다. 한 사내가 강변에 도열한 병력을 마주하고 앞으로 나섰다.

그는 적상철갑무단의 단주 여동추였다.

언제 보아도 욱일승천하는 수하들의 기세에 그는 흡족한 미소를 머금었다.

이어 그는 옆에 선 부관에게 말했다.

"철박선은 징발되었느냐?"

철박선은 목조선에 철판을 덧댄 철갑선으로 거친 삼문협을 도강하기 위해서 제작된 도선들을 말하는 것이다.

"근동의 모든 철갑선을 수배하였으나 열두 척에 불과합니다. 하여 일시 도강은 곤란하고 삼 회에 걸쳐 도강을 시행할 예정입니다."

"서둘러라. 요녕에서 출발한 특무대와는 벌써 하루 차이가 벌어지고 있다. 속도를 높여야 한다."

"곧바로 도하를 시행하겠습니다."

읍을 올린 부관이 물러서자 여동추의 시선이 황하 너머 강변을 살폈다.

이곳만 통과하면 일사천리로 행군을 이어갈 것이다.

삼문협에서 금천지단이 자리했던 문수(文水)까지는 탄탄대로의 관도가 펼쳐져 있기 때문이다.

워낙 순탄한 길이라 조금만 속도를 높인다면 하루쯤 뒤처진 거리는 얼마든지 따라잡을 수 있을 것이다.

여동추는 사실 이번 출정에 기대심이 남달랐다.

비록 상대할 적이 적상기마단을 몰살한 괴물이라 할지라도 이번에 출병된 인원은 삼천 명에 달하는 철갑무장단의 전원이다.

거기에 대련회에서 지원한 삼백의 특무대와 명문정파에서 선별된 구백여 명의 무인, 또한 오대세가에서 파견된 지원 병력까지 합하면 거의 오천에 근접했다.

이런 대규모의 병력이라면 적상기마단에 비해 거의 스무 배 정도는 증강된 전력이라 할 수 있었다.

놈이 아무리 삼두육비의 괴수라 해도 능히 물리치고 거대 상계 연합인 북상련을 손에 쥘 것이다.

그 전공이 눈앞에 다다른 것 같아 여동추는 흡족한 것이다. 장장 달포 하고도 보름이나 소요되는 긴 출병이지만 그 여정이 가뿐하게 느껴질 정도로 희망에 차 있었다.

"도하를 서둘러라! 서둘러!"

수하들을 독려하는 그의 목소리에 힘이 실리고 있었다.

포구에 정박하여 병력을 승선시키는 도선은 모두 세 척이었다. 나머지 도선들은 비좁은 포구를 벗어나 정박해 있었고, 나룻배를 이용하여 도선으로 병력을 실어 날랐다.

그렇게 일차적으로 도선에 승선을 완료한 병력은 일천. 그들이 먼저 도하를 시도했다.

그때 여동추로서는 상상도 못할 괴변이 일어났다.

황하 너머의 강변에서부터 시작된 결빙이 삽시간에 번져나가며 강심에 이른 도선들을 잡아먹기 시작했다.

숨이 턱턱 막힐 것 같은 한낮의 땡볕 아래 일어난 괴사에 여동추는 놀란 입을 다물 수 없었다.

"저, 저것이 무엇이냐!"

이어 강심에 이른 열두 척의 도선에서 푸른빛의 청망이 솟아올랐다. 거미줄이 펼쳐지듯 천중을 휘감은 그물망은 도선의 사이사이를 누비며 돛대와 선체를 사정없이 부숴 나갔다.

콰과과콱!

우둑! 우두두둑!

돛대가 무너진 몇 척의 도선은 쓰러지는 돛대의 하중을 감당하지 못하고 기울어져 선체가 수면에 잠겨들었다.

콰아아앙!

보고도 믿지 못할 괴사는 이어졌다.

용오름이 일어나듯 솟구친 불기둥이 천중에 그대로 얼어버리며 서서히 기울어져 결빙에 갇힌 도선들을 향해 쓰러졌다.

기기기긱……!

푸아아아앙!

그 거대한 물기둥이 선체를 부수고 수면에 곤두박질치며 거대한 물보라가 일어났다.

첨버어엉!

솟구친 물줄기가 다시 선체 위로 쏟아지며 아비규환에 휩쓸린 병사들을 수면으로 쓸어냈다.

"아악!"

"우아아악!"

"우악!"

과연 저 광경이 현실이란 말인가!

여동추의 얼빠진 시선이 수면에서 아우성치는 병사들에게 향했다.

"대체 이, 이게 무슨 일이란 말인가!"

선착장에 모여 있던 다른 자들도 놀란 표정을 감추지 못했다. 이어 여동추의 외침이 선착장에 올렸다.

"좌우 부장은 무얼 하는가! 저 사태가 어찌 된 것인지 진상을 파악하라!"

이어 군영 사이에서 비호처럼 두 인영이 강심을 향해 튀어나갔다. 수면을 지면처럼 내달린다는 등평도수의 경지에 오른 그들은 적상철갑무단의 좌우 부장이었다.

물 찬 제비처럼 수면을 박차고 나간 그들이 강심에 도달했을 때는 처참한 실상만이 난무했다.

진력을 소비하여 강심에 도달한 그들이 서둘러 몸을 의지할 곳을 찾았다.

호흡은 거칠었고 여차하다간 수면으로 곤두박질칠 상황에서 커다란 갑판 조각을 발견하고 그들은 그곳에 몸을 세웠다. 그리고 펼쳐진 광경을 일별하고는 절로 침음을 흘렸다.

"으음."

먼 거리에서 보던 실상과 근접한 실상은 달랐다.

일천여에 달하는 수하들이 물속에 잠겨 조각난 부유물들을 끌어안고 사투를 벌이고 있었다. 수심에 빨려들지 않으려고 허우적거리는 실상이 눈에 밟혔으나 당장은 구조할 방도가 없었다.

게다가 원흉마저 사라져 청망이 번뜩이던 그 일이 대체 무엇인지 확인할 길이 없었다.

대체 이곳에서 무슨 일이 벌어졌던 것인가.

안타까운 시선만 던질 뿐인데, 눈앞에서 허우적대던 수하 하나가 수면에 잠겨 모습을 감췄다.

"아!"

"이런……."

안타까운 경탄식이 흘렀지만 어쩌랴.

지금과 같은 실상이 강심 곳곳에서 벌어지고 당장은 구할 도리가 없는 것을.

더욱이 수하들이 몸을 가누지 못하고 수장하는 이유는 그들이 걸친 철갑에 원인이 있었다.

그 무게만 무려 스무 근에 달하는 갑주였다.

지상에서는 신체를 보호하는 무적의 장비였으나 수면에 빠진 그들에게 갑주는 목에 걸린 올가미에 지나지 않았다.

간혹 두껍게 부서진 갑판 조각에 몸을 의지해 수장을 면한 자들도 보였으나 그는 소수에 불과했고, 대다수는 물거품을 뿜어내며 다시는 돌아오지 못할 수중으로 사라졌다.

강변에 발이 묶인 여동추가 참상의 현장에서 돌아온 좌우 부장을 향해 불같은 진노를 토해냈다.

"눈앞에서 일천의 수하가 수장되었다! 한데 그 원인을 모른다는 게 말이 되더냐!"

"송구합니다."

"죄송합니다."

부유물에 의지해 간신히 물살을 거슬러 귀환한 수하들은 겨우 오십여 명에 불과했다.

그 나머지는 모두 삼문협의 거친 물살에 수장되었다.

상상을 초월한 결과도 어처구니없었고, 그 울화가 원인조차 찾아내지 못했다는 것을 빌미로 좌우 부장에게 쏟아졌다.

게다가 이대로는 도강을 시도조차 할 수 없으니 꼼짝없이 발이 묶이고 말았다.

여동추의 착잡한 시선이 강심으로 향했다. 하나 물살에 이리저리 떠밀리는 부유물들만이 잠시 전의 참화를 각인시켜 줄 뿐이었다.

한편 호연웅은 강 건너 기슭에서 우왕좌왕하는 철갑무장단의 진영을 굽어보고 있었다.

수장인 듯한 자가 현장을 정탐하고 돌아간 수하들을 향해 호통을 내지르는 광경이 보였다.

진노한 그 표정이 태산도 갈라놓을 것 같았다.

"저들을 주시하라. 야음을 틈타 이동하든지 소수로 묶어서 도강을 시도하려는 움직임을 보일 것이다. 도강을 감행하는 자들은 이유를 불문하고 죽여라."

은밀에 숨어 있던 은형이조가 스르륵 모습을 드러냈다.

"알겠습니다, 주공."

할 말을 마친 호연웅이 시선을 돌리고 나무 둥치에 몸을 기대고 누웠다. 그는 찰나의 순간에 전력을 다해 내력을 쏟아부었기에 심신이 몹시 떨렸으나 사실 그보다는 참담한 결과에 심신이 격동하고 있었다.

선체만 파괴하여 수장시키면 승선원은 무인인 이상 자기 한 몸 정도는 지켜 뭍으로 기어나갈 줄 알았다. 한데 무지막지한 무게의 철갑이 그들을 잡아먹어 버렸다.

호연웅은 애써 흔들리는 마음을 다졌다.

이곳은 전장, 자비심을 풀어낼 장소가 아니었다.

생사여탈의 권리는 자신에게만 있는 것이 아니라 저들에게도 있다. 이곳은 죽고 죽이는 피비린내 나는 전장이다.

"주공! 놈들이 이동합니다!"

선잠이 들었던 호연웅은 육섭의 전갈에 잠에서 깨어났다.

강 건너 어둠 속에서 철커덕거리는 소음이 들렸다.

굽이치는 물살에 파묻혀 미약하기는 했으나 그것은 수천의 인원이 은밀하게 행로를 변경할 때 일어나는 소리였다.

"도강 장소를 변경했다."

"어떡할까요? 도강하여 놈들의 뒤를 쫓을까요?"

"지금은 허튼 내력 소비를 자제할 때다. 강줄기를 사이에 두고 저들을 따른다."

호연웅은 최소한의 진력으로 철갑무장단을 괴멸할 생각이었다. 이곳의 전투가 끝나도 달려갈 전장이 도처에 깔렸기 때문이다.

강변 건너 일어나는 소음을 따라 한참을 이동하던 도중 저들의 움직임이 잦아들었다.

도강을 모의하는 것이리라.

삼문협의 좁은 계곡을 벗어나 저들이 북상한 곳은 비교적 완만한 흐름을 가진 상류로 물살이 잔잔한 대신 강폭이 네 배는 더 확장된 지형이었다.

게다가 야음에 이동했다는 것은 당장 잠영을 통한 도강을 실행하겠다는 것이다. 그 무거운 철갑을 입고 잠행으로 이 먼 거리를 도강할 수는 없다. 저들은 철갑을 버리고 도강을 감행해 올 것이다.

호연웅이 은형이조에게 당부를 남겼다.

"저들은 잠영으로 도강을 시도할 것이다. 우린 백 장의 간격을 두고 강변에 포진하여 도강하는 무리를 사살한다. 시각이 야심한 만큼 물결의 파장에 촉각을 세워라."

이천에 이르는 대병을 맞이하면서도 호연웅과 은형이조의 얼굴에 크게 긴장된 기색이 흐르지 않았다.

그 자신감은 격돌의 장소가 북해절기 북두무상신공에 특화된 강변이기 때문이었다.

수맥이 존재하는 한 북두무상공의 한빙기는 무적에 가까운 무학일 것이다.

서로 간의 간격을 벌린 호연웅과 은형이조가 강물로 들어섰고, 무릎 인근쯤의 수위에서 멈춰 섰다.

그리고 찰랑거리는 물살의 흐름에 기도를 집중시켰다.

잠영을 통해 도하를 시도하는 적을 식별해 내기 위해서였다. 이윽고 몸에 와 닿는 물결의 흐름이 미세하게 빨라지며 거칠어지기 시작했다.

'왔구나.'

강물에 흠뻑 젖은 학우선을 양손에 움켜쥔 은형이조원들이 전의를 다졌다.

비록 부채에 불과했으나 이것을 주병(主兵)으로 선택했을 때부터 그들에게는 자신감이 충만했다. 한빙기에 특화된 그 효용이 신병이기가 부럽지 않기 때문이다.

먼저 육섭이 강심을 향해 학우선을 뿌렸다.

피웃! 피피피웃!

학우선에서 결빙된 빙탄이 우수수 쏟아지고 뒤를 이어 다른 조원들의 학우선이 어스름한 달빛 아래 춤을 추었다.

"급습이다!"

"적이다! 적이 나타났다!"

컴컴한 수면에서 일대 소란이 일어났다. 어깨를 나란히 하고 자맥질을 이어가던 동료가 졸지에 둥둥 떠다니는 시체가 되었으니 어찌 놀라지 않겠는가.

하나 그들도 나름 작정이 있었는지 수면을 박차고 몇몇 인물이 호연웅이 버틴 강변으로 내달려왔다.

물 위를 밟고 달리는 등평도수는 개나 소나 펼친다는 무학이 아니다. 절정에 근접해야 그나마 이십여 장 정도를 박차고 달릴 수 있다.

하니 수면을 박차고 흉흉한 기세를 드러내고 달려드는 자들은 적어도 대주급 이상의 무인일 것이다. 그 움직임이 얼핏 감을 잡아도 쉰 명을 넘어섰다.

하지만 절정이 그리 간단하게 이룰 경지이겠는가.

그들 대다수는 다시 물속으로 잠겨들었고, 끝까지 등평도

수를 유지하며 근접한 자들은 모두 다섯이었다.

호연웅의 전신에서 청망이 뻗어나 달려드는 그들을 그물처럼 뒤덮었다. 그들도 덮쳐오는 그물에 화들짝 놀라 내력이 담긴 일검으로 청망을 갈라 나갔다.

차라라라랑!

청망은 호연웅의 빙혼기가 정화되어 뿜어지는 북두무상신공의 정수. 도병으로 쉽사리 갈라낼 기강이 아니었다.

궤적을 그린 일검들이 청망을 갈라갔으나 푸른 불꽃만 사방에 번뜩였고 청망은 그들을 뒤덮었다.

그들은 다시 신형을 급격하게 뒤로 뽑아 잉어처럼 수면을 박차며 뒤덮어오는 청망을 피해냈다.

그 기민한 몸놀림은 호연웅의 예상을 벗어날 만큼 민첩했다. 하나 발바닥에 담긴 진기만으로 끝없이 수면을 떠다니며 싸울 수 있다는 것은 무신에 근접한 자들만이 이룰 수 있는 경지. 그들은 한계를 드러내고 신체 일부가 침수하기 시작했다.

첨벙!

생사결에 임하는 무인에게 가장 중요한 것은 몸의 중심을 유지하는 일이다. 수면으로 몸 일부기 빠져든 순간 승부는 결정 난 것과 다를 바 없었다. 일척간두의 순간이 생사를 가늠하기 때문이다.

수면에서 다시 솟구치려는 그들은 향해 비수 같은 빙탄이 우박같이 쏟아져 그들의 사지를 꿰뚫었다.

"크헉."

"크흑!"

결사조라 생각되는 고수 다섯이 생을 달리했지만 그렇다
고 전황이 끝난 것은 아니다.

차차차차촤!

수면을 밟고 내달려오는 거친 움직임들이 다시 강물 방향
에서 들려왔다. 잠영으로 근접한 자들이 일시에 신형을 뽑아
내서 돌격해 오는 것이었다.

급하게 수면을 스쳐 물기를 가득 머금은 학우선이 수면을
향해 우박세례를 뿌렸다.

거친 비명과 수면을 박차고 달려드는 소음이 난무한 가운
데 근접한 몇몇 무인들이 일검을 휘두르며 쇄도했다.

하지만 은형이조원들은 스륵 은밀에 몸을 숨긴 뒤 사라진
적을 찾아 허둥거리는 그들의 후방을 급습해 우박세례를 퍼
부었다.

"아악!"

"억!"

그들 역시 전신에 무수한 구멍을 내고 침수되었지만 무려
이천여 명에 달하는 대병이 일시에 시도하는 도하였다.

근접전으로 시간을 허비하는 사이 잠영으로 도강을 끝낸
대규모의 병력이 수면에서 상체를 일으켜 달려들었다.

츄악! 츄아악!

희미하게 월광을 머금은 검은 물결 속에서 일시에 일천 이상의 대병이 몸을 솟구치는 광경은 실로 장엄했다.

그들 개인마다 뽑아 든 도병에서 푸른 섬광이 번뜩여 강변은 일시에 푸르스름한 빛살을 피워냈다.

"와아아아아아!!"

드디어 신원을 알 수 없는 미지의 적과 조우했다는 기대심에 그들에게선 사기충천한 울림이 터져 나왔다.

그때 첨벙거리며 내달리는 수면에서 뼛골을 울리는 싸늘한 한기가 밀려들었다.

한겨울 얼음이 꽁꽁 언 계곡에 입수한 것보다 더한 극한의 냉기였다. 순식간에 몸이 덜덜 떨리고 굳어져 가는 자신을 느끼며 그들을 놀란 눈을 치켜떴다.

도강을 시도할 때는 강물이 그저 차갑다는 느낌이었으나 지금은 물을 벗어나지 못하면 동사하고 말 것이란 생각이 그들을 지배했다.

그러나 극한의 추위는 순식간에 그들의 사지를 잠식했다.

눈앞이 아득해지며 이대로 얼어 죽는구나 하는 생각을 하는 순간 양강의 난류가 뒤에서 번지며 굳어가던 그들이 시지를 녹여주었다.

좀 전이 지독한 한류(寒流)였다면 지금은 용암이 들끓어 오르는 듯한 열류(熱流)가 강물에 번졌다.

빙혼기를 강물에 심어 냉기를 퍼뜨리던 호연웅도 수면에 피어오르는 수증기를 보며 상황이 여의치 못하다는 것을 느꼈다. 아직 자신의 주변까지 열류가 스며든 것은 아니나 냉기가 급격하게 감소하는 것으로 보아 누군가 열강의 고수가 대응하고 있다는 것을 알았다. 게다가 어둠이 가득한 수면에서는 물안개가 피어나고 있었다.

이어 벌어질 전황이 빠르게 호연웅의 뇌리를 스쳐 갔다.

예상과 다르게 저들을 일거에 쓸어내지는 못하게 되었으나 괴멸할 순 있을 것이다. 하지만 자신과 은형이조원 역시 무사하지 못할 것이다.

더욱이 은형이조원 역시 몰살할 것이다.

상황이 정리되자 결정도 빨랐다.

"철수한다! 일격을 쏟아붓고 다음 목적지에서 합류한다!"

호연웅의 명이 떨어지기가 무섭게 태풍이 휘몰아치듯 거친 우박세례가 수면을 향해 쏟아져 나갔다.

허리춤에 꽂아두었던 여덟 개의 학우선이 일시에 빙탄을 쏟아낸 것이다.

한빙기가 분산된 까닭에 위력은 이전보다 현격하게 감소하였으나 근접하는 적들을 놀라게 하기에는 충분했다.

일수에 살상하지는 못했으나 쉽게 운신하지 못하도록 수없는 자상을 그들에게 심어주었다.

그리고는 은밀에 몸을 숨긴 호연웅과 은형이조원들은 유

유히 강변을 벗어나 다음 목적지로 향했다.

암습자들이 사라진 강변의 정경은 처참했다.

수백에 이르는 시체가 둥둥 수면을 떠다녔고, 그들이 흘리는 피가 강물에 번져 피비린내를 풍겼다.

게다가 언 몸을 녹이느라고 섣불리 수면 밖으로 나서지도 못하고 열류를 찾아 수중을 누비는 움직임이 분주하였다.

"으득, 내 평생 이런 처참한 전황은 처음이구나."

이빨을 갈며 강변으로 걸어나온 그는 적상철갑무단의 단주 여동추였다. 그의 전신에선 뜨거운 김이 무럭무럭 솟아나고 있었다.

수하들의 몰살을 막고자 극염의 양강을 강물에 풀어놓은 것이 그였다. 일시에 모든 내력을 쏟아부은 탓인지 그는 전신을 후들후들 떨었다. 어쩌면 처참한 전황에 분노하여 광기를 쏟아내는 것인지도 모른다.

"대오를 정돈하고 피해 상황을 점검하여 보고하라."

부장급의 생존한 수하에게 지시를 내린 여동추의 힘없는 발걸음이 강기슭으로 향했다.

한편, 집결지에 도착한 호연웅도 뒤늦게 나다닌 은형이조원들의 상태를 보고 침음을 흘렸다.

"으음."

어둠 속에서 서로 간의 거리가 있어 은형이조원들이 이 정도로 난전을 치렀는지는 짐작조차 못했다.

신체 곳곳에 길게 가로로 그은 상처들이 가득했다.

그대로 지혈을 한 덕분에 더는 핏물이 번지지 않았지만, 자상의 정도로 보아서 지금쯤은 어지럼증이 일어나고 있을 것이다.

"다들 고전했구나."

"이 정도쯤은 견딜 만합니다, 주군."

육섭이 격앙된 음성으로 답했으나 그것은 허세에 지나지 않았다. 그는 쏟아지는 졸음을 참기 위해 입술을 악물고 있었으니.

더불어 다른 은형이조원들의 상처도 녹록치 않아 보였다.

"이 상황에서 증세를 숨길 필요는 없다. 이차로 내정된 기습은 취소한다. 당장은 정양에 힘써라."

"아닙니다, 주공! 적들이 전황을 추스르기 전에 다시는 일어서지 못할 타격을 줘야 합니다."

"이 싸움이 전부가 아니야. 쉬라고 하면 일단은 쉬어."

일침을 던진 호연웅이 자리에서 일어섰다.

먹을 것을 구해오기 위해서였다.

정양의 우선은 치료요, 다음은 안정이고, 떨어진 체력을 보충하기 위해 음식을 섭취해야 한다.

당장 그가 부하들을 위해 해줄 수 있는 일은 그 정도뿐이었다. 주군이 손수 먹을 것을 구하려 하는 움직임을 보이자 조원들의 표정엔 벅찬 감격이 떠올랐다. 그러나 이조차도 해주지 못한다면 호연웅은 가슴이 메어질 것이다.

사실 이 정도의 전과도 대단한 일이었다. 괴멸에 가까운 전공을 올렸으니 말이다.

반 시진 뒤 호연웅은 어디서 구했는지 오이풀 한 묶음과 야생으로 자생하는 감자를 한 아름을 구해 나타났다.

아마도 온 산야를 다 뒤져서 채취해 왔을 것이다.

야생감자는 구황작물로 기근에 시달리는 백성이 굶주림을 해결하기도 했지만, 해열과 지혈에도 효험이 있는 구근작물이었다.

즉, 치료와 배고픔을 동시에 해결할 먹을거리였다. 또한 오이풀은 묵노가 입묵 후 상처치료에 사용했던 녹밀의 주원료가 되는 식물이었다.

호연웅은 서둘러 약초를 짓이겨 즙을 만들고 조원들에게 생으로 야생감자를 복용시켰다. 이어 녹즙이 된 오이풀을 조원들의 상처에 조밀하게 발라주었다.

그러나 그것으로 호연웅의 치료는 끝난 것이 아니었다.

다섯 명의 조원들을 둥그렇게 정좌시키고 운공에 들도록 했다. 그러고는 자신 역시 그들의 중심에 들어가 운공에 몰두했다.

이는 진력전이(盡力轉移)라는 호연웅이 찾아낸 치료법이다. 그는 빙혼기의 내력이 상승하며 자가 치료라는 상상치 못할 공능을 얻게 되었다.

즉, 어떤 내상이나 부상을 당하더라도 시간이 지나며 자체적으로 그 치료를 완료할 수 있는 신기였다.

호연웅은 자신의 공능으로 조원들의 상처를 치료해 보려는 의도였다. 그를 가능하도록 뒷받침하는 것이 정좌한 여섯 사람 모두가 동일한 심법과 동질의 내력을 보유하고 있다는 사실이었다.

호연웅의 판단은 주효했다.

한 공간에서 동일한 내공의 심법이 운용되자 서로의 내력이 전이되며 공유가 이루어져 나갔다.

그리고 벌어졌던 상처들이 서서히 아물어지는 기현상이 발생했다. 호연웅의 빙혼기가 조원들의 한빙기에 스며들어 그 체내를 운행하며 자가 치유의 공능을 벌이는 것이었다.

그렇게 일다경이 흘렀을 즈음 호연웅이 눈을 떴다. 동시에 다섯 사람의 운기와 교류하다 보니 내력이 달려 더는 운공을 지속할 수 없었기 때문이다.

이어 운공을 마친 호연웅의 입에서 나지막한 한숨이 흐르고, 은형이조원들이 하나둘씩 눈을 뜨며 긴 한숨을 내쉬었다.

완전하지는 않지만 벌써 아물어가는 상처를 바라보며 그들은 서로가 경악했다. 운기를 교류하며 뭔가 이상한 감이 전달된다고 느꼈으나 이런 치료가 이뤄질 줄이야.

육섭이 기현상에 휘둥그레져 호연웅에게 물었다.

"주공! 이게 어찌 된 일인지?"

"나도 긴가민가했는데… 정말 가능할지는 몰랐어."

호연웅도 스스로 놀랐다. 혹시 하는 마음으로 시도한 결과가 뜻밖에도 그 효과가 출중하지 않은가.

이리저리 몸을 풀어보던 육섭은 환한 웃음을 지었다. 오히려 부상 이전보다 몸 상태가 좋았다.

"이건 정말 놀라운 일입니다. 부상 이전보다 더 몸이 좋아졌습니다."

호연웅도 심신이 쾌활해지기는 마찬가지였다.

"어때? 몸이 좋아졌다면 이대로 한번 달려볼까?"

"좋습니다. 이 상태라면 북해까지도 한달음에 달려갈 것 같습니다."

"너무 앞서가지 마. 우린 이대로 항산에 들어섰다는 무리를 맞이하러 간다."

"항산으로요? 철갑무장단은 어찌시려고?"

철갑무장단은 이미 지리멸렬한 것과 다를 바 없었다.

남은 병력을 추슬러 내성까지 진격해 온다 하여도 크게 위협이 될 존재는 아니었다.

"이곳은 이 정도면 충분해. 그들보다는 오히려 빠른 속도로 남하하는 그쪽이 더 우려되는 존재들이야."

삼문협 참사 이후 닷새가 지났다.

그동안 북으로 격전지를 옮긴 호연웅과 은형이조는 오태산 인근까지 남하하여 군영을 이룬 그들과 조우했다.

대련회에서 파견한 정예 세력. 그 인원은 삼백여 명 정도에 불과하였으나 그 잠재된 능력이 어느 수위에 이르렀을지는 가늠키 어려운 집단이었다.

저들은 북상하는 세력과 도착 일정을 맞추기 위해 진격 속도를 늦추고 있었다. 제 속도로 남하하였다면 현재 이동 거리의 두 배쯤은 지나왔을 것이다.

"드디어 만났군."

군영이 펼쳐진 벌판을 굽어보는 산기슭에 선 호연웅이 조원들에게 넌지시 건넨 말이다.

조원들 역시 적을 마주하는 눈빛에 전의가 넘쳐흘렀다.

지난 닷새 동안 북상하는 과정 중에 호연웅과 끊임없이 운기를 교류한 덕분에 내력이 증강되며 활력이 넘쳐나고 있었다. 그리고 그 활력은 전의로 불타올랐다.

그 결의를 읽었는지 호연웅이 우려 섞인 조원들에게 말을 건넸다.

"이번 전투는 삼문협과는 방식이 조금 다를 것이다."

육섭이 호연웅에게 고개를 돌렸다.

"어쩌실 생각이십니까?"

"수장을 먼저 제거하고 나머지 적들은 유인하여 괴멸한다."

"봐두신 지형은 있으십니까?"

호연웅의 시선이 벌판을 벗어난 우측 능선으로 향했다. 오태산 자락에서 이어진 줄기로 석고령이라는 곳이었다.

온통 돌덩어리로 이뤄진 석고령에는 대규모 채석장이 즐비했다. 양질의 석재가 채굴되는 덕분에 산서에서는 가장 유명한 채석장 가운데 한곳이었다.

"은형이조는 석고령의 채석장에 들어가 작업 중인 인부들을 대피시켜라. 애꿎은 희생자가 발생하지 않도록 강제로라도 모두 쫓아내야 한다."

호연웅은 인근 지형에 대한 정보를 은형사가 보내오는 전서구를 통해 이미 숙지한 상태였다.

삼문협의 승전을 이미 보고받은 묵노는 호연웅의 이동 경로를 파악하고 다음 목표를 짐작하고 있었다. 하여 수뇌회의를 통해 호연웅에게 유리한 최적의 접전지로 석고령을 지목하고 그 계책을 전달한 상태였다.

그렇게 전달받은 계책이 방금 호연웅이 조원들에게 전달한 그 내용이었다.

"알겠습니다. 한데 주공께서는 어쩌실 요량이십니까?"

"저들을 유인하는 시각은 해시쯤이 될 것이다. 그 안에 모든 인부들을 도피시키고 이곳에 적힌 내용대로 그 준비를 맞춰놓아야 한다."

호연웅이 품에서 꺼낸 전서구를 육섭에게 건넸다.

전서구를 건네받아 읽어 내려가는 육섭의 얼굴에 어두운 그늘이 들었다.

그 내용은 적의 수장을 암살하고 도주로를 석고령으로 잡은 것이었는데, 호연웅은 홀로 남아 단독으로 암습을 시도하려는 것이기 때문이었다.

"이 일은 제가 대신하겠습니다."

육섭이 굳은 결의를 다졌지만 호연웅은 고개를 저었다. 그의 무위가 못 미더운 것이 아니라 조금이라도 성공 여부의 가능성을 따졌을 때 자신의 결행이 더 확률이 높기 때문이었다.

"이번 작전의 미끼는 내가 직접 맡는다."

第四章

작광작성 (作狂作聖)

마음을 먹기에 따라서……

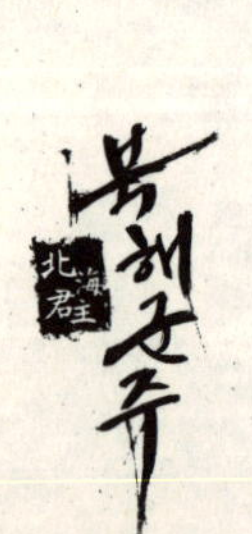

작광작성 (作狂作聖)
마음을 먹기에 따라서……

노을이 물들어가는 시각.

저녁 준비가 분주한 군영으로 접근하는 한 사내가 있었다.

그는 호연웅이었다.

이어 진영이 가까워지자 은밀하게 움직이던 그의 신체가 스르륵 바람처럼 사라졌다.

은형십오위의 비기 비공은형술이었다.

은밀에 몸을 숨긴 호연웅은 군영과 인접한 한 거목으로 올라가 그들의 움직임을 살폈다.

그가 주목하는 것은 준비된 저녁이 배달되는 순서였다.

가장 먼저 식사가 배달되는 곳.

그곳이 수장의 막사임을 간접적으로 증명하기 때문이었다.

모닥불이 타고 남아 자글거리는 숯불에서는 고깃덩어리가 기름을 뚝뚝 흘리며 구워졌고, 장작이 쑤셔지는 가마에서는 모락모락 밥 짓는 연기가 퍼져 식욕을 자극했다. 그 구수한 밥 냄새에 호연웅조차 회가 동할 판이었다.

조금은 이른 저녁 준비였다.

행군에 여유가 있으니 저들은 이른 시간부터 군영을 꾸리고 시간을 허비하는 것이었다.

진군에 늑장을 부리고 있다는 은형사의 보고대로였다.

주린 배를 참으며 주시하기를 이각쯤 되었을 때, 준비된 식사가 처음으로 배달되는 막사가 눈에 들어왔다. 총 서른 개가 세워진 군막 가운데 중앙에 자리한 세 군막 중의 하나였다.

'저곳이다.'

목표를 찾아낸 호연웅의 눈빛이 번뜩였다.

그리고 숨을 죽이며 일순간에 빈틈이 일어나는 기회를 기다렸다. 그 빈틈은 전체 군영이 식사에 들어가는 일각 정도의 틈이었다.

식사가 이뤄지는 시간 동안에는 대다수의 주의가 산만해지기 때문에 침투하기가 쉬웠다.

사실 비공은형술에 의지하여 당장에라도 침투는 가능했으나 저들 중에는 무위가 고강한 자들이 더러 섞여 있는지라 호연웅은 신중에 신중을 기했다.

　최소의 경비병을 제외한 인원이 배식 장소로 모여들며 마침내 기다리던 순간이 다가왔다.

　호연웅은 지체없이 은신했던 장소에서 벗어나 기척을 죽이며 중앙 광장을 향해 다가섰다. 이미 비공은형술을 펼친 상태라 눈에는 보이지 않았지만 기도가 발각될까 우려하여 최대한 진중하게 발걸음을 옮겼다.

　한데 외곽의 군막들을 지나쳐 중앙 광장의 막사로 다가설수록 지나치는 막사마다 예사롭지 않은 기도가 느껴졌다.

　고수는 고수를 알아본다.

　겉으로는 드러나지 않지만, 무예의 경지가 높아질수록 서로가 감지할 수 있는 기도가 있다.

　무턱대고 비공은형술만 믿고 침투하였다면 필시 발각되었을 것이다. 지금은 막사 바깥이 식사 때문에 소란스러워 호연웅의 기도가 상쇄되었기에 저들이 침입자를 감지하지 못한 것이다.

　더욱이 호연웅은 침투를 위해 최대한 기도를 숨겼고, 저들은 그럴 이유가 없었다. 그러니 평상시처럼 행동하였기에 그 기도가 막사 밖에까지 전해진 것이다.

　막사를 넘어 느껴지는 기도라면 필시 범상치 않은 무인들일 것이다. 예상보다 많은 고수가 진영에 포진하고 있었다는 사실에 호연웅은 놀라며 잠입은 이어졌다.

　중앙으로 들어갈수록 점점 기도는 높아졌고, 마침내 호연웅은 목표로 한 막사 앞에서 멈추었다.

막사 안에는 오롯하게 하나의 기척이 느껴졌다. 대범하게도 수장의 막사를 지키는 위병도 없었다.

혹여 상대는 이런 상황을 기다리고 있었던 것은 아닌가 하는 의심이 들었으나 호연웅은 주저 없이 천막을 들추고 안으로 들어섰다.

막사 안에는 막 식사를 끝낸 듯한 장한이 손수건으로 입가를 닦아내고 있었다.

"왔는가."

대수롭지 않게 던진 장한의 말투에서 호연웅은 불운을 직감했다. 마치 기다리고 있었다는 듯한 어투가 아닌가.

장한의 시선이 호연웅의 움직임을 따랐다.

은밀에 형체를 숨기어 그 모습이 보이지 않을 텐데 그는 정확하게 호연웅의 위치를 파악하고 있었다.

"나를 기다렸는가?"

"조금만 더 일찍 방문하여 식사를 같이했으면 좋았을 것을 아쉽군."

"큭."

호연웅의 입가에서 허탈한 웃음이 흘렀다.

이들의 진영을 발견한 것은 불과 한 시진 전이다. 게다가 기습의 징후도 없이 바로 실행에 옮겼는데 상대는 이미 모든 상황을 예견한 듯 대비를 마쳐 놓고 있었다.

막사 밖에선 감지 못했던 기척이 무려 열둘이나 되었다.

은형십오위의 비기와 같은 은신술을 극성으로 수련한 자들로 그들이 뿜어내는 살기에 살갗이 따가울 정도였다.

"흥미롭군. 이들도 비천십이영이라 불리는 자들인가?"

입 언저리를 여유롭게 닦아내던 장한이 풀썩 웃었다.

"유림십이밀(儒林十二密)이라 불린다네."

"자신이 넘치는군."

"모습을 감춘 자네처럼 이들도 몹시 신비하거든."

장한은 말하는 와중에도 손수건을 물에 적시어 짜내더니 곱게 접어 피곤하다는 듯 눈언저리를 덮었다.

그리고 그의 입에서 다소 놀란 음색이 흘렀다.

"생각보다 젊군."

"재밌군. 내 모습이 보이는가?"

"저런, 먼 길을 달려왔는지 의복에 먼지가 가득 내려앉았군. 신발도 많이 해졌고 말이야."

"그 수건이 제법 쓸 만한 기보인가 보군."

"자네도 보다시피 내 주변엔 항시 유령들이 득시글거린다네. 그래서 장만해 두었지. 한데 신시에 들어서니 갑자기 새끼 유령들이 판을 치더군. 그래서 항시 애용하고 있다네."

역시 여유로움에 이유가 있다더니.

상대는 자신을 정탐하는 은형사원들의 존재를 저 기보를 통해 파악하고 있었다. 새끼 유령이란 표현이 아직은 비공은형술에 익숙지 못한 은형사원들을 뜻하는 말이리라.

비로소 상대의 대비가 이해되었다.

호연웅은 스르륵 은밀에서 나와 신형을 드러냈다.

"우습군. 자객 주제에 모습을 드러내야 하는 꼴이."

"평범한 자객 같지는 않은데, 자네는 누군가?"

"아직 추국은 이르다 생각하는데. 이 정도의 방비로 자만하기는 좀 이르지 않은가?"

호연웅의 여유로운 표정에 장한도 빙그레 웃었다.

"그래, 내가 좀 성급하였군. 그래도 내 집을 찾아온 손님인데 말이야. 손님께 의자를 내드려라. 좀 앉아서 이야기를 나눠보세."

의자 하나가 둥둥 떠 호연웅의 발치로 옮겨졌다.

"앉게."

장한이 손을 펼쳐 의자를 권했다. 그 시건방진 행동에 호연웅은 피식 웃으며 놓인 의자에 걸터앉았다. 그 모습이 스스럼없는지라 그를 바라보는 장한의 눈빛에 이채가 흘렀다.

"자네, 꽤 대범하군."

"배포없는 자객은 자객이라 할 수 없겠지."

"그 호기는 인정할 만하군. 도대체 자넨 누군가?"

"그대는 도리를 모르는군. 먼저 신분을 밝히는 것이……."

"내가 누군지도 모르면서 이곳을 뛰어들었단 말인가?"

장한은 어처구니가 없다는 표정이었다. 그러나 호연웅에

게 상대의 신분 따위는 중요치 않았다.

그저 제거해야 할 대상일 뿐이었다.

"그대가 이곳의 수장이라는 것만 알고 있지."

"허허! 배포가 큰 것이 아니라 무모한 자로군. 사지에 뛰어들면서 상대의 이름조차 모른다. 하하하!"

"굳이 필요를 못 느끼니까."

"대련회라는 이름은 들어보았는가?"

"들었네."

"그럼 십이봉공회는 들어보았는가?"

"그대들은 열둘이라는 숫자에 꽤 집착하는군."

"응?"

장한도 그 점은 평소 주의하여 생각한 문제가 아니었다. 어쩌다 보니 십이봉공회와 유림십이밀 등등 열둘이라는 숫자와 연관을 지녔을 뿐이다.

"그게 공교롭게도 그렇게 되었군. 각설하고, 지금 자네가 마주한 난 십이봉공의 일좌를 차지한 위인이라네."

"십이봉공이 삼두육비의 괴수인 줄 알았더니 의외로 평범하군."

"삼두육비리? 히히, 그 정도의 비교로는 좀 부족하다네. 아마도 육두십이비쯤은 되겠지."

여유로운 화답에 호연웅의 눈빛이 조금은 얇아졌다.

단순히 대련회 대어급의 인물이라 예상했는데 최상좌 인

물들 중 하나라니.

호연웅이 목소리에 힘을 주어 말했다.

"강호를 일통한 소감이 어떠시오?"

"얼마 전까지는 순조로웠네. 한데 웬 미꾸라지 하나가 뛰어들어 흙탕물을 만들면서… 그러고 보니 그 미꾸라지가 바로 자네였는가?"

"……."

"빙룡인가 하는 그 미꾸라지가 역시 자네였군."

호연웅을 주시하는 장한이 배시시 웃었다.

장한의 이름은 황충. 유학을 신봉하는 유림(儒林)의 명실상부한 수장으로 온화한 유림학자로 세인에게 알려졌지만, 그의 진정한 신분은 백면봉공. 대련회를 이끄는 십이봉공회의 일인이었다. 나이 또한 겉으로는 사십대로 보였으나 실제는 칠순을 넘어선 노강호였고, 그 교묘한 언변이 능구렁이와도 같은 자였다.

"북해에서 왔다고?"

"생각보다 많은 것을 알고 있는 모양이구려."

"혼사 때문에 먼 이역까지 나들이했다는 것 정도쯤은 알고 있네."

"또 무엇을 알고 있소?"

"금천세가의 후사인 천아영이란 아이를 연모한다고?"

"그쯤 되면 전부를 알고 있는 것 같구려."

"그러면 이쯤에서 북상련을 넘기고 아영이란 처자와 얌전히 북해로 돌아가는 것은 어떤가?"

"권유라 보기엔 그대들이 받은 피해가 클 텐데 큰 도량을 베푸시는구려."

"북상련을 손에 쥐면 지금까지의 피해는 상쇄되겠지."

"거절한다면?"

"목이 잘려 이 막사를 벗어나겠지. 만에 하나 자네가 이곳에서 살아나간다고 해도 천아영 그 처자의 목숨은 지켜내지 못할 걸세."

꿈틀.

호연웅의 표정이 흔들렸다. 이어 그의 전신에서 실타래와 같은 청망이 스멀스멀 피어올랐다.

"그대들의 교만은 대체 어디서 나오지?"

"결국 피를 부르겠단 건가?"

"어차피 그대들과 난 건너지 못할 강을 건넜다. 세인들은 그곳을 혈류라 하더군."

"어쩔 수 없군. 말로써 안 된다면 힘으로 증명할 수밖에."

백면봉공이 얼굴을 덮었던 손수건을 걷어냈다. 그와 동시에 무수한 백광이 허공에 번뜩이며 호연웅을 향해 쇄도했다. 사전에 약속된 신호였으리라.

호연웅의 전신에서도 청망이 뻗어나 백광과 부딪쳤다.

유림십이밀이 휘두른 백광은 거미줄처럼 촘촘한 청망에

걸려 모조리 튕겨져 나갔다.

이어 사방을 가득 채운 청망이 막사 안을 휩쓸었다.

차자창! 차창! 차차자자장!

요란한 격돌음이 울렸다. 그것은 번져 나가는 청망을 막아내기 위한 백광의 몸부림이었다.

청망에 사로잡힌 백광이 요동쳤다. 그러나 청망의 강맹한 위력은 백광을 잠식하고 막사마저 갈가리 찢어버렸다.

호연웅의 진노는 극에 달해 있었다. 백면봉공이 천아영을 거론하자 이성이 흔들렸기 때문이다. 그는 한계치를 넘어 잠력까지 끌어올려 청망에 쏟아부었다.

"끄아아악!"

"크아악!"

푸아아악!

살을 가르고 몸속에서 솟구치는 핏물처럼 청망이 막사를 뚫고 사방으로 번져 나갔다.

청망에 늘어진 처렁처렁한 육편들.

굳이 누구의 것인지를 밝히지 않아도 알 수 있는 일이었다. 막사 안에 자리했던 십삼 인은 창졸간에 갈려 나간 듯 분화된 것이었다.

그들이 분화하며 내지른 비명에 식사 중이던 무인들이 중앙 막사를 향해 몰려왔다.

몰려든 자들은 하늘을 뒤덮은 청망에 우선 놀랐고, 그 중앙에 자리한 한 괴인의 눈빛에 또 놀랐다.

산발한 괴인은 시퍼런 안광을 번뜩이고 있었다.

그 눈빛은 팔한지옥에서 튀어나온 야차의 눈빛처럼 보였다. 바라보는 것만으로도 오금이 떨렸고, 달려들던 무인들은 그 눈빛에 주춤주춤 물러섰다.

만인을 압도하는 악귀와도 같은 눈빛이었다.

더불어 호연웅의 입술 사이에선 악귀의 신음 같은 괴음이 흘렀다.

"크르륵."

과도한 진기를 일시에 쏟아내며 발생한 범람의 대가였다.

한빙기가 빙혼기로 증강되었을 때부터 호연웅의 신체에는 불안이 감돌았었다.

삽시간에 진기가 수배는 증강되었기 때문이다. 진기가 응축되는 기해혈을 기의 바다라고 하지만 그 바다가 수배로 증강하면 결국은 범람하게 된다.

호연웅은 그 범람을 얇은 둑을 쌓아 막아두었으나 진노가 거대한 해일을 불러오며 그 둑이 무너지고 말았다.

인체가 감당 못할 범람은 역류를 일으켰고, 이성을 마비시켰다. 중천의 백웅이 우려했던 일이 벌어진 것이다.

침습해 있던 사기가 활성화되어 버렸다.

호연웅은 만학거사가 시행했던 주술의 묘약을 과감하게 복용했었다. 그 대신 부적을 불태워 사술을 방지했다고 믿었

으나 그는 꼭두각시가 되는 참사는 면했을 뿐 지독한 고통을
감내해야만 했다.

묘약의 징후는 여전히 내면에 내재하였고, 활성화되지 못
한 사기는 정신세계에 숨어 기회를 노리고 있었다.

한데 진기의 범람은 이성을 마비시켰고, 사기가 활성화하
여 암왕야가 '인성을 상실한 마물 하나가 천하에 날뛰겠구
나' 하고 예견했던 그 상황이 벌어지고 만 것이다.

"크륵."

호연웅의 광망이 주변을 살폈다.

병장기를 뽑아 들고 눈치를 살피는 삼백여 명의 모습은 도
산검림을 방불케 하였다. 그러나 이성을 상실한 호연웅에게
그들은 한낱 먹잇감에 지나지 않았다.

"크아아앙!!"

악귀의 포효가 진영에 울렸다.

"헉헉……."

지친 숨을 토해내는 혈인은 호연웅이었다.

그의 발아래에는 삼백여 구의 시신이 육편으로 분하여 나
뒹굴고 있었다.

진기를 한바탕 쏟아내고 나자 범람은 언제 그랬냐는 듯 태
풍 후의 고요처럼 되돌아갔다. 역류도 원류로 순행하며 사라
졌던 이성도 제자리를 찾았다.

핏물이 작은 냇물을 이루어 핏빛 웅덩이를 만들었다.

그 질척질척한 핏물에 발을 담그고 있던 호연웅이 벌어진 참상이 입술을 악물었다.

몸서리가 쳐질 만큼 잔혹한 실상이었다.

그 참상에 오롯이 서 있는 것은 자신뿐.

이 엄청난 만행이 누구의 짓인지는 새삼 기억을 떠올리지 않아도 알 수 있는 일. 아니, 기억 자체가 떠오르지 않았다.

'이, 이것이 내가 벌인 일이란 말인가.'

호연웅이 정신적 공황에 빠져 휘청거리고 있을 때 나직한 목소리가 들렸다.

"주공."

육섭이었다. 그 역시도 벌어진 참상에 입을 다물지 못했고, 울컥 솟구치는 욕지기를 참아내느라 인상을 찡그렸다.

이어 목울대를 꿀꺽인 그가 불편한 속을 달래며 말했다.

"대체 이게 어찌 된 일입니까?"

채석장에 당도하여 인부들을 대피시키던 그 순간 천중으로 솟구친 천망을 보며 불운을 직감했었다.

푸른빛이 온통 밤하늘을 휘감고 불안하게 흔들렸다. 하여 임무도 망각하고 부리나케 달려왔더니 벌어진 참상은 차마 눈 뜨고 보기 어려울 만큼 처참하였다.

"아마도… 내가 벌인 짓 같구나."

호연웅의 나지막한 넋두리를 들으며 육섭은 할 말을 잃었다. 참상을 보면서도 설마 했으나 설마하니 그 생각이 들어맞을 줄이야.

"내가 자네들과 헤어진 지 얼마나 되었지?"

"반 시진 정도쯤 지난 것 같습니다."

그 정도라면 대략 이각 정도는 기억을 잃었으리라. 호연웅이 스스로 생각하기에도 과한 질주라고 생각했다.

천아영의 이름이 불리는 순간 차솟은 내력이 정도를 넘어선다는 직감은 들었으나 기억까지 잃어버렸다니.

"주변을 둘러 생존자가 있는지 찾아보게."

"알겠습니다."

육섭이 주변에 널려진 시체들을 조사하는 동안 호연웅은 핏물 웅덩이에서 빠져나와 한 나무등치에 기대어 앉았다.

대체 자신에게 무슨 일이 벌어졌던 것일까.

석고령의 참사 이후 닷새가 흘렀다.

산서 북방으로 북상했던 호연웅과 은형이조원들은 방향을 되돌려 남하하여 북상련 본단을 지나 하루거리에 자리한 분양(汾陽)이란 곳에 당도해 있었다.

그곳에는 소림, 무당, 화산, 개방의 사대정협을 비롯한 명문거파들과 명문세가에서 출병한 일천오백여 명의 무인이 진영을 이루고 있었다.

"드디어 마지막 무리와 만났구나."

진영을 이루고 야영 준비에 한창인 그들을 굽어보는 호연웅의 표정엔 착잡한 전의가 흘렀다.

산서로 몰려드는 자들을 맞이하는 호연웅의 생각은 저들을 전투 불능 상태로 만드는 것이었다. 한데 그 목적이 도를 넘어서 괴멸에까지 이르렀다.

본의는 아니었지만 석고령에서는 삼백여 명 전원이 괴멸되었고, 이전 삼문협 전투에서는 일천여 명이 수장되었다.

분명히 상대해야 할 적이지만 그런 불상사를 우려하는 마음은 말로써는 형언할 수 없는 미묘한 감정이었다.

전심전력을 다해야 하는 전쟁에서 상대를 우려하는 심정이라니, 이 또한 역설적인 상황이 아닐 수 없었다.

호연웅이 은형이조원들에게 말했다.

"육섭과 칠섭은 저들에게 통첩을 전하라."

"명을 받들겠습니다. 뭐라고 전할까요?"

"이전의 전투 상황을 그대로 전하라. 일천의 철갑무장단이 삼문협에서 수장당하였고, 이천의 잔존 병력 역시 도하를 시도하다가 태반이 몰살되었으며, 석고령에서는 삼백여 명의 대련회 선발대가 시체도 보전하지 못하였다고. 앞으로 한 시진의 여유를 줄 것이다. 그 안에 진영을 철수하여 회군할 것이며, 그를 거절할 시 모두 괴멸될 것이라 전하라."

"존명!"

한편 야영 준비에 분주한 연합 무인 진영에서는 초긴장의 상태였다.

그를 증명하는 것이 사대정협이라 호칭하며 뭇 문파들을 낮게 평가하던 소림, 화산, 무당, 개방의 파병 무인들이 타 문파의 병력과 연합하여 진영을 구축한 일이었다.

"대련 특무조의 이야기를 들으셨습니까?"

침통한 표정으로 서두를 꺼낸 이는 청성파 장로인 송풍 진인(松風眞人) 요위상이었다.

"오늘 아침에 전갈을 받았소."

착잡하게 가라앉은 음색으로 화답한 그는 무당파 팔선관의 관주인 태청 진인(太淸眞人) 배염무였다.

"그 특무조를 이끌었던 수장이 누구였는지도 아십니까?"

"그 이야기는 거론하지 않는 것이 좋을 듯하오."

"태청 진인께서도 알고 계셨군요?"

"괴멸된 특무조에는 태청궁의 무당검수들도 다수 포함되어 있었소."

"아! 안타까운 일이로군요."

"……"

"한데 앞으로 무당파는 어쩌실 요량이십니까? 강경입니까, 온건입니까?"

"무당은 불의와 타협하지 않소."

"무당검수들의 죽음 때문에 그러신 겁니까?"

"무슨 소리요! 무당은 복수 따위에 연연하지 않소. 괴수를 방치하면 무림에 혈풍이 몰아치리라 판단하였기 때문이오."

태청 진인의 질색한 강변에 송풍 진인은 머리를 흔들며 물러섰다. 사실 모른 척 말을 건넸으나 석고령에서 몰살된 무당 검수 대다수가 팔선관 수련생 출신이라는 사실을 그는 알고 있었다.

태청 진인의 내심은 들불 같은 복수의 열기가 들끓고 있을 것이다.

'위선자.'

"태청 진인의 뜻을 잘 알겠습니다."

송풍 진인은 조용히 물러서 발걸음을 돌렸다.

태청 진인과 같은 강경파들 때문에 송풍 진인은 골머리가 아팠다. 이번 분쟁은 대련회와 금천세가가 벌린 싸움일 뿐 그곳에 청성파가 끼어들어 피를 볼 일이 없었다.

그렇다고 회군하자니 체면이 서지 않는 일이고.

넌지시 철수 여론을 몰아가려고 물밑 접촉을 시도하였지만, 태청 진인과 같은 강건파들의 의지가 확고하여 뜻을 관철하기가 쉽지 않았다. 그렇게 시름 깊은 표정으로 송풍 진인이 돌아가고 있을 때 저 멀리 배기를 든 두 무인이 산등성이를 타고 다가오는 광경이 보였다.

"저들은 뭔가?"

송풍 진인의 물음에 그를 보좌하던 청성파 도인들의 시선도 산둥성이를 향했다.

"백기를 들었습니다."

"누가 그를 모르느냐? 설마? 각 진영에 연락하여 서둘러 이 곳으로 모이라 전하여라!"

연합 진영은 백기를 들고 나타난 육섭과 칠섭의 통첩을 받고 난 뒤 격분에 휩쓸렸다.

그러나 내심에는 이번 싸움에 잘못 끼어들었다는 불안감이 팽배했다.

"그대들의 주군에게 전하게. 그 제안에 심사숙고하여 답을 주겠다고."

송풍 진인이 통첩을 전한 통보사(通報士)들에게 호의를 보이자 태청 진인이 발끈하여 나섰다.

"송풍, 무슨 뜻이오? 이들은 우리의 적! 당장 효수하여야 마땅한 일이오!"

"대무당의 위상은 어디로 가고 사절로 방문한 자의 목을 치겠다는 것이오! 태청 진인께서 불의와 타협하지 않겠다는 것이 겨우 이런 것이었단 말씀이시오!"

송풍 진인의 일침에 무당파의 통솔자인 태청 진인은 마땅한 대꾸를 찾지 못하고 사지를 부들부들 떨었다.

자신의 언사는 분명 도를 넘어선 것이었다. 사실 군문(軍門)에서도 통보사를 효수한 예는 그 전례를 찾아보기가 어려울 정도로 드문 일이었다. 하나 저들의 손속에 자신이 키워낸 무당검수들이 학살되었는데 어찌 그냥 되돌려 보낼 수 있겠는가.

이럴 때는 사대정협에 속한 사문이 원망스러웠다.

태청 진인은 통보사로 방문한 육섭과 칠섭에게 한광을 뿜어내며 돌아섰다.

자신의 군막으로 사라지던 태청 진인을 바라보던 육섭이 좌중을 향해 포권지례를 올리며 마지막 통첩을 전했다.

"주공께선 이번 사태를 매우 안타까워하십니다. 더 이상의 살생은 무의미하다고 하시고 대항 의사가 있는 단체의 수장들과 일인 쟁투를 요청하셨습니다."

"군문의 일기토를 말하는 건가?"

"그렇습니다. 이는 무의미한 살생을 방지하고자 드리는 제안이며, 그 인원이 몇 분이든 수락하겠다고 하셨습니다."

육섭의 제안에 좌중이 술렁이는 가운데 누군가가 외쳤다.

"상당히 교만한 제안이로군."

"어찌 생각하시든 좋습니다. 수락하시겠습니까?"

"이곳엔 열세 개 문파의 수장들이 있으시네. 그분들 모두를 수락하겠다는 것인가?"

"그렇습니다."

"나 태청 진인은 그 제안을 수락한다!"

어느새 태청 진인이 다시 나타나 언성을 높였다. 그를 필두로 강경파의 수장들이 앞 다투어 나섰다.

"화산파의 문엽도 그 제안을 받아들이겠소."

"사천당문도 제안을 수락한다."

이런 것을 군중심리라고 하던가.

쭈뼛쭈뼛 눈치를 살피던 그들은 한둘이 나서자 너도나도 쟁투에 참가 의사를 밝혔다.

상대가 제아무리 불세출의 무신이라 한들 그 모두를 넘지는 못할 것이라는 판단에서였다.

더욱이 목숨을 취한다면 일약 영웅으로 떠오를 것이니 공명심이 호승심을 부추겼고, 열기가 달아올랐다.

좋은 물과 곡식, 빼어난 기술이 만났다는 천하의 명주 분주(汾酒). 이 이름에서 유래된 분주(汾州)는 큰 볕이라는 뜻을 지닌 분양(汾陽)의 옛 지명이다.

분양은 고래로부터 일조량이 풍부하여 곡식이 알차게 영글기로 유명하였고, 서에서 가로지르는 여양산맥을 지나면 오롯이 펼쳐진 분지가 나타난다. 사방 일백여 리에 달하는 이곳이 바로 속이 알차 '한 줌' 이란 뜻의 일파조(一把抓)란 분주의 주원료가 되는 수수가 영글어가는 곳이다.

붉은빛으로 끝없이 이어진 수수밭이 출렁거리며 수천에 이를 듯 보이는 무인의 무리가 나타났다.

그들의 움직임에 따라 수수밭이 풀썩풀썩 주저앉으며 붉은 평원에 손도장을 찍었다.

눈앞을 가로막는 수수를 거침없이 제치며 다가서는 그들은 일천오백에 이르는 연합 진영의 무인들.

그들은 동에서 서로 수수밭을 가로지르는 관도에서 멈추어 섰다.

그곳에 호연웅이 오롯이 버티고 서 있었다.

좌우로 늘어선 붉은 수수밭은 무인들이 뿜어내는 기파에 물결처럼 흔들렸다.

한낮의 뜨거운 햇볕이 이마를 갈랐다.

그러나 호연웅이 마주한 일천오백의 무인이 뿜어내는 투기는 그 햇볕보다도 더 뜨거웠다.

그 열기를 식히는 호연웅의 서릿발 같은 외침이 울렸다.

"누가 먼저 나서겠는가!"

일천오백의 무인을 맞이하며 조금의 위축도 없는 당당함이었다. 그 흔들림 없는 모습에 태청 진인이 나섰다.

"정말 자네 혼자 온 것인가?"

"그를 믿지 못해 모조리 몰려온 것이오?"

정도를 넘어선 대범함에 태청 진인은 고개를 내저었다. 어쩌면 이것은 대범함이 아니라 무모한 것인지도 모른다.

"으음. 대단하군, 대단해."

태청 진인은 자신도 모르게 경탄을 흘렸다. 그러나 감탄은 여기까지였다. 상대는 무당검수 스물을 도륙한 불구대천의 원수. 태청 진인의 눈빛에서 한광이 쏟아졌다.

"내가 우선 자네를 상대하겠네."

"좋도록 하시오."

덤덤한 응대를 던진 호연웅이 일보를 내디뎌 마보형을 취했다. 이어 손을 들어 올 테면 와보라는 손짓을 보냈다.

아무리 생사결이라 하여도 낮은 배분의 후학이 선학에게 보일 행동은 아니었다.

그러나 호연웅의 행동은 건방져 보이지 않았다. 그는 단신으로 다수 무인의 연계쟁투를 수락한 용자이기 때문이다.

"차앗!"

태청 진인의 입에서 일갈이 터졌다.

그리고 그의 도호와 같은 태청강기가 전신을 휘감았다.

물결이 흐르듯 유려한 몸놀림.

스르륵 송문고검을 뽑아 든 그가 보폭을 좁히더니 어느 순간 호연웅의 면전에 나타났다.

그리고 강물이 범람하듯 이어지는 연격. 정종 무학의 진수였다. 그 몸놀림은 도문의 춤사위를 연상시키듯 유려했다.

흐느적거리지만 그 속에는 살(殺)이 있고, 강(强)이 있으며, 쾌(快)가 숨어 있었다.

워낙에 유려한 놀림에 태청강기가 스미어 투로의 막힘이 없으니 상대를 위협하는 검초는 쉼 없이 이어졌다.

거침없는 태청 진인의 공세는 그가 왜 무당 팔선관의 관주인지를 여실히 증명했다.

그 일수 일수를 피해 퇴보를 걷는 호연웅의 몸놀림 또한 기민함의 극치를 드러냈다. 그러나 회피만으로 공세를 피해내기엔 무리가 따랐는지 그의 옥수에서 투명한 광채가 일어나 송문고검의 날카로운 예기를 막아 나갔다.

쩡! 쩌정!

북해의 절기인 한빙수!

만근거석도 일수에 꿰뚫어 버리고 도끼날도 무디게 만들어 버린다는 한빙수였으나 태청강기가 흐르는 송문고검은 한빙수에 맞서서 요란한 굉음을 울렸다.

일진일퇴의 공방이 이어졌고, 용호상박의 쟁투는 점점 격랑이 되어갔다.

쿵!

지축이 울렸다.

격전의 와중에 내디딘 호연웅의 일보가 펄펄 끓듯이 타오르는 지면을 파고들었고, 그것은 승부를 가늠하는 일격이었다. 빙추가 태청 진인의 발등을 꿰뚫고 솟아올랐다.

"우욱!"

긴 공방은 일순간 숨을 골랐고, 발등에 솟아난 빙추를 굽어보는 태청 진인의 표정에 황망함이 스쳤다.

불시의 급습에 일격을 허용한 자신에게 화도 솟구쳤으나

상대가 손속에 사정을 두고 있었단 생각에 그는 어처구니가 없었다.

상대는 삼십여 합이 지나도록 이런 일수를 숨기고 있었기 때문이다.

"지금껏 사정을 봐주고 있었나?"

"대다수의 중원 무학이 그러하듯 무당의 무예 역시 지면을 스치듯 이어가는 보법에 약점이 드러나더군요."

"하면 자네의 무학은 다른가?"

"북해의 무학은 중원과는 궤(軌)를 달리합니다. 하니 그 허점들이 쉬이 눈에 들어오지요."

"으음."

"어쩌시겠습니까? 승부를 끝낼까요, 아니면 물러서시겠습니까?"

태청 진인의 표정에 침통한 그늘이 들었다.

"졌네. 무당은 이 싸움에서 물러서겠네."

태청 진인이 절뚝거리는 걸음걸이로 물러섰다. 뒤돌아 진영으로 돌아가는 그의 귓전에 호연웅의 목소리가 들렸다.

"침습한 냉기를 다스리려면 반년은 온천에서 정양하셔야 할 것입니다."

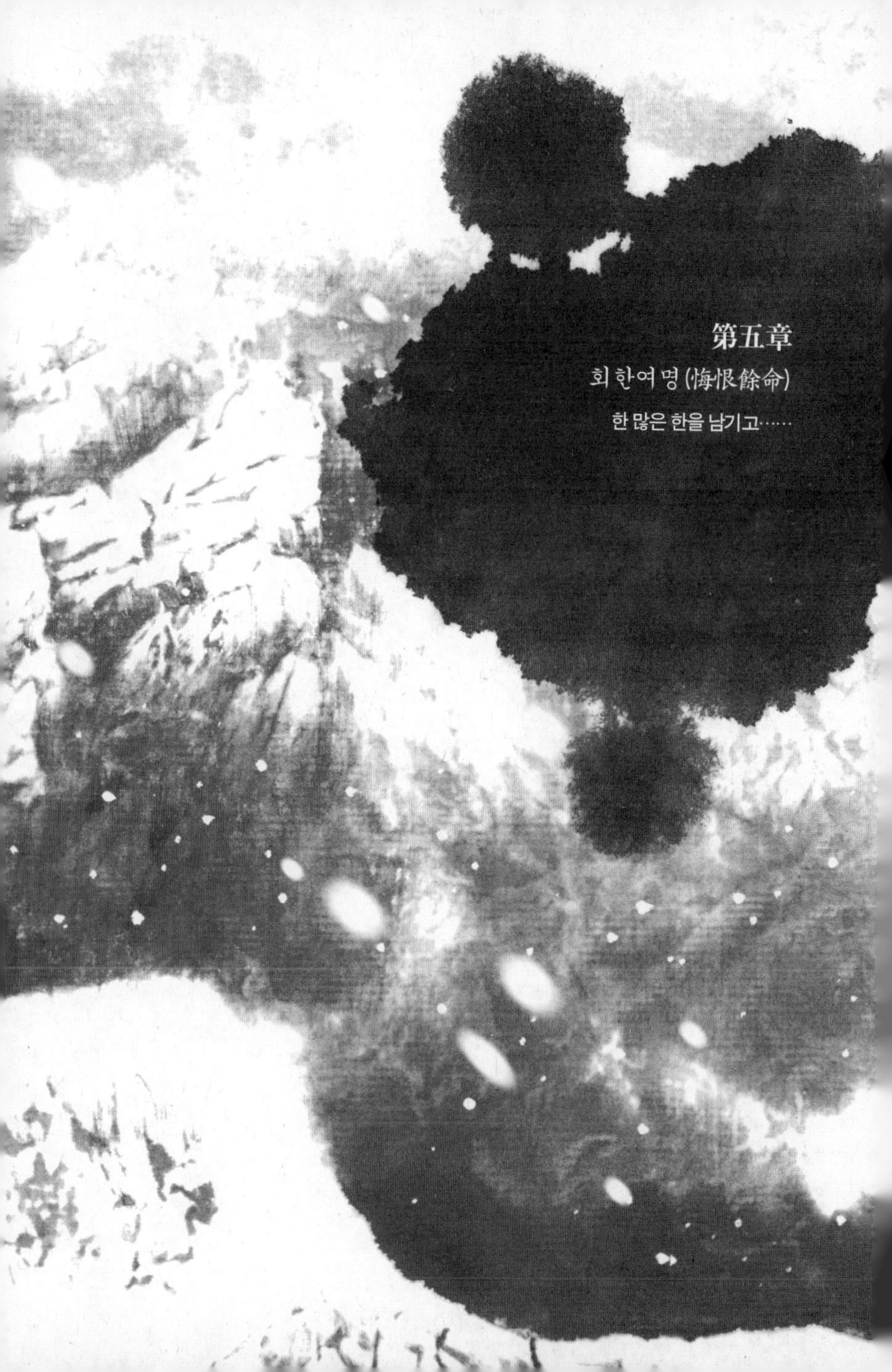
第五章
회한여명 (悔恨餘命)
한 많은 한을 남기고……

아홉 번째 도전자가 패배를 자인하고 물러섰다.

그리고 청성파의 송풍 진인이 열 번째 도전자로 나섰다.

'으음. 참으로 괴물 같은 놈이로다.'

송풍 진인은 내로라하는 무인들을 무려 아홉이나 연이어 물리친 호연웅을 보며 나름의 계산을 떠올렸다.

인간인 이상 휴식은 반드시 필요하다.

한데 상대는 한 문파의 기둥이랄 수 있는 고수를 아홉이나 상대하며 한 번의 쉼도 없이 승부를 겨뤘다. 지금쯤 진기는 메밀라가고 피로가 누적되어 사지가 후들거릴 것이다.

송풍 진인의 얼굴엔 회심의 미소가 번져갔다.

　호연웅은 열 번째 상대로 나서는 청성파 도인을 바라보며 눈살을 찌푸렸다.

　얍삽한 인상에 득의만만한 미소가 마음에 들지 않았다.

　다들 비장한 각오로 나서는 발걸음에 비해 그는 교만이 넘쳤다. 오늘만큼은 살생을 자제하려고 했으나 어쩌면 그를 어길지도 모르겠다는 생각을 떠올렸다.

　사실 쉽게 끝낼 승부를 일부러 길게 끌고 살생을 자제하느라 사정을 두었더니 피곤이 밀려들었고, 상대한 자들이 하나같이 고강한 무인들이라서 그 피로도는 더욱 깊었다.

　"청성파 장로인 송풍 진인이라 하네!"

　목소리가 생사투에 나선 자답지 않게 우렁차고 씩씩했다.

　육순은 족히 넘었을 것이나 그 음성에는 허세가 짙어 도인이 아니라 왈짜를 상대하는 기분이 들었다.

　"예는 생략하고 바로 승부를 겨루어봅시다."

　송풍 진인의 입가에 조롱이 걸렸다.

　'놈! 역시 지칠 대로 지쳐 있구나.'

　호연웅의 재촉을 송풍 진인은 체력이 한계에 도달한 것으로 받아들였다. 처음 한두 명을 꺾어 나갈 때는 과연 저 괴물을 넘어설 수 있을까 싶었다.

　그러나 쉼 없이 승부를 수락하는 모습을 보며 한 가닥 희망을 품었다. 저 괴물을 꺾고 강호의 영웅으로 일약 발돋움하는 자신을 떠올렸다.

군중은 환호할 것이며, 자신의 전공은 강호사에 영원히 칭송될 것이다.

마치 이 모든 것이 자신을 위한 상차림처럼 느껴졌다. 더불어 사대정협에 밀려 추락하던 청성파의 위상을 되세울 절호의 기회이기도 했다.

송풍 진인의 입가에 비릿한 미소가 더욱 짙어졌다.

'클클.'

호연웅을 마주하고 선 송풍진인은 우보를 빼며 쌍수를 당랑처럼 비스듬히 틀어 올리는 묘한 자세를 취했다.

수리건곤(袖裏乾坤)이라는 금나수의 기수식이었다.

금나수는 무공이 아니라 수법으로 분류되던 무예 수법 가운데 하나다. 하나 수리건곤의 오묘한 운용에 취한 청성의 칠대 운문조사가 그 기예를 진산 절예로 격상시켜 지금은 청성을 대표하는 절기 가운데 하나로 꼽히고 있었다.

더욱이 도포 자락에 숨긴 쌍수가 독아처럼 튀어나와 상대를 제압하는 절초는 괴공이라 불릴 만하였다.

호연웅의 눈빛에 이채가 흘렀다.

도포에 슬그머니 가려진 송풍 진인의 손끝에서 수상한 먹빛이 감돌았다. 처음엔 독공인가 했으나 그것은 손에 착용하는 수투(手套)였다.

호연웅의 눈빛을 접한 송풍 진인이 말했다.

"청성의 기보인 쇄비투(碎碑套)라네."

송풍 진인은 친절하게 이름까지 알려주며 더욱 기괴한 웃음을 지었다.

쇄비투는 금석도 잘게 부숴내는 기병. 내력이 고갈돼 가는 상대라면 그 사지를 산산이 부숴낼 것이라 자신했다.

"어떤가! 내가 선수를 취해도 되겠는가?"

"좋을 대로."

응답 대신 행동이 이어졌다. 지면을 박찬 송풍 진인이 갈고리처럼 굽어진 쌍수를 휘저었다.

와류처럼 이어지는 현란한 공세에 맞서 호연웅의 쌍수도 천중을 누볐다.

호연웅의 움직임이 쌍검을 든 검사의 현란함이라면 송풍 진인의 움직임은 능활한 독사의 혓바닥처럼 진퇴가 현란했다.

쇄비투는 청성의 기보답게 호연웅의 빙혼기를 적절히 차단하여 내면에 냉기가 침습하는 것을 막았다.

반면 호연웅은 쇄비투와 격돌할 때마다 팔목에 찌릿한 통증이 엄습하였다.

호연웅이 십 보가량을 후다닥 물러서 손목을 털어냈다.

손목 어딘가가 삐끗하기라도 했는지 찌릿찌릿한 통증이 일어났다. 오래간만에 느끼는 통증, 무인에게 이 정도의 통증은 기분 좋은 느낌을 전한다.

"그 기병의 효용이 놀랍구려."

"달리 기보라 불리겠는가. 한데 그 일격을 견뎌내는 자네
도 놀랍군."

비무초친이라도 치르듯 살가운 음색이었지만 송풍 진인은
내심 놀라고 있었다.

적어도 십여 합의 격돌을 치렀으나 상대는 털털 손목을 털
어내는 것으로 쇄비투의 괴력을 상쇄해 냈다.

맨손으로 도병을 상대하기에 그 수공의 역량이 대단하단
느낌은 있었으나 직접 맞대어보니 상상을 넘어서는 파괴력이
그의 쌍수에 실려 있었다.

"그럼 이어지는 공세도 어디 막아보게나."

다시 와락 달려든 송풍 진인의 수리건곤이 호연웅을 엄습
했다.

터덩! 터더더덩! 텅텅!

쌍수가 교차하는 충돌음이 공명을 울렸다. 단지 외형적인
격돌이 아니라 극강의 내력이 동반된 겨룸이기 때문이었다.

쿵!

호연웅의 진각이 대지에 울렸다.

태청 진인을 일수에 제압한 일격이었으나 불쑥 솟아나는
빙추를 피한 송풍 진인은 허공을 격해 쇄비투를 휘저었다.

자신이 괜히 후발 주자로 쟁투에 나선 것이 아니다. 이전
쟁투들을 통해 상대의 노림수 정도는 이미 간파를 해둔 상태.
송풍 진인의 반격은 매서웠다.

그의 손끝에선 독아가 자라난 것 같았다. 수리건곤 최후의 절초라는 영사비요(靈蛇飛繞)였다. 그 일수는 기묘했다. 살모사가 수풀을 스치듯 달려드는 그 현란함에 호연웅으로선 대응이 마뜩찮았다.

일보를 뒤로 빼고 쌍수를 휘둘러 방향을 가늠하기 힘든 그 일초를 막아내려 했으나 어느새 파고든 영사비요의 일초는 호연웅의 앞섶에 긴 자상을 남기고 스쳐 갔다.

열 번째 상대 만에 처음으로 생겨난 상처였다.

기병의 이점도 크게 작용했지만 연이은 격전으로 내력이 소진되고 집중력이 저하된 탓이었다.

아릿한 통증이 가슴팍에 느껴지고 입에선 비릿한 단내가 올라왔다.

'독?

호연웅의 표독한 시선이 송풍 진인에게 향했다.

명문정파를 표방하는 자가 행할 짓이 아니기 때문이었다. 그 치졸한 행위에 분개했으나 그렇다고 이성을 잃을 정도는 아니었다. 쟁투에 임하는 내내 석고령과 같은 참사를 일으키지 않으려고 호연웅이 조심 또 조심했기 때문이다.

호연웅은 송풍 진인의 비열한 암격에 피식 조소를 보냈으나 문제가 일어났다.

독성에 내성이 강한 빙혼기가 이번 독에는 별 효용을 발휘하지 못했다. 송풍 진인이 쇄비투에 묻힌 것은 독이 아니라 마비산이었다.

독성이 아니라서 시간이 지나면 자연히 해소되는 것이지만 지금과 같은 쟁투에서는 독약보다 더 치명적인 것이 마비산이다.

마비 증세는 급속하게 전신으로 퍼져 나갔다.

'이런?'

더욱 득의만만한 미소를 지으며 다가서는 송풍 진인의 얼굴을 보며 호연웅은 와락 인상을 구겼다.

그리고 자제하고 억제했던 청망을 끌어올렸다.

이전의 경험을 통해 과도하게 진기를 뽑아내지만 않는다면 이성이 상실되지는 않을 것이란 생각에 오 할의 내력만을 사용했다.

사지는 마비되어 수족의 운용이 자유롭지 않으나 내면에 존재한 내력마저 마비되는 것은 아니기 때문이다.

송풍 진인은 호연웅의 전신에서 거미줄처럼 펼쳐지는 청망에 화들짝 놀라 물러나며 사태를 주시했다.

예사롭지 않은 진기, 무형의 내력이 이렇듯 형체를 지니는 경우는 운공에 몰입하였을 때나 가능하다.

그것도 삼화취정(三華聚頂)에 이르는 내력을 지녀야만 가능한 경지이고, 현존하는 무인들 가운데 과연 그를 이룬 무인이 있다는 이야기는 들어본 적이 없다.

전설에서나 가능한 일. 한데 그것이 눈앞에서 형상화되어

가고 있었다.

"대체 자네는 누구인가?"

그것이 송풍 진인이 이승에서 남긴 마지막 말이 되었다.

푸욱!

밤 가시처럼 돋아난 청망이 송풍 진인의 전신을 꿰뚫고 형체를 키워 나갔다.

청망에 꼬치처럼 꽂힌 송풍 진인은 번져 가는 그물망을 따라 허공에 들려져 영혼이 사라진 시신만이 덜렁거렸다.

실로 처참하기 이를 데 없는 광경.

그를 본 군중 사이에서 소란이 번져 갔다.

호연웅은 연이은 쟁투로 내력이 급격히 감소하여 청망의 비율을 스스로 조절하지 못했다.

확장 못지않게 회수하고 크기를 조율하는 데에도 엄청난 내력이 소모된다. 오 할의 내력을 사용한 청망이었으나 그를 운용하는 데는 그 이상의 내력이 소모되어야 하는 일. 자칫 최대치를 넘어설까 망설이는 동안 이번 쟁투의 첫 번째 희생자가 생겨나고 말았다.

"우우……!"

비난과 야유가 연합 진영에서 울렸다.

특히 청성파 제자들의 눈에서 한광이 쏟아졌다.

그러나 지나간 시간은 되돌아오지 않는다. 송풍 진인은 이미 죽은 시신에 불과했다.

삽시간에 청망이 회수되어 그 존재를 숨기자 허공에 대롱거리던 시신이 털썩 바닥에 떨어져 흙먼지를 피워 올렸다.

"다음… 상대자 나서시오."

진기가 고갈되어 가는 호연웅은 전신뿐만 아니라 목소리까지 떨렸다. 앞으로 남은 상대는 단 두 명. 이제 그들만 물리치면 되는 일. 그때까지는 어떡하든 버텨내야 한다.

그러나 상황은 호연웅의 바람처럼 흘러가지 않았다.

그들은 첫 희생자에 동요했고, 현격하게 떨어진 상대의 체력과 불편한 거동을 보고 공명심이 일어났다.

상대는 송풍 진인과의 일전에서 위중한 부상을 당한 것이 틀림없었다.

더구나 일천오백 무인과 일인의 싸움이다.

설마하니 자신이 그 희생자가 되겠느냐는 생각이 그들 사이에 팽배했다.

불과 얼마 전 삼백여 명의 무인이 일시에 참살된 석고령의 전투를 그들은 망각했다. 설마하니 지금 마주한 상대가 단신으로 벌일 참상이라고는 짐작조차 못하는 일이었다.

사달은 청성파에서 일어났다.

일백여 명의 도인이 군중을 헤치고 튀어나와 송문고검을 뽑아 들고 호연웅을 향해 달려들었다.

"장로님의 원한을 갚자!"

"놈은 천인공노할 살귀! 놈을 척살하여 정파의 위상을 되세우자!"

성난 군중의 소요는 언제나 들불과 같다. 순식간에 타오르고 끝 모르게 번져 간다.

하나가 외치자 둘이 따라서 외치고, 하나가 달려나가자 일백의 동문이 함께 움직인다. 함성은 용기를 불러오고, 그들의 외침은 수수 벌판을 울렸다.

"놈을 척살하라!"

그 거친 기세에 호연웅은 붉은 수수 벌판이 더욱 붉은빛으로 물들어간다는 착각이 들었다. 이곳에 나뒹굴 수백의 시신이 머릿속에 그려졌기 때문이다.

광인으로 변한 자신의 모습이 스쳤다.

거기에 핏물이 솟구치고, 인육이 비산하며, 관도는 핏물로 물들어갔다.

호연웅이 일갈을 내질렀다.

"멈춰라!"

고막이 윙윙거릴 정도의 외침은 일순간 모든 동작을 거짓말처럼 멈춰 세웠다.

호연웅은 상상이 현실이 될 것을 직감했다.

지금은 마비산이 온몸의 세포를 장악해 손가락 정도나 간신히 움직일 정도. 저들이 도발한다면 결국 빙혼기는 한계를 넘어설 것이고, 자신은 이성을 잃게 될 것이다.

그 뒤에 벌어질 일은 상상하기조차 싫었다.

지금껏 이 고생을 자처한 것도 그 처참한 실상을 재연하지 않으려 함이 아니겠는가.

"멈추라고 했다! 지금의 광분이 지옥을 향한 불길임은 알고 있는가!"

그러나 한번 불붙은 불길은 호연웅의 경고마저도 집어삼켰다. 청성파 도인들은 더욱 흉포한 기세를 드러냈고, 타 문파 무인들 역시 공적을 청성파에 고스란히 내줄까 두려워 합세하여 달려들었다.

이젠 어쩔 도리가 없다.

다시 호연웅의 전신에서 청망이 피어올랐다.

그때 괴사가 일어났다.

눈에서 핏물이 번질 정도로 광포하게 달려들던 그들이 자신들 편을 향해 도병을 휘두르기 시작했다.

"으악!"

"크윽!"

"크크크……!"

호연웅에게 근접했던 자들을 필두로 광란은 점차 후미로 번져 나갔다.

아귀가 뒤엉켜 서로 뜯어먹는 듯 벌어지는 살육은 눈 뜨고 보기가 어려울 정도로 처참하였다.

그 끔찍한 참상에 호연웅은 질끈 눈을 감았다.

대체 왜 이런 일이 벌어진 것일까?

그때 하나의 추측이 뇌리를 스쳤다.

'노옹?'

사람의 이지를 조종하는 사술은 천하에 그만큼 뛰어난 사람이 없다. 게다가 자신이 위기에 빠진 순간, 그를 돕고자 이런 참상이 벌인 것이라면 그 사람뿐이다.

암왕야!

바로 그 말고는 이런 참상을 벌일 사람이 없었다.

호연웅의 시선이 빠르게 수수 벌판을 뒤졌지만 암왕야의 모습은 보이지 않았다.

이승에 죄업이 남아 중천을 거부하고 나락으로 들겠다고 하더니 오늘을 예감하고 있었던 것인가?

그러나 생각은 짧았다.

눈앞에서 벌어지는 참상을 두고 볼 수는 없는 일.

호연웅의 외침이 천공에 울렸다.

"어르신! 당장 이 참상을 멈추십시오!"

불문의 사자후를 방불케 하는 외침에 수수 벌판은 큰바람이 스친 듯 출렁거렸다.

하지만 암왕야에게선 여전히 아무런 응대가 없었고, 그 창룡음에 놀란 연합 진영의 무인들 가운데 정신을 차리는 자들이 다수 있었다.

그들은 자신들이 벌이고 있던 참상에 놀랐고, 주춤주춤 물러서 수수밭을 향해 내달렸다. 이 괴이한 상황에 빠져 있다간 무슨 일을 당할지 모른다는 불안이 엄습했기 때문이다.

그만큼 자신들이 벌이던 참상은 처참했다.

그러나 여전히 이성을 상실한 자들이 다수였고, 그들은 도망치는 동료의 뒤를 쫓아 수수밭으로 뛰어들었다.

지옥이 따로 있겠는가.

그 넓은 수수밭 곳곳에서 비명이 울렸다. 피바람이 몰아치니 붉은 수수밭은 더욱 붉게 물들었고 목불인견의 참상은 이어졌다.

우두둑우두둑.

무너지는 수숫대만큼이나 호연웅의 가슴도 무너져 갔다.

수수밭을 헤치고 마지막으로 모습을 드러낸 자는 무당의 선발대를 이끌었던 태청 진인이었다.

선혈이 낭자한 모습으로 절룩거리며 호연웅을 향해 다가서던 그는 지근거리에 이르러 스스로 목을 갈랐다.

"크윽."

비명은 오히려 호연웅의 입을 통해 흘렀다.

태풍을 맞은 듯 황폐해진 수수밭은 정적에 휩싸였고, 진한 혈향만이 분지에 흘렀다.

"왜 이러셨습니까?"

호연웅의 침울한 음색이 적막을 갈랐다.

"업보이니라. 내가 짊어질 업보."

저 멀리 다 무너진 수수밭을 건너 암왕야가 나타났다.

예전보다 더 초췌해진 모습, 굽은 그의 허리가 더욱 깊어 보였다. 그를 보면서 호연웅은 화를 낼 수도 없었다.

자신이 짊어질 혈겁의 죗값을 노웅이 대신 짊어졌기 때문이다.

"중천에 들기 전부터 예견하셨던 일입니까?"

"허허, 그 녀석, 난 점복술사가 아니니라. 게다가 현기가 뛰어난 도인도 아니고. 어찌 앞날을 내다본단 말이냐."

"하면 이 자리는 어떻게 알고 오셨습니까?"

"천기를 헤아린 것이 아니라 내가 갈 업보를 따라왔느니라."

"대체 중천에 들라는 권유도 마다하고 나락을 자처한 이유가 무엇입니까?"

"복수다."

그 말이 정말 사실이라면 어떤 처절한 아픔이 있기에 악귀를 자처한단 말인가.

"어떤 사연입니까?"

침울하던 암왕야가 고개를 들었다. 순간 그에게서 한 많은 시선이 느껴졌다. 그것은 회한일 것이다.

"몸을 움직일 만하더냐."

"조금은 중상이 가라앉는 것 같습니다."

매번 느끼는 거지만 어떻게 정상인보다 사물의 인식이 더 뛰어난 것일까.

"그렇다면 자리를 옮기자꾸나. 이곳은 피 냄새가 짙다."

*　　　*　　　*

암왕야의 사연을 들은 호연웅은 가슴이 뭉클해졌다. 폐부를 쥐어짜 낼 듯한 그의 아픔이 느껴졌다.

생사고락을 같이했던 친우들에게 처절한 배신을 당하고 선혈이 낭자한 모습으로 간신히 생을 연명했던 당시의 구구절절한 사연들이 호연웅에게 자신의 상황처럼 아픔을 전했다.

뒤늦게 사랑을 키웠던 아내와 자식마저 믿었던 그들에게 살해되었으니 그 아픔이 얼마나 크겠는가.

자신이라도 참아내지 못할 것이다.

그 오랜 세월을 어떻게 견뎌냈을까? 그 감내했던 시간만큼 원한은 더욱 깊게 쌓였을 것이다.

거기에 노웅이 대련회를 설립했던 발기인의 일원이었던 사실은 다소 충격적이었다.

"그랬군요. 그래서 나락을 자처하셨군요."

"내 너에게 부탁이 있느니, 들어주겠느냐?"

"말씀하십시오. 소손이 힘이 되는 한 반드시 이루도록 하겠습니다."

“나를 대신하여 대련회를 말살하여 다오.”

“알겠습니다. 소손이 그 한을 풀어내겠습니다.”

대답을 마친 호연웅은 뭔가 이상하다는 생각을 떠올렸다. 왜 직접이 아니라 부탁으로 전하는 것일까?

그 이유는 얼마 지나지 않아 밝혀졌다.

암왕야의 어두운 안색이 더욱 짙어지며 점차 호흡까지 거칠어졌다.

“할아버님?”

“응?”

“괜찮으십니까?”

암왕야는 이야기를 나누던 복사나무 둥치에 더욱 깊게 허리를 기댔다.

“나… 좀 뉘여 주겠느냐?”

급격하게 나빠지는 암왕야의 안색을 보며 호연웅은 서둘러 그를 부축하여 나무둥치에 기대게 하였다.

“하아, 조금 낫구나. 아니, 훨씬 편하구나.”

암왕야는 자신을 부축한 호연웅의 손을 꼬옥 쥐었다.

앙상하게 메마른 손이 호연웅의 가슴을 울렸다.

“이러실 줄 알고 소손에게 부탁하셨던 것입니까?”

“하아, 하늘이 맑구나. 맑아.”

“할아버님, 정신을 차리십시오.”

“뒤늦게 너를 만나… 조금이나마 사람 냄새를 풍기고 산

것 같아… 좋았구나."

호연웅의 손을 쥔 암왕야의 앙상한 손에 힘이 풀렸다. 이어 얼굴에 잔잔한 미소를 띤 그가 툭 고개를 떨궜다.

"할아버님……?"

호연웅의 입에서 오열이 쏟아졌다.

"할아버님!"

비록 중천엔 들지 못할 것이나 암왕야는 자신이 그리워하는 선도가를 그릴 수 있는 복사나무 아래서 숨을 거뒀다.

직접 풀지 못할 한을 남기고서.

호연웅의 오열이 수수 벌판에 번져 나갔다.

암왕야의 부고를 접한 흑도들의 행렬이 북상련 본단에 줄을 이었다. 그 긴 행렬을 망루에서 굽어보던 호연웅이 돌아섰다.

암왕야의 죽음 이후 나흘이 흘렀다.

노옹의 넋을 위로하는 일은 비보를 받고 몰려드는 조문객들이 할 것이다. 이제는 떠나야 할 시간. 지루하고 잔인한 이 전쟁을 이제는 끝낼 시기가 되었다.

호연웅이 행랑을 꾸린다는 이야기에 천아영이 단걸음에 달려왔다. 이미 행랑은 다 꾸려진 상태. 호연웅은 천아영을 기다리고 있었다.

“이게 다 뭐지요?”

“전장으로 향할 내 물품이오.”

“전장이라니요? 설마……?”

“그렇소. 금천세가 본단을 칠 것이오.”

“혼자서 말인가요?”

“되도록 은밀한 게 좋소. 많은 이들이 이동하면 저들의 주목을 받게 되고 더 많은 피를 부르게 될 것이오.”

“아무리 그래도 이건 너무 무모해요.”

“벅찬 일이라는 것은 나도 알고 있는 일이오. 하지만 지금으로선 이것이 가장 피를 적게 흘리는 방법이라고 나는 생각하오.”

“하지만 어떻게 혼자서?”

“난 혼자가 아니오. 그대와 노옹, 그리고 북상련의 염원을 담아 떠나는 것이오.”

호연웅의 의지는 막는다고 막아설 수 있는 것이 아니었다. 그 점을 천아영도 잘 알았고, 이 순간 그녀가 할 수 있는 일은 하나뿐이었다.

“꼭 무사히 돌아오셔야 합니다.”

격려 말고는 그녀가 해줄 수 있는 것은 아무것도 없었다.

그렇게 호연웅은 천아영의 소원과 노옹의 한을 담고 북상련을 떠났다.

*   *   *

　석탑처럼 솟아오른 고택. 주변 풍광이 산 정상에서 바라보듯 한눈에 펼쳐지는 이곳은 규원보원각(閨怨報怨閣)의 최상층인 십이 층 망루였다.

　그곳에 한 사내가 볼살을 스치는 바람을 맞으며 오롯이 서 있었다. 그는 규원보원각의 주인 이화인이었다.

　연인에게 버림을 받은 여인이 원한을 앙갚음하기 위해 건축했다는 이 건물이 세워진 지 삼십여 년이 지났고, 사내는 시름이 깊을 때마다 이곳 망루에 올라 까마득하게 펼쳐진 파양호(鄱陽湖)를 바라보며 마음을 다스려 왔다.

　"어느새 아득한 세월이 흘렀구나."

　넋두리를 흘리는 눈망울에는 회한이 가득했다.

　시름을 잊기 위해 사내가 바라보는 것은 끝없이 펼쳐진 수평선.

　창공엔 새털구름이 물결처럼 흘렀다. 수면은 햇살을 받아 동경을 깔아놓은 듯 청명한 창공이 떠다녔고, 세상의 모든 시름을 털어낼 만큼 가슴이 탁 터지는 광경이었다.

　그러나 그런 정경에도 사내에게 드리워신 그늘은 좀처럼 지워지지 않았다.

　불현듯 사내에게 날아든 한 장의 부고 때문이었다.

　부고는 흑도지존 암왕야의 죽음을 알렸다. 글썽이는 눈에서 눈물 한 방울이 맺혀 또르르 굴렀다.

그때 사내의 회한을 깨우는 목소리가 들렸다.

"신면 봉공께서 찾아오셨습니다. 어찌할까요?"

"육 층 규보장각(閨寶裝閣)에 모셔라. 곧 내려갈 것이다."

규보장각은 이화인의 거처인 동시에 특별한 인물들의 회합 장소로 일 년에 단 한 번 대련회 십이봉공의 정기 회합 때만 열리고, 그 외에는 일절 외부에 공개되지 않는 장소였다.

"정례 회합도 아닌데 개방하여도 되겠습니까?"

"그는 특별하다. 모셔라."

"뜻을 받들겠습니다, 주군!"

잠시 후 규원보원각의 심처인 규보장각에는 황포 장삼에 방갓을 쓴 한 미지의 인물이 들어섰다.

주름이 자글자글한 그의 손에는 강철보다도 단단하다는 흑하(黑河) 자강목(紫强木)으로 만든 알이 굵은 백팔염주가 걸쳐 있었고, 다른 손에는 선장(禪杖)을 짚고 있었다.

그로 판단해 그는 고찰의 노승인 듯 보였다. 이어 방갓을 내려놓는 그의 두상에 선명한 여섯 개의 계인이 드러났다.

금은보화보다도 비싸다는 귀한 자강목 염주와 선명한 계인 자국은 한눈에 그의 신분을 증명했다.

공손 대사.

무림의 현자로 불리는 그는 소림사의 장문인이었다.

공손 대사의 뒤를 이어 한 젊은 사내가 규보장각으로 들어섰다. 그는 십이 층 망루에서 회한을 달래던 그다.

"선인을 기다리게 하여 죄송합니다."

"아미타불. 오랜만이요, 마면봉공."

"공석이 아닌 자리에서는 그냥 화낭(花娘)으로 불러주십시오, 선사님."

화낭을 자처하는 이화인에게는 한 많은 사연이 있었다.

그리고 천하에서 유일하게 공선 대사만이 그 내막을 알았다.

"소식은 들으셨소이까, 화낭?"

"특무조 괴멸 때문에 그러시는군요."

"화낭은 그 소식을 듣고도 태평하구려."

"괴사가 난무한 곳이 무림입니다. 그동안 너무 평온하였으니 미친 잠룡 하나 정도는 나타날 때도 되었지요."

"백면봉공이 이끌었던 특무조요. 거기에 대천급 무인이 둘, 천급 무인이 열이나 딸린, 본사나 무당 본당과 자웅을 겨루어도 결코 뒤지지 않을 세력이었던 말이오."

공선 대사는 선승답지 않게 상기되어 있었다.

"우린 그 호연웅이란 자를 잘못 평가하고 있었소, 화낭!"

"그 잘못된 평가가 득이 될 수도 있습니다."

"득이라니? 화낭다운 말이 아니시구려."

"방금 소식을 받았습니다. 그 잠룡이 금천세가로 향하는 중이라고."

"혹여 어부지리(漁父之利)를 생각하시오?"

"맞습니다. 선사님과 제가 유일하게 손에 넣지 못한 금력을 손에 쥘 절호의 기회라는 말입니다."

"아니요. 석지실장(惜指失掌)이라, 손가락을 아끼다 손바닥을 잃는다고 하였소. 이는 결코 득이 될 수 없소."

"팔 하나라면 오히려 다행일 것입니다. 이번 산서성 싸움에서 잠룡은 실로 엄청난 능력을 발휘하였습니다. 특무조 말고도 삼천에 이르는 적상철갑무단의 무인 중 칠 할이 삼문협에 수장되었고, 무당과 청성을 비롯한 열세 개 정파에서 파병된 일천오백에 이르는 무인이 단 하나의 생존자도 찾지 못할 궤멸을 당했습니다."

"그것이 사실이오?"

공선 대사가 늙은 호목을 부릅떴다.

"그뿐만이 아닙니다. 북상련 본단에 잠입했던 청면봉공께서 실종되었고 마불성모와의 연락이 두절되었습니다."

"하면? 마불곡까지 놈에게 당했단 말이오?"

"추측이지만 그런 것 같습니다."

안색이 붉어진 공선 대사가 침음을 흘렸다.

청면봉공인 막학거사의 무학은 불가사의했다. 그는 유체이탈이라는 불사의 무학을 지닌 자였고, 그런 그의 실종은 불사의 무학이 파훼되었음을 뜻했다.

거기에 적상철갑무단을 간단하게 수장하고 일천오백의 무인을 궤멸할 무력이라니.

상대는 이미 인간의 경계를 넘어서고 있었다.

거대한 해일이 밀려오는 듯한 압박감이 공선 대사를 휘감았다. 그런 자를 상대하려다간 팔 하나가 아니라 사지가 몽땅 잘려 나갈지도 모르는 일이다.

공선 대사의 침탈한 표정에서 그의 우려를 읽은 화낭이 쐐기를 박듯 말했다.

"제가 버릴 팔 한쪽은 금천세가입니다. 상대와 금천이 싸움으로 쇠잔했을 때 그를 잡는 것이 우리의 피해를 최소화하는 방법입니다."

공선 대사의 판단에도 가장 합당한 방법이었다.

당장 발등에 불이 떨어진 곳은 금천세가이지 대련회가 아니었다. 남의 집에 불을 끄고자 자신의 살점을 도려내 줄 순 없는 일 아니겠는가.

"대련을 비상체계로 전환하고 호연웅이란 자가 쇠잔해질 시기를 기다리세. 어쩌면 화낭의 말처럼 금천세가까지 손에 넣을지도 모르겠군."

상황이 일단락되자 공선 대사는 금세 안정을 찾아갔고, 화낭이 넌지시 다른 이야기를 꺼내놓았다.

"암왕이 타개했다고 합니다."

공선 대사의 눈에 이채가 스쳐 갔지만 그는 이내 안정을 되

찾았다.

"누구도 세월은 빗겨갈 수 없는 법이네."

"죽는 순간까지 그는 저를 원망하였을 겁니다."

"후회하시는가?"

"삼십 년 전의 일입니다. 다 잊은 줄 알았는데 한 장의 부고 때문에 이리도 가슴 한편이 아리다니 참으로 모를 일입니다."

회한에 젖은 이화인의 눈망울이 다시 창가를 넘어 파양호로 향했다. 그리고 깊은 추억에 빠져들었다.

이화인, 화낭은 본시 여인이었으나 한 사내에게 버림을 당한 뒤 원한에 사로잡혀 본질을 바꾸는 용단을 내렸다.

규원보전(閨怨寶典).

사내의 정기를 갈취하여 그 양기를 체내에 쌓아 수련하는 흡정마공으로, 불세출의 무학이라 할 만했으나 종국에는 인성을 상실하여 광인으로 전락하는 위험천만한 무학이었다.

그를 방지하기 위해선 끊임없이 사내의 양기를 흡입해야 하고, 그 과정 중에 신체는 중성화되어 결국엔 남자도 여자도 아닌 신체를 보유하게 된다. 그것이 이화인이 여인이면서 사내의 풍모를 지닌 이유였다.

이화인에게 피맺힌 한을 심어준 자가 암왕야였다.

그리고 암왕야를 배신한 친우가 이화인이었다.

암왕야는 처자식을 죽이고 그에게 회한을 심어준 자가 과

거 자신이 버렸던 화냥이라는 것을 죽는 순간까지도 짐작하
지 못했다.

이화인은 그 사실을 암왕야에게 밝히지 못한 것이 억울했
다. 어떻게 받아들일지 모르나 아직도 연모하고 있다고.

혹여 세월이 지나면 돌아올지도 모른다는 생각에 줄곧 암
왕야를 주시했는데 덜컥 노환으로 죽어버리다니.

뭔가 커다란 짐을 내려놓지 못한 듯 그녀는 우울한 감상에
빠져들었다.

삼십여 년 전 원한에 빠져 있었던 그 세월로.

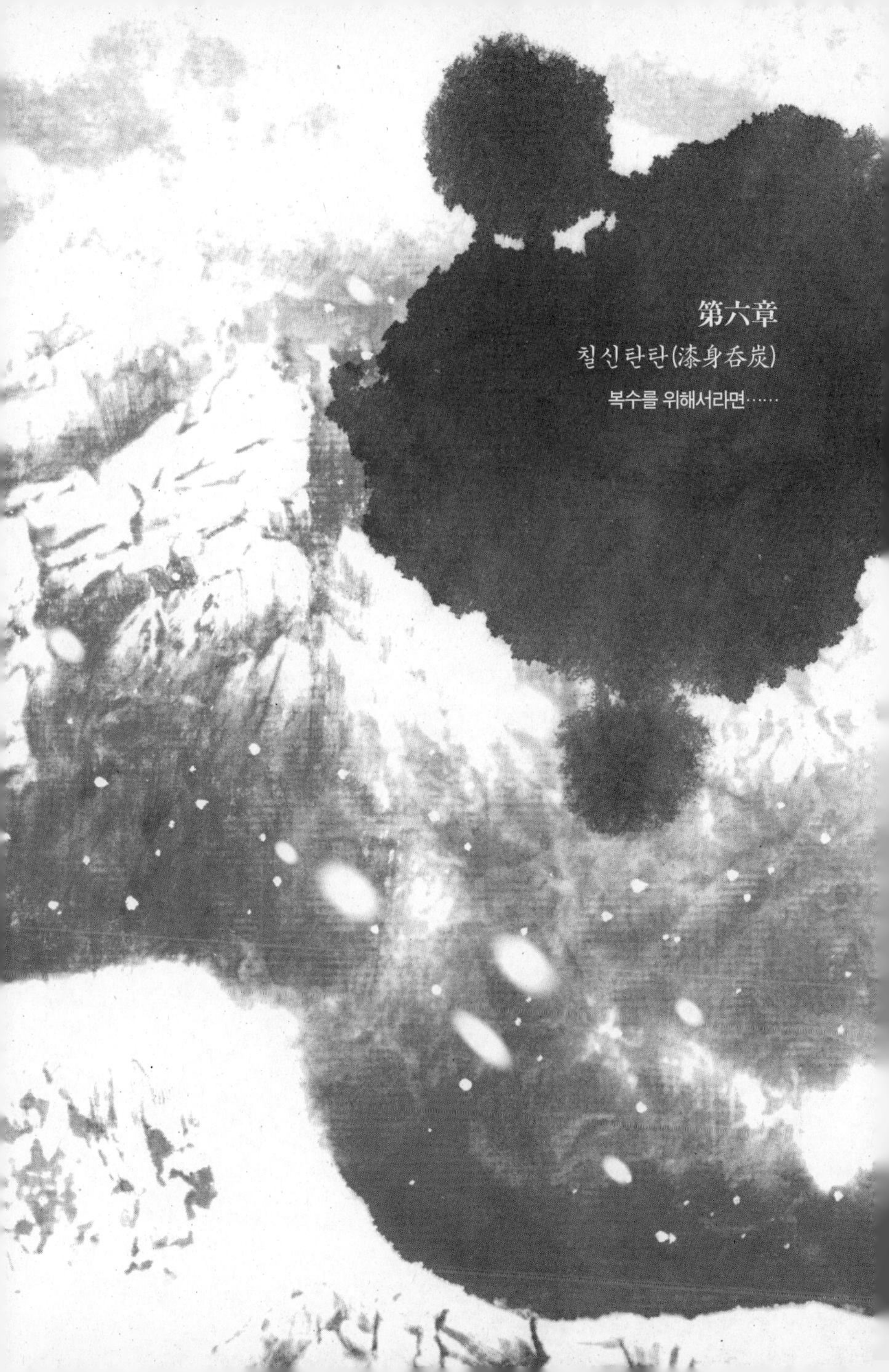
第六章
칠신탄탄(漆身呑炭)
복수를 위해서라면……

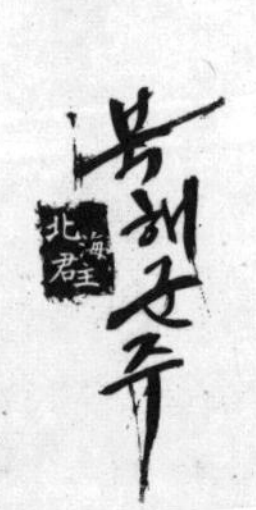

칠신탄탄(漆身呑炭)

복수를 위해서라면……

　안휘성(安徽省) 합비(合肥). 조조의 좌장이었던 장료가 팔백의 병사로 손권의 십만 대군에게 승리를 거뒀다는 전설의 장소이기도 한 이곳은 살아 있는 역사와 함께 풍성한 문물을 자랑하는 곳이다.

　또한 절강성 항주에 도착하기 위해서는 반드시 거쳐야 할 경로로 북상련의 마지막 영역이었으며, 이곳을 지나 닷새를 더 내려가면 장강을 건너 강남에 들이설 수 있었다.

　호연웅이 북상련 본단을 떠나온 지 어느새 열흘. 밤낮으로 발걸음을 재촉하였으나 워낙에 먼 여정이라 그는 지금에서야 이곳 합비에 도착하게 되었다.

합비에는 은형사 분타가 있었고, 이곳에서 정보를 수집한 후 이동 경로에 대한 정보를 취합할 예정이었다.

"그동안 특별한 일은 없었는가?"

호연웅이 한 사내를 바라보며 물었다.

은형사 합비분타주 전상도가 고개를 조아렸다.

심양천도관의 무 사범으로 그는 과거에 임지평을 측근에서 보좌했었던 인물이다.

"항주 금천세가로 각지에서 무인들이 모여들고 있습니다."

"지원 세력들인가 보군."

"그렇습니다. 인근 보타문에서는 거의 전원이 산문을 넘어 금천세가로 들어섰고, 복건은 물론 해남에서까지 무인들이 속속 집결 중이라 합니다."

"가히 강남의 패왕이라 불릴 만하군."

"한데 사범님들만 대동하신 것입니까?"

전상도는 비공은형술을 전수받았기에 은형호위들을 깍듯하게 사범으로 존중하고 있었다.

"그것을 왜 묻는가?"

"장강을 건너 항주가 있는 절강으로 들어서기 위해서는 남궁세가라는 복병을 지나야 합니다."

"한데?"

"주군의 분신이신 맹가량 상단주께서 계시면 좀 더 수월하게 관문을 돌파하지 않을까 하는 우려에서 드리는……."

"되었네. 무슨 뜻인지 잘 알겠네."

호연웅이 빙그레 웃었다.

맹가량은 이번 일에서 일부러 배제하였다. 단순무식한 성품이 지장을 초래할까 우려되어서였다.

이번 거사는 은밀함이 관건이고, 맹가량은 커다란 덩치부터 이목의 집중을 받기에 호연웅은 홀가분함을 선택했다.

"그보다는 남궁세가 전력에 대해 말해보게."

"남궁은 금천의 주구로서 금천으로서는 충견과도 같은 세력입니다. 오 개 무단으로 구성되어 있고, 그중 최상부의 제왕단 오십 인이 이끄는 구벽연환진은 소림 백팔나한진에 버금간다는 평가를 받고 있어 과소평가할 수 없는 상대입니다."

"그것뿐인가?"

"또한 남궁세가주 남궁창천은 호승심이 매우 높아 싸움에 임하여 결코 물러서는 법이 없다고 합니다."

"그래? 그건 좀 도움이 되겠군."

"저, 그리고… 대공녀께서 보내신 서신이 있습니다."

"뭐라고 하던가?"

"밀봉입니다. 직접 읽어보시는 게……."

전상도는 밀랍으로 봉인된 두루마리를 품에서 꺼내 조심스럽게 건넨 뒤 물러섰다.

“소신은 잠시 물러가 있겠습니다.”

호연웅은 밀랍을 깨고 두루마리를 펼쳤다. 그곳에서 천아영이 북상련에서 건네지 못한 이야기가 적혀 있었다. 전장으로 향하는 연인에게 차마 풀어내지 못한 연정을 적어놓은 것이었다.

가슴에 품은 칼을 언제 내려놓을 수 있으려나.

그대 떠난 빈자리 이토록 사무치는데,

왜 그를 막지 못하였던가, 뒤돌아 눈물을 삼키네.

이제라도 칼 내려놓으면 임 돌아오시려나.

긴 밤 시름에 잠겨 오늘도 눈물로 그대를 그리네.

뭉클함이 느껴지는 연서였다.

문득 천아영에게도 이런 면모가 있었는지 새삼스럽기도 했다. 그녀 역시 천생 여인은 여인이다. 그래서 더욱 천아영이 그리움으로 다가왔다.

불과 열흘밖에 지나지 않았는데 말이다.

천아영을 모용세가에서 만난 이후 지금까지의 여정이 주마등처럼 스쳐 갔다.

귀신에게 홀렸는지 눈에 콩깍지가 끼었는지 지금에 와서 생각해도 당최 모를 일이었지만 그녀와 함께하여서 행복했고, 이 순간도 그녀를 떠올릴 수 있어 흡족하였다.

‘조금만 참아주시오. 내 곧 그대에게 달려가리니.’

호연웅이 연서를 갈무리하며 자리에서 일어섰다.

“떠나시려는 겁니까?”

전상도가 행랑을 꾸려 나서는 호연웅에게 물었다.

“하루빨리 이 전쟁을 끝내야지.”

“하루만 더 지나면 구벽연환진의 활로를 찾아낼 수도 있을 것 같습니다.”

“그걸 그리도 걱정했는가?”

“은형대사주님의 전갈입니다. 제왕단에서 축출된 인사를 포섭하여 구벽연환진을 분석 중이시라 하셨습니다.”

“쓸데없는 일을 벌이셨군.”

“무력 돌파를 강행하실 생각이십니까?”

“아니네. 그들을 회피할 것이네.”

호연웅은 출발 당시부터 하부 세력과의 싸움을 배제하고 있었다. 그가 노리는 상대는 좀 더 굵은 존재들.

그들만 잡으면 지리멸렬할 세력에 힘을 들이고 피를 뿌릴 이유가 없었다.

이는 산서성 참사에서 호연웅이 얻은 결론이있다.

전상도는 호연웅의 의도를 읽었다. 그러나 고개를 저었다.

“기찰이 삼엄합니다. 회피히시기 어려우실 겁니다.”

“잠행할 것이네.”

전상도의 표정은 그래도 여전히 어두웠다.

이목을 피해 산행만으로 이동한다 하여도 합비에서 항주까지는 주야로 열이틀 정도가 소요되는 긴 여정이다.

게다가 장강을 넘어선 강남에서는 호연웅의 행적을 쫓기 위해 천라지망이 펼쳐져 있었다.

"오지 산간에도 남궁세가의 세작이 퍼져 있어 그들을 따돌리긴 어려우실 겁니다."

"염려 말게. 항주로 직행할 것이니."

호연웅은 의미심장한 미소를 전상도에게 남기며 스르륵 허공에 잠겨들었고, 그렇게 합비를 떠났다.

사실 호연웅이 전상도나 은형대사주 묵노에게 전하지 않은 중요한 사실이 하나 있었다.

그것은 호연웅의 일차 목적지가 금천세가가 아니라는 것.

이는 북상련을 떠나기 전 황염과 상의했던 내용이다.

그 목적지는 오직 호연웅과 황염만이 알고 있었다.

그리고 그 계획의 하나로 지금 북상련에서는 강남 정벌을 위한 대병이 출병을 준비하고 있었다.

강남 대정벌군!

북상련주 천아영을 필두로 맹가량과 황염을 포함하여 편재된 삼 개 무력단 전부와 새롭게 편입된 흑사동맹체 소속의 무인들이었다. 정확히는 호연웅과 열흘 간격을 두고 펼치는 원대한 강남 정벌 계책의 일환이었다.

　그로부터 나흘 뒤, 호연웅은 끝 모르게 치솟은 전각을 마주하고 있었다.

　규원보원각.

　암왕야가 임종 전 호연웅에게 알려준 장소로 그에게는 처절한 한이 서린 장소였다. 또한 그 한을 심어준 인물이 상주하는 곳이기도 했다.

　호연웅은 북상련 출발 당시부터 이곳을 노리고 있었다.

　항주의 금천세가를 칠 듯 이목을 집중시킨 것도 이곳으로 우회하려는 연막전술일 뿐이었다.

　호연웅이 황염과 모의했던 계책은 수뇌부를 우선하여 제거하는 것, 그리고 판단한 우선순위가 금천세가보다는 대련회 십이봉공이라는 결론을 내렸다.

　이는 암왕야의 한을 풀기 위한 것도 있지만, 전쟁을 단시일에 끝내려는 방편이기도 하였다.

　'드디어 왔습니다. 할아버님의 삼십 년 회한, 이제 곧 풀어드리겠습니다. 부디 극락왕생하십시오.'

　"가자."

　허공을 향해 넌지시 말을 진한 호언웅이 전각으로 향했다.

　규원보원각은 기루였으나 구중궁궐과도 같은 곳이었다.

　귀빈들만을 상대로 한 기루인지라 문턱이 높아 웬만한 명문세도가가 아니면 출입조차 허용되지 않았다.

일화로 형률(刑律)을 관장하는 정칠품의 추관(推官)이 만취하여 이곳을 찾았다가 문전박대를 당한 적도 있으며, 명문세도가의 자손이라 하여도 그 등급에 따라 출입 장소가 제한이 되는 곳이었다.

더불어 규원보원각의 주인인 이화인은 파양호에 띄우는 놀잇배인 화선(花船)들의 총괄 운영권을 가지고 있어 인근 화류계에서 절대적인 군주로 추앙을 받았다.

규원보원각은 멀리서 보던 것보다 수배는 더 웅장한 규모를 지니고 있었다. 얼핏 보면 석탑을 연상시켰으나 층마다 늘어선 객실이 기둥을 받친 듯 줄줄이 세워져 하나의 독립된 공간을 유지하고 있었다.

또한 독립된 객실에서 옆 객실로 이동하기 위해선 구름다리를 통과해야 했다.

그렇게 삼 층부터 연결된 객실이 얼핏 보아도 수십 개, 다시 육 층까지 이어졌고, 지붕에는 특별한 장소처럼 보이는 망루가 세워져 있었다.

건축의 문외한인 호연웅이 보기에도 실로 대단한 공간 구조요, 건축물이라 아니할 수 없었다. 그렇게 일각을 더 걸어가자 관문(關門)을 방불케 하는 출입구가 나타났다.

그 위용에 어울리게 출입구에는 화엄신장 같은 네 명의 장한이 좌우로 늘어서 방문자들의 면면을 살폈다.

그들이 호연웅의 길목을 막아섰다.

"어디서 오셨습니까?"

호연웅이 힐끗 장한의 용모를 살폈다. 자신보다 머리 하나
는 더 큰 거구였다. 맹 공과 비교해도 그는 더 커 보였다.

"집에서 왔네."

거한이 눈썹을 치켜떴다.

"그 집이 어떤 집입니까?"

"엄청 추운 집. 난방이 안 되거든."

장한의 얼굴이 기괴하게 일그러졌다.

"집 구조가 아니라 가문이 어디냐를 물었습니다."

침울한 호연웅의 손끝이 북쪽을 가리켰다.

"저쪽에서 제일 큰 집."

"얼마나 큰 집입니까?"

"하늘과 땅이 맞닿을 만큼."

화기를 꾹꾹 누르던 장한이 기어이 화기를 분출했다.

"이곳이 어딘 줄 알고 헛소리를 하는가!"

"아~ 화통을 삶아 먹었나? 왜 고함을 질러. 그리고 헛소리
안 했거든."

거한은 화기를 억제하느라 부들부들 사지를 떨었다.

"당장 셋을 셀 동안에 눈앞에서 꺼지지 않는다면 그 허리
통을 분질러 놓을 것이다!"

"그놈 참 입 거치네."

화산을 분출할 듯 부들거리는 거한을 보며 호연웅이 고개

를 설설 저었다. 어차피 말로써 통과할 관문이 아니다.

호연웅이 손끝에 힘을 주어 거한을 밀었다.

"어? 어어……."

서까래가 박힌 듯 버티고 섰던 거한도 슬슬 밀리는 자신을 보며 믿지 못하겠다는 표정. 힘으로 버티던 그가 벌러덩 나자빠져 눈덩이처럼 데구루루 굴렀다.

어수선해진 상황에 다른 거한들의 눈에서 불꽃이 번졌다.

그리고 본능적으로 불청객을 퇴치해야 한다는 생각에 호연웅을 향해 서둘러 달려들었다.

태산을 방불케 하는 그들이 움직이자 지진이 일어난 듯 지축이 흔들렸다. 그때 결빙이 울렸다.

쩌쩡!

달려들던 거한들이 호연웅의 곁에 다가서기도 전에 동상처럼 얼어붙었다.

비수처럼 뻗어 나간 빙혼기가 그들을 결빙시킨 것이다.

분란을 잠재우기 위한 특단의 조치였고, 호연웅은 그들의 곁을 유유히 지나쳐 규원보원각으로 들어섰다.

"그를 찾아라!"

호연웅의 지시에 허공에서 일렁거리던 은형이조원들이 사방으로 퍼져 나갔다. 그는 규원보원각의 각주인 이화인을 말하는 것이었다.

호연웅은 중앙 광장 같은 정원을 지나 이 층으로 향하는 계단에 올라섰다.

규원보원각은 그 건축에 얼마나 공을 들였는지 계단 하나에도 그 정성이 깃들어 있었다.

발판에 사용된 목재는 오금목(梧金木)이라는 구릿빛 목재로 삼만 번의 걸레질을 받으면 황금빛이 감돌아 일명 황금목이라 불리는 것이었다. 목재 자체도 귀했지만 삼만 번의 정성이 깃들었는지 발판에선 황금빛 광채가 흘렀다.

발판에도 정성을 들였으니 다른 부분들은 오죽하겠는가.

규원보원각의 내부 장식은 호화로움의 극치를 달렸다.

그때 소란이 일어났다. 누군가가 얼어붙은 수문위들을 발견하고는 호들갑스럽게 외쳤다.

"침입자다! 본 루에 침입자가 들었어!"

그 외침에 우르르 하인들이 몰려들었고, 중년의 한 미부가 나타났다.

"귀빈들을 모신 곳에서 웬 소란이냐? 조용히 각주님께 소식을 전하고 비제단(備除團)에 이 사실을 알려라."

화려한 은조사 적삼의 미부는 경망을 떠는 하인들을 나무랐다. 그 꾸중에 잠잠해진 하인들은 어딘가로 소식을 전히기 위해 부리나케 사라졌다.

그리고 돌아선 중년미부와 계단에 선 호연웅의 시선이 마주쳤다. 잠시 놀란 표정을 짓던 그녀가 사푼사푼 호연웅에게 다가왔다.

“불청객이 그대이신가요?”

“수문신장들을 저리 만든 게 누구냐 묻는 거라면 그렇소.”

“이곳은 신분이 확인된 분들만 입장하실 수 있는 기루라는 것을 모르셨나요?”

“직업에 귀천이 없다 했거늘, 술을 마시는 기루까지 그런 차별이 있는 줄은 몰랐소.”

“저는 규원보원각의 총관인 여화라 합니다. 어쩌시겠습니까? 이제 곧 무사들이 당도할 것인데 소란을 피우고 쫓겨나시겠습니까, 아니면 제 발로 고이 나가시겠습니까?”

“이도저도 아니오. 난 술을 마셔야 되겠소.”

“그렇다면 신분을 증명해 주시지요?”

“이것이 내 신분이오.”

호연웅이 펼쳐 든 손에서 빙추가 자라나 고드름처럼 매달렸다. 이어 그것을 계단 발판에 박아 넣었다.

“으음.”

미부의 입에서 침음이 흘렀다.

발판이 훼손된 탓도 있지만, 신기한 공부에 감탄하였기 때문이다.

“자칫하다간 본 기루에 큰 화가 일어날지도 모르겠군요. 좋습니다. 총관의 권한으로 객실로 모시겠습니다.”

계단을 올라 호연웅을 지나친 그녀는 손짓으로 따라오라는 신호를 보냈다.

"특별한 분이시니 그에 걸맞은 장소로 안내하겠습니다."

총관 여화는 중앙 계단을 통해 오 층까지 올랐다.

규원보원각은 석탑의 형태라 오를수록 점점 좁아진다. 이곳에는 열두 개의 방이 기둥처럼 자리를 잡고 있었다.

여화는 그중 한 작은 구름다리를 건너 파양호가 한눈에 내려다보이는 전망 좋은 방으로 호연웅을 안내했다.

"유락(愉樂)이라 불리는 방입니다. 안으로 드시지요."

즐겁게 즐긴다는 뜻처럼 방 안에는 즐거움이 전해지는 환한 미모의 여인이 미소를 짓고 있었다.

"소녀, 미소라 합니다."

이름처럼 세상이 환해지는 듯한 미소였다.

그러나 오늘 이 자리는 그런 미소에 덩달아 어울릴 자리가 아니다. 호연웅이 문 앞에 선 여화에게 말했다.

"이화인을 불러주시오."

비도에 날이 선 듯한 음색. 조용히 물러서던 여화의 표정이 급격하게 굳어졌다.

"역시 화를 면할 길이 없겠군요."

누구에게 화가 미친다는 것인가?

자신? 아니면 규원보원각? 어떤 깃이든 상관없다. 이 싸움은 승자가 되려는 게 아니라 복수일 뿐이다.

"내가 어떤 의미로 이곳을 찾았는지 알고 있다면 길게 말하지 않겠소. 그를 불러주시오."

"알겠습니다. 주인님께 전갈을 고하겠습니다."

쓸쓸한 미소를 머금은 여화가 문 앞에서 물러섰다. 그러자 뜻하지 않은 일이 벌어졌다. 상부에서 덜컥 튀어나온 철창이 우르르 쏟아지며 유락을 감쌌다.

철커덩! 철컹! 철컹!

검은 먹빛이 도는 것이 보기에도 보통 철창이 아니요, 굵기는 팔뚝보다도 굵었다. 마치 새장 속에 갇힌 듯한 광경. 새삼 오도카니 갇힌 호연웅은 당황할 만도 하건만 오히려 담담한 표정을 지었다.

"그럼 기다리고 있겠소."

사물을 초월한 음색. 달통한 듯 초연한 그 모습에 여화의 안색이 더욱 굳어졌다.

"정말 대범하기 이를 데 없으시군요."

"이 말도 전하시오. 삼십 년 전 묵은 빚을 받으러 왔다고."

써늘해진 안색의 여화가 돌아섰다.

운교를 통해 유락에서 멀어지는 그녀의 뒷전으로 다시 호연웅의 목소리가 들렸다.

"가솔(家率)들을 살리려면 이 건물에서 멀어지시오."

힐긋 호연웅을 바라본 여화가 다시 발걸음을 재촉했다.

공기가 무겁게 사위를 짓눌렀다. 이어 운교가 출렁이며 한 사내가 유락으로 다가섰다. 사내가 다가설수록 공기는 더욱 무겁게 가라앉았고, 호연웅의 안색도 굳어져 갔다.

숙명을 맞이한 느낌!

상대는 호연웅이 바라던 자였다.

사내의 등장에 호연웅과 같이 감금되었던 미소가 후다닥 문가에 시립하며 자세를 낮췄다. 감금되어서도 시종일관 미소를 잃지 않던 그녀다. 그 얼굴에 긴장이 역력한 것이 마치 제왕의 영접처럼 보였다.

"유락의 미소가 주인님을 뵙습니다."

미소의 다소곳한 공대에도 사내의 눈길은 여전히 철창 너머 호연웅에게 박혀 있었다.

"삼십 년 전 묵은 빚이라고?"

당당한 풍모와 거침없는 언사. 사내에게선 제왕의 풍모가 느껴졌다. 나이는 얼추 서른쯤. 하지만 세월에 풍화되어 묵은 고택의 잔잔한 기운 같은 것이 느껴져 사내의 무게를 더해주었다.

사내의 물음을 무시하고 호연웅이 되물었다.

"그대가 이화인인가?"

외형으로 따져도 분명히 자신보다 어리거늘 자연스러운 하대에 이화인은 이채롭다는 듯 호연웅을 바라봤다. 세월을 버티고 우뚝 솟은 고송의 위엄이 그 눈빛에서 흘렀다.

"자넨 누군가? 내가 쌓은 빚이 많아서 누구와 연루된 일인지 당최 감을 잡을 수가 없군."

“대련회 발기인 가운데 한 사람.”

“역시 암왕께서 보낸 자였군. 암왕이었어. 하나만 물어보겠네. 그분께선 편안히 영면에 드셨는가?”

“부고를 알고 있었는가?”

“알았지. 알고말고. 하루도 빠지지 않고 그분의 소식을 접하고 있었다네.”

“그래도 한때는 친우였다는 죄의식인가?”

천지 사방으로 가지를 뻗은 거목의 잎이 떨어지듯 이화인의 표정에 회한이 스쳤다.

“삼십 년 전, 아니, 그 이전에 어떤 일이 있었는지 자넨 짐작도 못할 것이네.”

“그렇다 해도 징벌은 멈추지 않아. 이제 노옹과 그의 아내, 그 자식에 대한 목숨 값을 청구하겠네.”

“내 목을 내놓으라는 건가?”

“응당 목숨 값은 목숨으로 대신할밖에.”

“새장에 갇혀서도 꽤 당당하군.”

“빚은 내가 진 게 아니거든. 그런데 다른 자들은 어디 있는가?”

“누굴 말하지?”

“대련회 봉공들.”

“자넨 누군가? 암왕의 전인이 아니군?”

“내 신분은 관문에 밝혀놓았지.”

이화인의 시선이 구름다리 너머로 향했다. 그곳엔 언제 나타났는지 검은 무복의 무인들이 벌 떼처럼 붙어 있었다. 규원보원각을 방비하는 비제단의 무사들이었다.

비제단 단장인 듯한 자가 바람처럼 운교를 달려와 이화인에게 넌지시 말을 전했다.

아마도 수문신장들의 상태를 알리는 것이리라.

"허! 자네가 북극빙성의 소성주라는 호연웅이던가?"

이화인은 서리를 맞은 듯한 표정이었다. 설마하니 새장 속에 갇힌 상대가 상상조차 못할 대붕이었을 줄이야.

이미 사지 하나쯤은 내어줄 각오를 했던 상대다. 한데 이토록 손쉽게 손아귀에 들어오다니. 이건 예상치 못했던 불로소득이요, 가슴 벅찬 희열이 스쳤다.

그 표정을 본 호연웅이 말했다.

"세상을 다 얻은 표정이로군."

자신의 기대와 다른 호연웅의 반응에 이화인은 흠칫했으나 이내 신색을 찾아갔다. 상대는 곤경에 빠진 상태고 우위에 서 있는 것은 자신이다.

"제법 훌륭한 계략이었네. 금천으로 이복을 집중시키고 대련의 본당으로 쳐들어오다니."

"전쟁을 단기간에 종식하는 방법이 가장 깊은 뿌리를 먼저 잘라내는 것이더군."

"가장 깊은 뿌리로 날 지목했다? 그거 영광이군."

“다른 자들은 어디 있는가?”

“잘 생각해 보면 답이 보이지 않겠는가.”

이화인이 버리듯 던진 단서에서 호연웅은 봉공들의 위치를 쉽게 유추해 낼 수 있었다. 규원보원각에 몰려 있지 않은 이상, 일일이 찾아야 한다는 번거로움이 있었는데 이제 그럴 수고를 덜게 되었다.

“항주인가? 그렇군. 상잔한 틈을 타 실리를 챙기려고.”

“역시 예리하군. 예리해.”

“한데 당신만 유독 움직이지 않았지?”

“자네가 말하지 않았나. 깊은 뿌리라고. 원래 뿌리는 움직이지 않는 법이라네.”

“그래서 당신이 제일 먼저 죽는 거야.”

이화인의 얼굴에 조소가 흘렀다. 비록 상대가 무위를 가늠할 수 없는 존재이나, 항마조롱(降魔鳥籠)이라 불리는 철창에 갇힌 이상 놈의 목숨을 취하는 것은 시간문제였다. 한데 저 끝 모르는 자신감은 어디서 나오는 것일까?

이화인의 안색이 급변했다.

“이런! 방조자가 있었군.”

놀라는 이화인을 바라보는 호연웅의 얼굴에 엷은 미소가 번졌다.

“이미 늦었네. 쳐라!”

그 순간 약속이라도 된 듯이 허공에서 빙탄이 쏟아졌다.

사람의 손은 둘, 손가락 수는 다섯. 그 손가락 사이로 여덟 개의 물체가 끼워진다.

은형이조원들이 지급 받은 학우선은 개인당 여덟 개. 그들은 지금 모든 학우선을 동원하여 빙탄을 뿌리고 있었다.

그 모습이 은밀에 둘러싸여 세인들은 볼 수 없으나 붕조가 큰 날개를 펼치고 하늘로 박차는 듯한 광경.

날갯짓이 펄럭일 때마다 쏟아지는 빙탄은 우박을 방불케 했고, 웅대한 석탑의 내부는 태풍이 몰아치듯 처참한 정경에 휩쓸려갔다.

"으악!"

"크윽!"

"어억!"

오 층 곳곳이 벌집에 난 구멍처럼 터져 나갔다. 사람과 기물과 벽체 할 것 없이 대상을 가리지 않았다.

곳곳에 얼음이 달라붙고 몇몇 운교는 끈이 떨어져 지상으로 떨어졌다.

그곳에 올라탔던 비제단 무사들도 덩달아 추락했고, 기둥처럼 전각을 떠받들던 열두 개의 방도 균열이 일어났다.

이화인은 유독 빙탄의 공세가 집결되는 유락 인근을 벗어나 중앙 계단으로 이동했다.

일정한 규칙 없이 무작위로 쏟아지는 빙탄인지라 그를 일일이 피하기가 이화인조차도 혼란스러운 일이었다.

불쑥 허공에서 쏟아지는 빙탄은 일직선으로 날아드는 것이 아니라 바람을 타고 휘기도 하고, 어떤 곳은 한곳으로 집중되고, 또 어떤 때는 범위가 확산되어 쏟아지니 이화인으로서도 어쩔 수 없이 물러설 수밖에 없었다.

그때 이화인이 선 계단의 발판으로 빙탄이 쏟아져 박혔다.

파바바바박!!

그 궤적을 따라 방향을 가늠한 이화인이 읊조렸다.

"은형잠행술?"

곁에서 선 비제단 단장이 그 말을 엿듣고 수하들을 향해 고함을 질렀다.

"은형잠행술이다! 놈들은 형체를 숨기고 있다! 우박의 발원지를 노려라!"

우박을 피해 황급히 물러섰던 비제단 무사들이 다시 유락 주변으로 몰려들었다.

오 층 전각 곳곳에 펼쳐져 몰려드는 그 광경은 실로 기민하여 수림을 누비는 청설모를 연상시켰다.

그들은 발원지를 찾아 곳곳을 누볐다. 운교를 날듯이 건너뛰고, 빙탄을 피해 기둥에 숨거나 객실에 몸을 숨기며.

그러나 발원지를 찾았어도 쉽게 다가설 순 없었다.

빙탄의 밀도가 워낙에 촘촘한지라 발원지를 급습하던 그들이 곳곳에서 비명을 지르며 추락했다.

그때 호연웅이 감금된 항마조롱이 비틀리기 시작했다.

집채만 한 일각 고래를 끌고도 이삼백 리 길은 너끈히 이동하던 그다. 항마조롱의 철창을 부숴낼 수 없으나 그를 비틀어 간격을 넓혀놓을 순 있었다.

철창은 기괴한 소리를 내며 비틀렸고, 그 벌어진 틈으로 호연웅이 나섰다.

호연웅의 시선이 이화인이 은신한 중앙 계단으로 향했다.

이어 중앙 계단을 향해 둥실 떠오른 호연웅의 몸에서 청망이 피어났다.

스멀스멀 피어난 청망은 쏜살같이 사방으로 펼쳐졌다. 청망은 이화인을 향한 게 아니라 기둥처럼 전각을 떠받치고 있던 객실들로 향했다.

쐐애애액!!

퍼벙! 퍼버버벙! 펑펑!

청망이 사방으로 펼쳐져 곳곳에 뿌리를 내리자 그 위에 덜렁 올라선 호연웅은 거미줄을 펼치고 먹이를 노리는 한 마리의 인면지주와도 같았다.

눈에서 시퍼런 안광이 쏟아졌고, 이화인에게 꽂힌 그 눈길은 암왕야의 삼십 년 묵은 원한이 배어 있었다.

"이화인! 이것이 암왕께서 보낸 선물이다!"

와류가 일어나듯 호연웅의 동체가 회전하기 시작했다.

이어 뿌리를 뻗은 듯 펼쳐졌던 청망도 함께 회전이 일어났다. 용오름을 방불케 하는 광경!

그것은 무학이 아니라 하나의 신비였다.

우지직! 우지지직!

전각을 떠받쳤던 객실의 서까래가 무너지며 객실들이 기울어지기 시작했다.

그때 호연웅의 외침이 허공중에 울렸다.

"육섭! 미소란 여인을 데리고 떠나라!"

이대로 두었다간 전각이 모조리 주저앉을 상황!

이화인의 눈에서 광망이 쏟아졌다.

"이놈!"

발판을 박찬 이화인이 용오름을 일으키는 호연웅을 향해 뛰어들었다. 그의 몸에서는 붉은 광채가 맴돌았고, 용암에 버금가는 뜨거운 열기가 쏟아졌다.

규원보전의 양강열화류(陽强熱火流)였다.

콰콰콰콰쾅!!!

용오름을 향해 낙뢰가 들이치듯 요란한 굉음이 울렸다.

이어 그곳에서 튀어나온 엄청난 기류가 규원보원각을 휩쓸었다. 건물 내부는 마치 태풍의 한복판에 서 있는 듯 와류가 일어났고, 천지 사방으로 튀겨 나간 엄청난 파편이 충돌을 일으켰다.

결국 기둥으로 받쳐진 열두 개의 전각 가운데 절반이 부서져 내려앉아 육 층이 무너져 내리기 시작했다.

그 순간 용오름 치던 와류는 회전을 멈추고 규원보원각 밖으로 튀어나갔다.

무너진 육 층은 오 층을 부수며 붕괴가 일어났다.

하늘 높은 줄 모르고 치솟았던 규원보원각이 무너졌다.

그리고 무너진 건물의 높이만큼 뿌연 먼지가 치솟아 올라 허공에 뿌려졌다.

퍼서어어억……

파양호의 청명한 바람이 순식간에 혼탁해졌다. 그리고 그 파편들이 장대비처럼 주변으로 떨어져 내렸다. 하나 그 붕괴의 현장에서 용오름과 낙뢰의 격돌은 이어졌다.

콰쾅! 콰과과쾅!

용오름 속에서 낙뢰가 번뜩였다. 한낮에 벌어진 붕괴에 벼락이 뻗어나는 용오름 현상에 도창(都昌) 주민이 모두 나와 그 광경을 구경했다.

지독한 한기를 내뿜는 용오름과 그 속에 갇힌 낙뢰.

둘은 서로 힘을 겨루며 먹구름 낀 창공으로 솟구쳐 올랐고, 진노한 광룡의 포효가 천지를 울렸다.

쿠아아아! 쿠아앙!

이것이 사람의 힘으로 벌어진 일임을 그 누가 믿을 수 있을까?

양강열화류와 빙혼기.

두 신공의 격돌에 천지가 몸을 떨었다. 넋을 잃은 채 하늘을 쳐다보던 사람들도 공포에 질려 머리를 조아렸다.

경천동지할 그들의 대결은 점차 치열해져 갔다.

이윽고 그 싸움이 극에 달했을 때,

이화인의 눈에 붉은 광채가 폭사돼 나왔다. 이어 그의 손끝에서 지옥의 겁화와 같은 화기가 터져 나왔다.

화우멸천(火雨滅天).

불의 비가 천하를 멸한다는 가공할 초식!

그 뜨거운 화마에 대응하여 호연웅도 빙혼기를 극한으로 끌어올렸다. 그에 따라 청망이 너풀너풀 피어올라 거대한 그물망을 형성했다.

호연웅은 이 순간 두 개의 적과 마주했다.

하나는 눈앞에서 불길을 뻗어내는 이화인이었고, 다른 하나는 내면에서 이성을 잠식하려는 사기였다.

"끄으윽! 절대 질 수 없다."

청망은 더욱 진해지며 청광이 흘렀다. 그리고 호연웅이 두 팔을 이화인에게 뻗어낸 순간 수배는 더 굵어진 그물이 이화인을 통째로 집어삼켰다.

콰콰콰콰쾅!

천지개벽이 일어난 듯 귀청을 찢는 굉음이 쉴 새 없이 울렸다. 이화인의 화우가 그물망을 두드리는 소리였다.

하지만 전력을 다한 이화인의 발악에도 청망은 철벽처럼 더욱 견고해져 이화인의 동체를 옥죄었다.

"끄아아악!"

처절한 비명과 함께 섬뜩한 뼈 부딪치는 소리가 울렸다.

꾸드드득!

가공할 압력을 견디지 못한 이화인의 신체가 우그러들며 근육이 가닥가닥 끊기고, 뼈는 잘게 부서져 형체가 소실되어 갔다. 이른바 소멸…….

암왕야에게 삼십 년의 원한을 심어준 이화인은 그렇게 생을 달리했다.

第七章
미복잠행(微服潛行)
은밀하게……

미복잠행 (微服潛行)
은밀하게……

용오름이 사라지고 난 자리에는 불길에 그슬려 잔 연기를
풀풀 피워 올리는 사내가 한쪽 무릎을 꿇고 있었다:

그는 호연웅이었다.

그렇게 버티고자 했건만 사기에 정신 일부가 잠식된 그는
지금 힘겨운 힘겨루기를 하고 있었다.

한계를 넘어선 빙혼기를 쏟아낸 대가였다.

"큭, 크크."

엷은 조소가 그의 입가에 번졌다.

수괴 하나를 처리하면시 번번이 이성을 잠식하는 사기와
싸울 순 없는 노릇이다.

그리고 사기가 끌어올린 마성이 얼마나 경천동지할 능력을 불러오는지 비로소 깨닫게 되었다.

석고령에서 삼백여 무인을 몰살한 것은 자신의 한계를 훌쩍 넘어서는 일이었다.

그것을 이화인과의 악전고투를 통해 깨달았다.

마성이 깃들면 인간의 범주를 벗어난 영역에 들어설 수 있었다. 하지만 살성이 이성을 잠식해 적아의 구분 없이 날뛰게 된다.

버리지도 못하고 취하지도 못하는 계륵과도 같은 능력에 호연웅은 그저 한없이 실소를 흘렸다.

지금도 이성이 넘어서는 시점에서 넘쳐나던 빙혼기를 자제했다. 그 결과가 불에 그슬린 통닭 신세가 되고 말았다.

"큭."

호연웅이 어처구니없는 상황에 실소를 흘리는 사이, 은형 이조원들이 조심스럽게 그의 곁으로 다가섰다.

"주군, 괜찮으십니까?"

"견딜 만해."

"아! 다행이십니다. 실로 경탄할 만한 광경이었습니다."

"주변 상황은 정리되었는가?"

"붕괴 덕분에 손을 덜었습니다."

생존한 적들을 묻는 말이었으나 건물이 붕괴하며 일시에 매장되어 처리할 적병이 없었다.

"설마 가솔들까지 모조리 매장되었느냐?"

총관 여화에게 대비하라는 암시를 주긴 했으나 그녀가 그 말을 믿었을지는 호연웅도 모르는 일이었다.

"덕분에 이렇게 살았습니다."

총관 여화였다. 그녀가 먼지 속을 뚫고 모습을 드러냈다.

호연웅의 이야기를 들었을 때 그녀는 설마 하는 마음으로 가솔들을 대피시켰다. 한데 그 설마가 사실이 될 줄이야.

여화는 호연웅에게 진심으로 감사하고 있었다.

살아난 것에 대한 감사가 아니라 지난 이십여 년간 구속되었던 악몽에서 해방되었다는 고마움이었다.

"공자님 덕분에 새로운 삶을 얻게 되었습니다. 저희 기루의 모든 가솔을 대신하여 감사드립니다."

"나는 암시만 주었을 뿐, 그를 용인한 총관의 총명함이 그들의 목숨을 살렸소."

"이 은혜 평생토록 잊지 않을 것입니다."

"되었소. 새로운 삶을 원하고 있었다니 다행이오."

싸움의 여파로 누적되었던 고통을 해소한 호연웅이 정신을 추스르며 일어섰다. 아직 마성에 발을 딤갔던 충격이 있었으나 그 정도쯤은 버텨낼 수 있었다.

"저… 저기요."

여화가 떠나가는 호연웅의 발길을 붙들었다.

"뭐요? 아직 할 말이 남아 있소?"

“제게 하셨던 삼십여 년 전의 묵은 빚이… 혹시 암왕에 관한 것입니까?”

호연웅이 호목을 부릅떴다.

“암왕야를 알고 계시오?”

“그, 그렇군요. 묵은 빚이라는 것이 암왕에게 쌓은 원한이었군요.”

“당신은 누구요? 어찌 그분을 알고 계신 것이오?”

“제 본명은 구여화. 전 그분의 여식입니다.”

암왕야의 본명은 구자기. 삼십여 년 전에 열 살짜리 딸이 아내와 함께 이화인에게 횡액을 당했다고 했다. 그 딸이 살아 있었다면 눈앞의 여인과 비슷한 나이쯤 될 것이다.

“정말 어르신의 따님이십니까?”

여화의 눈에서 눈물이 주르륵 흘렀다.

그리고 그녀의 입에서 지난 삼십여 년 전의 비화가 흘러나왔다. 그 뭉클한 사연에 호연웅은 비분강개하여 절로 주먹을 쥐었다. 참으로 슬픈 인생들의 비화였다.

게다가 이화인이 여인이었다니.

그것도 암왕야의 옛 정인이었다는 이야기는 실로 충격적이었다. 가슴 한편이 아린 이야기이지만 문득 호연웅은 자신의 처지가 암왕야와 다를 바 없다는 생각을 떠올렸다.

연정이 상황에 따라서는 그렇게 무서운 현실이 될 수도 있다는 사실에 살이 떨렸다.

"강북의 북상련으로 가솔들을 이끌고 떠나십시오. 어르신의 묘소도 돌봐주시고, 기반을 잡으실 수 있도록 제가 도와드리겠습니다."

"네, 생전에 뵙지 못한 아버님이지만 그분의 묘소라도 지키면서 극락왕생을 축원하려 합니다."

호연웅은 이 사실을 노옹이 생전에 알았다면 그렇게 허무하게 돌아가지 않았을 것이란 생각을 떠올렸다.

그 당시에는 노옹의 발목을 붙들어줄 아무런 연원이 없었다. 사실 노환의 악화를 감수하며 호연웅의 악업을 대신하여 영사파행술로 살생을 자행한 것도 그를 붙들어줄 연원이 없기 때문이었다.

만약 딸이 살아 있다는 사실을 알았다면 노옹은 아직 목숨을 부지하였을 것이고, 또한 선도가에 들 수도 있었을 것이다.

가슴을 짓누르는 착잡함이 호연웅의 가슴을 아리게 했다.

"가자."

암왕야의 딸 구여화에게 북상련에 전할 추천장을 써준 호연웅은 다음날 격전지로 향하는 여정에 올랐다.

이제 남은 장소는 한 곳뿐. 그 싸움으로 강호의 향방이 가늠될 것이다.

강북에서 항주로 향하는 최단 거리 경로에는 무호(蕪湖)란 곳을 거치게 된다.

장강의 대표적인 항구의 하나인 이곳은 춘추전국시기 때부터 수많은 역사적 전투를 치른 전쟁터요, 수십만의 생명이 산화한 비운의 장소였다.

강폭이 십 리 길에 이르는 그곳에 오늘 또다시 전운이 감돌았다. 장강을 마주한 양쪽 강변에는 북상련에서 출병한 대규모 원정군과 그를 저지하려는 금천세가의 방어군이 흉험한 살기를 피워내고 있었다.

"저들의 수장이 남궁세가의 가주가 맞는가?"

맹가량의 물음에 은형사 합비 분타주 전상도가 답했다.

"그렇습니다. 남궁창천이라는 호전적인 인물로 싸움에 임하면 결코 물러서는 법이 없다고 합니다."

"저곳에 모여든 인원은 얼마나 되지?"

"대병인지라 그 인원을 일일이 헤아리지는 못했으나 적어도 일만은 넘어설 것입니다."

"허~ 무식한 놈들, 어디서 그런 대병을 모았대?"

"무호에서 항주까지 펼쳐졌던 천라지망의 동원 병력으로 지금도 속속 운집 중이라 하니 앞으로도 오천 이상의 병력이 더 집결할 것으로 예상합니다."

"그럼 이러고 있을 때가 아니잖아? 더 모여들기 전에 쓸어버려야지."

맹가량이 아직도 운집 중이란 이야기에 발끈할 때 어느새 그들에게 다가온 황염이 그의 발목을 잡았다.

"그 정도로는 부족합니다. 적어도 이만 이상이 모일 때까지 기다려야 합니다."

"황염 공? 제정신이오?"

"전 지금 머리가 아주 맑습니다."

"우린 겨우 칠천에 불과한데, 저들을 더 키워서 싸우자는 게 말이 되오?"

"이번 싸움에서 반드시 저들의 뿌리를 뽑아야 합니다. 그러기 위해선 더 기다려야 합니다."

"젠장! 그 뿌리를 뽑으려다 우리가 통째로 뽑히겠네."

맹가량의 푸념에도 황염은 장강 너머 적들의 군영을 살피기에 여념이 없었다.

그곳엔 불길이 수그러진 벌판에 잔불 연기가 타오르듯 수백 가닥의 군불 연기가 피어오르고 있었다.

연기의 숫자는 대략 삼백.

황염은 그것을 근거로 적병의 수를 판단했다.

강변을 연하여 군영이 대치할 때는 그 길이가 광범위할 정도로 길어지는 관계로 소규모 취사 구조를 선택할 수밖에 없다. 즉, 하나의 군불에 연루된 인원은 삼십 명, 군불 연기의 숫자를 참작했을 때 군집한 병력은 겨우 일만 정도. 황염의 기대에 한참을 못 미치는 숫자였다.

"무상, 그렇게 몸이 근질근질하십니까?"

"말이라 하는가. 난 타고난 무장이네. 그 남궁창천인가 하는 자와 한바탕 걸지게 붙어봐야 하는데."

"큭."

황염이 슬그머니 웃었다.

아직 맹가량은 전장에 서 있다는 전의보다 무인의 낭만에 젖어 있었다. 무인의 본능인 호승심이 꿈틀거리는 것이었다.

"그럼 그 기운을 한번 쏟아내 보시겠습니까?"

"출병하라고?"

"전초전입니다. 기습으로 적의 군영을 한번 흔들어주십시오."

"겨우 꺼낸 말이 기습인가?"

"그 기습이 이 전쟁의 승패를 좌우할 수도 있습니다. 최대한 신속하게, 게다가 적들이 움찔할 정도로 큰 타격을 주고 퇴각하셔야 합니다."

"내가 모르는 무슨 꿍꿍이가 있지?"

황염의 입가에 엷은 미소가 번졌다.

사위가 어둠에 짓눌려 가는 시각. 금천세가 군영은 저녁 식사 준비로 분주했다.

먹고 죽은 귀신 때깔도 좋다고, 적의가 난무하는 전장에서 한 끼니 식사만큼 병사들에게 위안을 던져주는 시간도 드물다. 그때 사위를 깨는 다급한 고둥 소리가 들렸다.

뿌웅! 뿌우웅!

적의 습격을 알리는 경계 신호였다. 잠시의 즐거움을 만끽하려던 군영에 혼란이 일어났다.

"습격이다! 습격!"

"우라질! 저것들은 밥도 안 처먹나!"

"마! 지금 이 상황에 밥이 목구멍으로 넘어가냐?"

"제길! 먹던 건 먹고 싸우자고!"

"시끄러! 빨리 자기 위치로 안 돌아가!"

군영에서 짜증 가득한 소리가 곳곳에서 쏟아졌고, 그래도 그들은 본분을 다해 횃불을 밝히고 강변으로 몰려들었다.

강변을 따라 사오 리에 걸쳐 펼쳐진 횃불의 행렬은 장엄했다. 일만을 헤아리는 무인들이 일시에 강변으로 쏟아져 나왔으니 오죽하겠는가.

한데, 어둠이 내려앉는 강물은 고요했다.

"어디야? 어디서 쳐들어온다는 거야?"

"상류 쪽인가?"

"뭐야! 그럼 전면전이 아니란 말이야?"

다급한 경계 신호와는 너무도 다른 상황에 그들은 웅성거렸고, 누군가가 강심을 향해 불화살을 날렸다. 어둑어둑해져 도하하는 적들을 발견하지 못했을까 하는 우려였다.

그를 신호로 강변 곳곳에서 강심을 향해 불화살이 날아 상태를 살폈으나 강물은 고요하게 흐를 뿐이었다.

"뭐야? 이쪽은 얌전하잖아?

"상류도 아닌 것 같은데?"

"하류 쪽도 아니야?"

"도대체 어디서 울린 소리야?"

군영이 웅성거렸다. 어떤 파수병 하나가 착각하여 잘못된 경호를 울린 것이 틀림없었다. 그렇다고 해도 오보가 지휘부를 통해 확인되고 퇴각 명령이 떨어질 때까지 되돌아갈 수도 없었다.

그냥 우두커니 강물만 노려보는데, 이각쯤 지나자 비로소 철수 명령이 떨어졌다. 군영에서 불평이 쏟아졌다. 식사는 강바람에 차디차게 식었고, 괜한 헛걸음에 짜증이 솟구친 것이다.

그래도 굶을 수는 없는 노릇. 비록 식은 식사지만 허기를 채우려고 하는데 다시 다급한 경호가 밤하늘에 울렸다.

뿌웅! 뿌우웅!

네 번째 오보가 울렸다. 무려 네 번씩이나 똑같은 상황이 반복되었다. 어떤 미친 파수병이 이런 장난을 치는지 군영에서 불만이 팽배했다.

당장 놈을 잡아가다 능지처참하자는 원성이 쏟아졌으나 문제는 오보를 울린 파수병이 누군지 모른다는 것.

이러다가는 적들이 실제로 도하를 시도해도 그를 믿지 못할 판국이 되었다.

그를 증명하는 게, 네 번째 경호가 울렸을 때는 처음 경계 신호 때보다 강변에 깔린 횃불이 절반에도 이르지 않았다.

“누구의 소행인지 밝혀졌는가?”

“그게… 지금 백방으로 찾는 중입니다.”

호목을 부릅뜬 남궁창천이 횃불이 밝혀진 강변을 바라보며 부관에게 물었으나 그는 확신 있는 대답을 하지 못했다.

부관인 제왕단주 남궁승은 이미 한 시진 전에 오보를 울린 파수병을 잡아들이라고 수하들에게 지시를 내렸다. 그런데 수하들은 아직 그 근원지를 찾아내지 못하고 있었다.

“아군의 오보가 아니다.”

남궁창천의 혼잣말에 남궁승이 촉각을 세웠다.

“네? 하면 저쪽 놈들의 장난질이란 말씀이십니까?”

“놈들이 이런 치졸한 계략으로 우리 군영에 혼란을 주는 이유는 두 가지다. 첫째는 의구심을 키워놓고 일시에 도하를 감행하려는 수작, 둘째는 새벽녘까지 저 치졸한 수단을 이어 나가 병사들에게 피로를 가중시키려는 것이다.”

“이런 처 죽일 놈들.”

“승아!”

“네, 가주님.”

“눈에는 눈, 이에는 이라 했느니, 이 상황을 놈들에게 똑같이 되갚아주어라."

"알겠습니다. 제왕단을 이끌고 놈들에게 똑같이 혼란을 주고 오겠습니다."

"어차피 아침 동이 터오를 때까지 저들이나 우리나 뜬눈으로 밤을 새우는 것은 마찬가지일 것이다."

"당장 시행하고 오겠습니다."

뿔고둥을 손에 쥔 맹가량이 투덜거리며 황염의 막사로 들어섰다.

"자네 말대로 네 번을 채우고 왔네."

"수고하셨습니다."

황염이 환한 웃음으로 입술이 댓 발은 튀어나온 맹가량을 반겼다.

"도대체 이 짓거리를 하는 이유가 뭔가?"

"다 우리의 거사를 위해서 그러는 것입니다."

"진정 거사를 위한다면 일시에 도강하여 놈들을 쓸어버리고 항주로 진격해야지 애들처럼 나팔 장난이나 치면서 거사를 운운하는가?"

"그럼 준비된 것을 한번 보러 가시지요."

"뭔 준비?"

황염은 맹가량에게 따라나서길 종용하며 밖으로 나섰다.

맹가량이 미적지근한 얼굴로 뒤를 따르자 황염은 강변에

나열된 군영으로 향했다.

"이것들은 다 뭔가?"

맹가량이 물었다. 병사들이 분주하게 만들어가고 있는 것은 횃불을 밝히는 화섭자였다. 그것도 족히 수천 개, 아니, 수만 개는 될 듯이 보였다.

"이것이 우리 병사들입니다."

"이게 병사라고?"

"그렇습니다. 이제 잠시 후면 아시게 될 것입니다."

제작된 화섭자는 분주하게 강변으로 배달되었다. 그리고 일각 정도가 흘렀을까.

요란한 뿔고둥 소리가 울렸다.

뿌우우웅! 뿌우우웅!

적들의 도하를 알리는 위급 경호였다. 그 경적에 황염은 빙그레 미소를 지었다.

이어 강변을 따라 하나둘 횃불이 밝혀졌다. 한 명의 병사가 든 횃불은 세 개나 되었다. 그들이 그렇게 강변으로 몰려들자 강가를 따라 불길이 치솟았다. 그러자 불길을 품은 화룡이 강물을 거슬러 오르듯 장엄한 광경이 펼쳐졌다.

"이, 이게……?"

놀라는 맹가량을 보며 황염이 씨익 웃었다.

"적들도 이 불길을 보면 아마도 무상처럼 놀라서 입을 다물지 못할 것입니다."

“그럼 전부 병력을 과장하려고 벌인 짓이란 말인가?”

“그렇습니다. 이 정도면 한 삼만쯤은 되지 않겠습니까?”

강변을 주시하고 있던 남궁창천을 눈을 부릅떴다.

“저, 저게 어찌 된 것이냐!”

아군의 상황과 똑같은 경우였다. 비상 신호가 울리고 강변을 따라 밝혀진 횃불은 아군 진영에서 밝힌 횃불보다 적어도 수배는 더 밝은 밝기였다.

“저; 저들의 수가 일만에 못 미칠 것이라 하더니 대체 얼마나 되는 병력이 숨어 있었단 말인가?”

남궁창천은 아찔했다.

일시에 저 대군이 도강을 시도한다면?

그때는 중과부적으로 막아낼 도리가 없었다. 아무리 수성에 이점이 있다고 하여도 두 배를 넘어서는 대병이라면 승패는 뻔한 것. 이곳 무호 전선이 무너지면 저들은 항주까지 무혈입성하게 될 것이다.

“양 부관과 서충 부관은 들어라! 지금 즉시 천라지망에 동원된 모든 병력을 이곳으로 충원하고, 금천세가로 향하는 지원 세력 또한 이곳으로 집결하여 달라고 요청하라!”

한편, 횃불을 밝혀 든 채 기세충천한 외침을 물끄러미 바라보던 맹가량이 황염에게 물었다.

"도대체 자네의 꿍꿍이가 뭔가?"

"이 전쟁을 승리로 이끌려는 방편입니다."

"대체 그 꿍꿍이가 뭔데? 나도 알면 안 되는 것인가? 그리고 소공께선 대체 어디에 계시는 것인가?"

그로부터 사흘 후, 항주로 향하는 관도. 한때는 천라지망이 펼쳐져 살기가 가득하던 길이 지금은 한가로운 농촌의 정경처럼 목가적 정취가 물씬했다.

언제 무인들이 길거리를 메웠냐 싶게 수레를 끈 잡상인들이 유유자적 한가롭게 오고 가고, 관도를 따라 늘어선 들녘에선 노랗게 곡식이 익어갔다.

덜커덕, 덜컥.

우마차 하나가 그 길을 지나쳤다. 빽빽하게 옹기그릇을 실은 짐칸 한구석에는 죽립을 쓴 사내가 궁둥이를 붙이고 정취에 흠뻑 취해 있었다.

사내가 수레를 끄는 노인에게 물었다.

"항주까지는 얼마나 남았는가?"

"지금의 속도라면 내일 이맘때면 도착할 것입니다."

노인이 수염을 여유롭게 쓰다듬으며 대답했다. 허연 수염에 도공의 털털함이 묻어나는 그는 노인으로 변장한 합비분타주 전상도였다. 옹기도공으로 위장한 그는 호연웅을 항주로 안내하는 중이었다.

“속도를 좀 올려볼까요?”

“아니네. 지금은 이 여유를 만끽하고 싶네. 확실히 강남은 곡창 지역답게 사방에서 곡식이 여물어가는 것이 강북과 다르게 풍성하군.”

호연웅은 먼 들녘으로 고개를 돌리고 있었다.

부러움을 한껏 담은 동경의 시선이지만 어쩌면 그 모습은 가식인지도 모른다. 사실은 혈풍에 점점 다가서는 불편한 심사를 감추려는 의도일 수도 있었다.

사실 호연웅의 생각은 수뇌부를 암습하여 적은 피를 흘리고 전쟁을 끝내는 것이었다. 하지만 그 여정에도 피바람은 멈추지 않을 것이니 그 심사가 불편했다.

하지만 어쩌랴.

그 혈풍의 끝자락에 만인의 평안함이 자리한 것을.

누군가가 창대를 메고 그 혈채를 감당해야만 한다면 그것은 고스란히 자신의 몫일 뿐이다.

피할 수 없는 운명이랄까.

혹자는 그렇게 말한다. 피할 수 없다면 즐기라고. 하지만 피바람을 향한 발걸음이 어찌 즐거울 수 있겠는가.

끝 모르게 펼쳐진 곡창지대를 바라보는 눈망울엔 쓸쓸한 기운이 맴돌았다.

호연웅이 말했다.

“이곳에 펼쳐진 모든 대지가 금천세가의 것이라고?”

“그렇습니다. 강남에 들어와 눈에 띄는 토지는, 특히 곡창지대는 모두 금천세가의 재산으로 생각하시면 됩니다.”

곡창지대는 곡창지가 아니라 너른 들판을 바라보는 것 같았다. 그 끝 모르게 모든 대지에서 밀알이 영글어갔다.

이 귀중한 곡창지대를 보호하느라 금천에서는 전장을 장강 강변의 무호로 끌어올려 수성에 나선 것이었다. 이런 엄청난 부를 이루고도 모자라 천하 상권에 욕심을 부려 파탄을 일으켰단 말인가.

호연웅은 절로 고개가 저어졌다.

과연 인간이 지닌 욕심의 끝은 어디일까.

그것은 영원히 풀리지 않을 숙제인지도 모른다. 연정이란 감정이 풀리지 않는 숙제인 것처럼.

어느새 이틀이 흘러 호연웅과 전상도는 항주에 들어섰다.

그러고는 곧바로 항주의 절경이라는 서호(西湖) 북방에 자리한 노호산 유적으로 향했다.

서호는 서쪽의 호수를 지칭하는 것으로 대륙에는 약 팔백여 개의 서호란 지명이 있었으나 그중의 으뜸은 항주의 서호라 할 만했다. 오죽하면 하늘엔 천국이 있고 지상에는 항주의 서호가 있다는 말이 떠돌겠는가.

그만큼 항주의 서호는 절경 중의 절경이었으며, 수심은 일장 넘지 않을 정도로 낮았으나 그 둘레가 사십 리에 이르고 삼면이 산으로 둘러싸인 절경의 호수였다.

장장 사십 리에 이르는 담수호.

게다가 호수 내에 간간이 자리한 소도(小島)에는 가교가 연결되어 섬과 섬 사이를 연결했다. 더욱이 그 교량의 높이가 팔 장에 달해 교각 사이로는 삼 층 전각을 통째로 실은 듯한 누선(樓船)들이 넘나들며 강심을 누비고 있었다.

노호산 자락에 연한 강변에서 서호를 바라보는 호연웅은 그 거대한 규모에 할 말을 잃었다.

그곳이 바로 금천세가이기 때문이다.

노호산 유적이라 했을 때 그곳에 자리한 장원이나 고성쯤으로 생각했었다.

한데 이 거대한 호수 전부가 금천세가라니.

더더욱 놀라운 것은 천연 호수가 아니라 둑을 쌓아 만든 인공 호수란 점이었다.

사방 사십 리에 펴진 전각만 해도 수천 채, 각각의 규모도 웅대하여 대체 어디가 수뇌전인지 감조차 잡을 수가 없었다. 믿었던 전상도마저도 금천세가는 초행길이니 웅장한 규모에 혀를 내두르기는 마찬가지.

그들은 그저 할 말을 잃었다.

넋을 잃은 그들의 앞으로 화려한 자태의 누선 하나가 유유히 흘러갔다.

용선(龍船).

황족이나 고위관료들을 위한 놀잇배이나 유사시에는 전함으로 탈바꿈하는 가면의 선박이 바로 용선이었다.

세 채에 이르는 사 층 전각을 통째로 얹고 지나치는 용선은 그 자체만으로도 위용이 넘쳐 거대한 건축물을 보는 것 같았다. 그런 용선들이 강심에만 얼핏 보아도 열두 척에 이르렀고, 눈길이 닿지 않은 강변에 또 얼마나 많은 용선이 정박해 있을지 감을 잡기가 어려웠다.

"이거 쉽게 끝내기 어렵겠는데?"

"그, 그러게 말입니다."

호연웅의 물음에 전상도가 머리를 긁적였다.

그 규모가 너무도 웅대하니 대처가 난처했다. 그렇다고 어디 하나를 들쑤셔 놓으면 호수 전체가 진동할 것이니 그조차도 난감한 일이었다.

대체 어디서부터 손을 댄단 말인가.

그때 호연웅의 신형이 스륵 허공 속에 잠겨들었다.

"다들 이곳에서 대기하도록."

전상도와 은밀에 숨어든 은형이조원들까지 대기시킨 호연웅은 수면을 박차고 나가 용선의 갑판에 올라섰다.

한데 그 큰 규모에 비해 용선은 단 네 명의 선원만으로 운항이 이뤄지고 있었다.

좌우와 전방을 겸한 관측수 두 명과 조타수 한 명과 비조타수 한 명이 전부였다. 선체의 높이와 전폭을 고려했을 때 최소의 승선 인원은 족히 서른 명을 웃돌 것이다.

한데 달랑 네 명만으로 이만한 선체가 운항한다는 것은 이해하기 어려운 일이었다.

그때 그들이 두런거리는 이야기가 들려왔다.

"지금쯤은 무호에서 한바탕 난리가 벌어져도 벌어졌을 텐데 어떻게 되었을까?"

"뭐 피 터치게 싸우고 있겠지."

"아까 오진방(伍進坊) 행수들이 나누는 이야기를 조금 엿들었는데, 산서에서 구파일방의 지원 세력과 적상철갑무단이 아주 개박살이 났다고 하던데… 자네들은 혹시 그 내막을 좀 아나?"

"나도 얼핏 들었는데 다들 쉬쉬하니 그 내막을 어찌 알겠나."

"허허, 이거 사태가 심각하구먼."

"한데 그들 말로는 도하를 시도하는 적군이 상당히 불리할 것이라고 예상하던데? 환한 웃음을 띠는 것이 낙승을 예상하는 분위기였다고."

"그럼 다행이기는 한데……."

흘러나오는 이야기는 보잘것없는 내용뿐이었다.

호연웅은 그들을 뒤로하고 내부로 숨어들었다. 좀 더 고급 정보를 전해줄 직위의 인물을 찾기 위해서였다.

이 정도 규모의 누선이라면 필시 선체 어딘가에 선장이 상주하고 있을 것이다.

그를 잡아 추궁한다면 인근의 정보를 꿰맞출 수 있을 것이고, 서호 연안에 존재한 전각들의 정보도 자연히 얻을 수 있을 것이다.

조용히 내실로 발을 들여놓은 호연웅은 화려한 장식에 흠칫 놀랐다. 전각의 구조를 지녔다 해도 선실에 불과할 것이란 그의 예상은 여지없이 빗나갔다.

실내는 화려함의 극치를 넘어 아방궁을 방불케 했다.

'히야, 돈으로 처발랐구먼.'

난다 긴다 하는 장안의 기방을 그대로 옮겨놓은 듯한 구조와 호화로움이 호연웅의 눈길을 사로잡았다.

한눈에도 용선의 용도가 무엇인지 알 수 있었다.

그를 증명하듯 내실 안쪽 깊은 곳에서는 달뜬 신음이 들려왔다. 이어 쾌락에 육신을 비트는 교성이 들렸다.

"아흑!"

교성이 극소수의 선원으로 놀잇배를 운항하는 이유였다.

비밀 유지나 신분 은폐를 위해 승선 인원을 제한했을 것이고, 내실 안쪽에서는 어떤 귀한 종자가 신분 노출을 꺼린 채 향응을 즐기고 있을 것이다.

아니나 다를까, 내실 깊은 곳에서는 낯 뜨거운 광경이 벌어지고 있었다. 헐떡이는 숨소리, 번들번들한 땀방울, 살 냄새 짙은 육향이 코끝을 찔렀다.

호연웅은 눈살을 찌푸리며 그들을 지나쳐 좀 더 깊은 하부 선실로 향했다.

끈끈한 비음을 뒤로하고 하부로 내려가는 계단을 마주했을 때 도란거리는 말소리가 들려왔다.

"전시 상황인데 이렇게 향락선을 운용해도 되는 겁니까?"

"외부 상황을 티 내지 말라는 명이 내려왔다."

"그게 말이 됩니까? 이렇게 여유작작하다가 언제 목이 잘릴지 모르는 일인데."

"동요를 우려하는 거지."

"쳇, 이미 세가 전반이 술렁이고 있거늘 그게 쉬쉬한다고 덮이겠습니까?"

"이놈아, 사 년 전 모반 때도 조용히 상황을 주시했던 덕분에 살아날 수 있었다는 것을 그새 잊어버린 게냐?"

"그때야 피아가 분명했지만, 이번 적은 수천 명도 눈 하나 깜짝하지 않고 몰살시키는 살귀라고 하던데 상황이 그때와 같습니까?"

"그 소린 또 어디서 들은 게냐?"

"이미 세가 전반에 소문이 쫙 퍼졌다니까요."

그들이 살귀라 부르는 호연웅이 문밖에서 그들의 이야기를 엿듣고 있었다.

겉으로는 평온을 유지해도 그것은 시늉일 뿐이고 세가 전반이 두려움에 몸살을 앓는 중이었다.

갑판의 선원들도 그렇고 내실에서 밀담을 나눈 자들의 정황도 그러했다. 한데 하부 계열의 염려와 달리 지휘부서가 여유로운 이유는 무얼까?

일촉즉발의 무호 전선에서 이곳까지는 열흘 이내의 거리. 전황에 촉각을 세우고 긴장이 감돌아야 할 때지 이렇듯 한가롭게 향락 접대용 용선을 강심에 띄울 상황이 아니었다.

'뭐냐? 무얼 숨기고 있는 것이냐?'

호연웅은 복잡한 생각에 빠져들었다.

당장 저들을 문초하여 낮은 정보들이나마 빼낼 것인가, 아니면 좀 더 몸을 숨기고 이곳을 정탐할 것인가.

'서두르다간 오히려 일을 망친다.'

호연웅은 조금은 돌아가더라도 확실한 후자를 택했다. 조바심에 애달아할 자들은 금천세가지 자신이 아니기 때문이었다.

어느덧 용선은 서호를 가로질러 남쪽 선착장인 호포몽(虎跑夢)에 도착했다.

내실에 들었던 고위관료인 듯한 자도 어느새 의복을 단정하고 갑판에서 강바람을 쐬고 있었다. 그 모습이 휑하게 서호를 유람하고 온 듯한 인상이었다.

그가 용선에서 내리자 내실에서 밀담을 나누던 자들이 뒤를 따랐고, 호연웅도 관료의 뒤를 따랐다. 그를 미행하는 것이 상급 관리들과 접촉할 확률이 높아지기 때문이었다.

그 바람이 들어맞았는지 포구에서 일각 정도 소로를 따라 연잎으로 뒤덮인 연못에 덩그러니 세워진 정자가 나타났다.

곡원풍하(曲院風荷).

연못을 가로지르는 교각 위에 세워진 정자를 일컫는 명칭이었고, 그곳에는 관료를 기다리는 다수 인물이 있었다.

第八章
살지무석 (殺之無惜)
죽어 마땅한 자들……

살지무석(殺之無惜)

죽어 마땅한 자들……

"어서 오십시오, 병부대공."

"하하, 반갑습니다. 다들 강녕하셨습니까."

병부대공이라 불린 사내를 맞이하는 자들은 모두 아홉. 그
들은 가면을 쓰고 있었다.

"한데 그 가면들은 볼 때마다 참 적응되지 않는구려."

"그 점은 우리도 미안하게 생각하고 있소."

가면을 쓴 아홉의 사내.

그들을 본 순간 호연웅은 숨이 턱 막히는 듯한 충격을 받았
다. 규원보원각에서 이화인의 암시를 받았을 때 금천세가에
남은 십이봉공이 운집했을 것이란 예상을 했었다.

하나 막상 남은 자들을 대면하자 그 거대한 위용에 미묘한 떨림이 일어났다.

태산을 방불케 하는 아홉 개의 거산이랄까.

백면봉공이나 이화인처럼 일대일로 대면했을 때는 느끼지 못했던 거대한 위압감이었다.

'으음.'

금천세가가 전시에도 여유로웠던 이유가 바로 저들이 이곳에 상주하고 있었기 때문이다.

게다가 병부대공이라면 조정의 병권을 장악한 병부대신을 일컫는 말이다. 그런 막강한 실세가 향락을 제공받고 저들과 대면한다는 것이 무엇을 뜻하겠는가.

'군부와도 한통속이었단 말인가.'

이는 전혀 예상치 못했던 반전이다. 만약 군문에서 병력이 출동한다면 무호 전선에서 엄청난 혈풍이 몰아칠 것이다. 주요 인물들만 제거하여 최대한의 유혈을 방지하겠다던 전략은 자칫 엄청난 참사로 이어질 수도 있었다.

뜻하지 않은 인물의 등장에 호연웅은 갈등에 빠져들었다.

병무대신 석상영의 이야기가 들려왔다.

"좋습니다. 금천세가와의 인연도 있으니 서남로군 십만 정병을 북상련과 대치하는 전장에 투입하겠습니다."

가슴 뜨끔해지는 이야기였다.

십만 정병이라니.

만약 십만에 이르는 정병과 일만의 북상련 간에 격돌이 일어나면 무호 강변은 시체로 뒤덮이고 장강은 핏빛으로 물들고야 말 것이다.

석상영의 이야기는 이어졌다.

"그들도 십만 정병을 대면하면 지리멸렬하거나 철수하기에 급급할 것입니다. 하하."

그러나 석상영의 판단은 그만의 착각에 지나지 않았다.

호연웅은 석상영의 이야기를 들으며 주먹을 불끈 쥐었다.

십만이 아니라 백만 대군이라 해도 물러설 의향이 없었다. 유혈을 자제하려고 했으나 도발을 자처한다면 그를 피하지 않을 것이다.

그 모두를 장강에 수장시킬 수도 있었다.

호연웅의 속도 모르고 그들의 이야기는 이어졌다.

"하하, 그렇긴 하지만 보통 독한 종자들이 아니오. 일천오백의 적상철갑무단을 황하에 수장시킨 놈들이니 만만하게 여길 일이 아니오."

"그 이야기는 저도 전해 들었습니다. 칠 할에 가까운 병력이 수장되었다고요. 하나 십만 정병입니다. 자그마치 십만! 그들은 일백 문의 화포가 일시에 불길을 뿜어내는 위용만 보아도 오줌을 지리고 말 것입니다. 그러니 걱정은 붙들어 매십시오."

"말씀을 듣고 보니 든든하긴 하오만 지금 전황이 몹시 불리하다고 하오. 언제쯤이면 서남로군이 전선에 투입될 수 있겠소?”

“이미 나흘 전에 진격을 명해놓았습니다. 적어도 사흘 안에는 무호에 도착할 것입니다.”

호연웅은 이번 계책에 오류를 통감했다.

황엽과 유혈을 최소화하는 방안을 마련하며 몇 가지 의도를 시행했었다.

그중의 하나가 금천세가의 병력을 무호로 집결시켜 대치 상황으로 몰아놓고 핵심 인사들을 제거하는 방안이었고, 다른 하나는 대련회의 산하에 소속된 명문정파들을 침묵시키는 방안이었다.

그 방안의 하나로 황엽은 명문정파의 비주류들에게 은밀히 통문을 발송했었다.

이번 전쟁에 참전을 자제해 달라는 요청이었다.

마침 산서에서 대련회에 소속된 주병이 몰살당했던 터라 그들은 어느새 비주류가 아닌 주류에 편승할 수가 있었고, 황엽의 제안을 긍정적으로 받아들였다.

지난 삼십여 년간 사문의 기개를 잃고 대련회에게 끌려 다녔던 것에 대한 염증이 있었기 때문이다.

그 덕분에 대련회 최상부인 십이봉공은 산하의 명문정파에서 더는 병력을 뽑아낼 수 없었다. 한데 고육지책으로 뽑아낸 강수가 군문에 출병을 요청하는 것이었으니.

이는 결과적으로는 최악의 상황이 촉발되고야 만 것이다.

*   *   *

황염이 심각한 표정으로 전서구 한 장을 북상련 지휘부 앞으로 내밀었다.

"이걸 좀 읽어보십시오. 왜구들을 방비하던 절강 이남의 서남로군 십만 정병이 무호 전선에 참전할 것이라는 주군의 전갈입니다."

전서는 서둘러 천아영의 손에 쥐어졌고, 맹가량도 덩달아 등 뒤에서 전서의 내용을 살폈다.

이어 전서는 삼대 무력부 단장들에게 전해졌고, 은섬비창 방개, 황룡채주 고적태, 염왕채주 적벽하의 인상이 참혹하게 일그러져 갔다.

황염이 좌중을 쓸어보며 말했다.

"무호 전선이 형성된 이후 가장 큰 위기에 봉착하였습니다."

"대체 십만이면 얼마나 되는 인원이지?"

맹가량이 의뭉스럽게 되물었고, 황염이 그 말을 받았다.

"병력으로만 따지면 이곳 무호를 사람으로 채워서 도강할 수 있을 정도이며, 정병이 두려운 것은 그들의 머릿수가 아니라 전열과 전술에 따른 화포 사용에 있습니다."

“화포?”

“십만이면 전열에 따라 배정의 변화는 존재하겠지만 적어도 사백 문 이상의 화포부대를 이끌게 됩니다.”

서남로군은 왜적을 방비하는 부대인 관계로 타 지역의 주둔군과 비교해 군부 화기인 호준포(虎準砲)의 배치율이 높은 편이었다.

통상 이백오십 명이란 인원을 기준으로 일문의 호준포를 배치하게 되는데, 십만 정병을 기준으로 했을 때 사백 문의 호준포는 정확한 계산이라 할 수 있었다.

맹가량이 불퉁스런 표정으로 되물었다.

“대체 그 화포의 위력이 얼마나 되기에 그깟 사백 문을 가지고 사색이 되는가?”

“살상력은 사방 오 장 이내에서 피륙이 조각나고, 최대 사거리는 육백칠십 장, 약 오 리에 이릅니다.”

화포라 해봤자 화살과 비교해 큰 차이가 없을 거라 예상하던 맹가량의 입이 쩍 벌어졌다.

무호를 가르는 장강의 강폭은 십 리다. 그 강심에 배를 띄우고 화포만 날려도 아군 진영은 쑥대밭으로 변하고 만다는 결론이 맹가량의 뇌리를 스쳤다.

“제길, 전투가 벌어지면 무슨 수를 써서라도 그 화포부터 우선 부숴놓아야겠군.”

“십만 보병의 전투 책무가 화포부대 방비입니다. 십만이란

인의 장막을 뚫고 들어가기도 전에 군영은 초토화가 되어버
립니다."

맹가량의 입술에서 침음이 흘렀다.

"으음."

"더군다나 서남로군의 주병은 구봉(鉤棒)이라는 장창입니
다. 창날 옆에 낫과 같은 기병이 달려 찌르기와 챔질에 능한
병기인데 십만 정병이 날을 세운 그 숲을 뚫기란 현실적으로
실현 불가능한 일입니다."

"그래도 뭔 수가 있겠지."

"방법은 하나, 그들이 집결하기 전에 철군하는 것뿐입니
다."

"자네, 제정신인가!"

"주군께서도 그 점을 염려하여 전서를 보내셨을 겁니다."

좌중의 의견이 이후 두 갈래로 갈렸다.

맹가량과 적벽하는 서남로군의 집결 이전에 군영을 습격
하여 화포를 부숴 버리자는 의견이었고, 황염과 고적태는 철
군을 주장하고 나섰다.

대립은 팽팽한 줄다리기로 이어졌고, 천아영이 나서서 상
황에 종지부를 찍었다.

"철군을 택하겠어요."

"하면 주군을 적지에 방치하겠단 말씀이십니까?"

발끈한 맹가량이 반론을 제기했지만 천아영은 의지는 변

함이 없었다.

무호 전선의 대치 상황이 풀리면 강변을 메운 대병은 항주로 되돌아갈 것이다. 그리 되면 호연웅은 적지에서 홀로 수만의 무인에게 둘러싸이게 된다. 거사에 성공해도 빠져나올 방도가 없어지는 것이다.

맹가량은 그 점을 염려했고, 천아영은 당장 벌어질 유혈을 염려했다.

"대련회처럼 저희도 특무조를 편성해 대공의 탈출을 돕도록 하겠어요."

＊　　　＊　　　＊

서호 강변에 드러누운 호연웅은 푸른 창공을 바라보고 있었다. 이제나저제나 답신이 오기를 기다리는 것이었다.

지금 그는 난관에 빠져 있었다.

이곳에서 거사를 진행하느냐, 아니면 무호 전선으로 달려가 십만 정병과 대적하느냐.

두 갈림길에서 갈등 중이었다.

이어 황조롱이 한 마리가 허공을 선회하더니 호연웅의 품으로 내려앉았다.

그의 주변으로 은형이조원과 전상도가 모여들고, 호연웅은 전통을 열어 전서를 확인했다.

짤막하게 쓰인 몇 줄의 글귀.

회군 결행, 특무조 편성 항주 잠입, 거사 결행.

호연웅의 바람대로였다.

혹여 전서를 보내고 답신을 기다린 것은 전황 파악에 능숙한 황염과 천아영이 묘책을 내줄 것이란 기대감에서였다. 그러나 답신에 특별한 묘책은 없었지만, 회군을 결정한 용단만큼은 잘 내린 결정이었다.

피는 피를 부른다.

만약 군부와의 전쟁을 감행하였다면 이번 전쟁은 더욱 확대되어 조정과 전쟁을 치러야 할지도 모르는 위기에 봉착했었다. 그를 위해 또 얼마나 많은 인명이 희생될 것이며 강토에 피바람이 불겠는가.

호연웅은 협의를 위해 싸우는 전사이지 살인귀가 아니다. 마음에 들지 않는다고 강호 전부를 도륙할 수도 없는 노릇이고, 정당한 선에서 수위를 지키는 중용이 필요했다.

지금은 그 중용을 찾아야 할 때였다.

"됐다. 이제 무호 전선에 신경을 끊고 거사에 맹진할 수 있겠어. 그 첫 번째 목표를 잡으러 가자."

사위가 짙은 어둠에 눌려 고요가 찾아오는 시각.

호연웅은 칠 층 전각을 바라보고 있었다.

도창(都昌)의 규원보원각보다 웅장하거나 화려한지는 않지만 굳건한 석등이 세워진 듯 위용을 뿜어내는 전각이었다.

지난 이틀간 서호 인근을 누비며 찾아낸 금천세가주 금황의 거처이다.

금황(金皇) 천만공.

천아영의 인척인 칠촌 재종숙부로 천아영 선친의 세 번째 부인인 대부인 당미려의 정부이기도 했다.

골육상쟁의 승자로 대련회의 지지를 받아 금황이라는 금천세가주에 오른 그는 야심이 대단한 자였다.

금황에 등극한 이후 그는 세가 내에 정적이 될 만한 자들을 우선하여 제거했고, 강남에 국한된 금천세가의 상권을 강호 전역으로 확대하였다.

또한 대련회 십이봉공 가운데 여섯을 포섭하여 관계역조를 이뤄냈고, 종국에는 십이봉공도 함부로 범접 못할 지존의 권좌에 올랐다.

그의 야심은 거기서 끝나지 않았다. 조정의 정사에도 관여하며 조정대신들을 쥐락펴락하는 암중의 제후가 되었고, 황권과도 견줄 만한 무소불위의 권력을 손에 쥐게 되었다.

그는 관과 무를 아우르는 실질적인 지배자였다.

허울뿐인 황상보다도 더 조정에서 영향력을 행사했으니 무엇을 말하겠는가. 일개 상단이 십만 정병을 가내 무사들처

럼 부릴 수 있는 것만 보아도 그의 영향력을 능히 짐작할 수
있는 일이었다.

한데 강북지단의 상황이 삐걱거리게 되어 그는 곤경에 빠
져들게 되었다. 아직 장악력이 축소된 것은 아니나 그의 권력
을 시기하던 자들이 하나둘 날을 세우기 시작했다.

천둥벌거숭이 같은 애송이에게 최강이라 불리던 금천의
삼대무력단이 줄줄이 박살이 나자 암황을 동경하던 자들에게
서 불신이 일어난 것이다.

권불십년 화무십일홍이라.

철옹성 같은 암왕의 권력이 언제 무너질지 모른다는 불안
감이 팽배해지며 권좌에 오른 이후 최대 위기를 맞고 있었다.

"무호의 전황이 어찌 돌아가는 중이라 하더냐?"

금황 천만공의 물음에 외총사 천로검군(天路劍君) 무제학
이 머리를 조아렸다.

"서남로군의 투입이 주효한 것 같습니다. 북상련 진영에서
이탈하는 자들이 속출하고, 급격하게 진세가 축소되었다는
전갈을 받았사옵니다."

안면에 가득했던 암황의 주름이 활기를 찾아갔다.

"진영 이탈자가 속출한다고?"

"그렇습니다. 현재 서남로군의 좌군영만이 전선에 도착한
상황인데, 북상련 진영에서 동요가 일어난다 하옵니다."

"그래? 그들에게 진하라! 서남로군은 무호에 주둔하여 전

선을 형성하고, 남궁세가주를 비롯한 일만오천의 무인은 도강하여 도주하는 적을 몰살하고 여세를 몰아 북상련까지 접수하라고!"

"지금 즉시 전문을 띄우겠나이다."

"그럴 순 없지."

대답은 칠 층 창문 밖에서 들려왔다.

나는 새가 아니고서는 절대 올라설 수 없는 높이다. 그런데 대답도 모자라 삐걱 창문이 열리며 시커먼 무복의 사내가 고개를 내밀었다.

"어허?"

괴한의 침입에 급격하게 표정이 굳어지는 금황을 보호하기 위해 천로검군이 한걸음에 날아들어 그의 앞을 막아섰다.

"자넨 누군가!"

천로검군은 난입한 괴한을 향해 서슬 퍼런 눈빛을 쏘아냈다.

"내 용무는 그 뒤에 선 분에게 있소이다."

"누구냐 물었다."

천로검군의 손끝에서 안개처럼 뿌연 기운이 피어났다.

진기를 외부로 방출해 이루는 무형의 형체였는데, 점점 뚜렷한 형상을 만들어가는 그것은 한 자루의 검이었다.

"난 천군에겐 용무가 없는데 꼭 그래야만 하겠소?"

천로검군. 금천세가 서열 삼위의 인물로 금황과 대부인에

이어 금천세가 내에서는 최고의 무위를 지닌 핵심 인사였다.

강직한 성품에 인의를 중시하는 인사라서 호연웅으로선 유일하게 호감을 품고 있는 자였다.

그러나 호연웅의 호의와 다르게 그는 눈에서 서슬 퍼런 불꽃을 뿜어내고 있었다.

"누구의 사주를 받고 감히 이곳에 난입하였더란 말이냐! 누구냐, 네놈을 사주한 자가?"

어느새 형체를 굳힌 검을 쥐어 든 천로검군이 검봉을 눕혀 호연웅을 겨눴다.

무형기강(無形氣罡)이라는 곤륜의 절기였다.

괴인영 호연웅의 눈길은 천로검군이 겨눈 검첨에 쏠려 있었다. 중원엔 기괴한 절학이 넘쳐난다 하더니 예사롭지 않은 기예였다.

"금황께서는 수하의 품에 숨어 기어코 모습을 드러내지 않을 작정이시오."

"큭. 크크."

천로검군의 등 뒤에서 기괴한 웃음이 흘렀다.

"외총사, 잠시만 물러서 주시게."

"알겠습니다."

친로검군이 여전히 검첨을 호연웅에게 겨누며 옆으로 한 걸음을 물러섰다.

금황이 호연웅에게 말했다.

“이곳에 단신으로 난입한 용기를 보니 살아서 나갈 자신이 있는가 보군.”

“저 창문을 넘기 전에는 자신이 있었는데 지금은 나도 결과를 장담할 수 없게 되었소.”

“하긴 천군의 무학이 워낙 괴물스럽긴 하지. 누군가, 내 목을 가져오라고 한 자가?”

“금천세가의 유일한 상속녀.”

“아영 그 아이가 보냈단 말이더냐?”

“그렇소. 천군은 살려주고 당신과 대부인의 목을 가져다 달라고 하더이다.”

“좋다! 천군을 넘어서면 내 목을 가져갈 수 있을 것이다.”

호연웅의 시선이 검첨을 겨눈 천로검군에게 향했다.

“전 북극빙성의 소성주 호연웅이라 합니다. 천 낭자가 제게 신신당부를 하더군요. 금천세가를 몰살하더라도 딱 한 사람만큼은 살려야 한다고.”

호연웅이란 이름이 거론되자 금황의 얼굴이 처참하게 일그러졌고, 천로검군도 놀라는 눈빛이었다.

“그게 나라고 소공녀께서 말씀하셨더란 말이냐?”

“그렇습니다. 그녀가 차기 가주로 지목한 사람이 바로 당신입니다.”

“허허, 격장지계인가? 세 치 혀로 현혹당하기에는 내가 세상의 경험이 좀 깊다네.”

"그녀는 자신을 이 지옥 구덩이에서 탈출시켜 준 그 은혜를 갚고자 하는 것입니다."

"설마? 자, 자네가?"

천아영의 탈출이 거론되자 금황의 안색은 더욱 참혹하게 일그러져 갔다.

"송구합니다, 주군. 그 당시는 저도 어쩔 수가 없었습니다. 그 여죄는 난입한 자를 처단하고 청하겠습니다."

천로검군이 시선이 호연웅에게 쏘아졌다.

"소공녀와의 인원은 그때 그것으로 끝났다. 지금에 와 새삼 거론한 일이 아니다. 어서 검이나 뽑아라."

안타까운 일이나 천로검군의 의지가 확고한 이상 어쩔 수 없는 일이었다.

조용히 포권으로 읍을 올린 호연웅이 내기를 순환시켰다.

"차앗!"

힘찬 외침이 들리며 천로검군이 빙판을 미끄러지듯 호연웅에게 다가섰다. 잔상이 남겨질 정도의 빠른 움직임. 보폭을 움직이지도 않았는데 다가선 천로검군의 검첨이 호연웅의 목젖을 노리고 들어왔다.

그러나 번쩍 들어 올린 호연웅이 좌수기 검첨을 밀어 올렸다. 이어 우수에서 뻗어 나간 다섯 줄기의 청망이 천로검군에게 쏘아졌다.

타라라랑!

일수의 휘두름으로 다섯 줄기의 청망을 쳐낸 천로검군이 우보를 축으로 회전하며 태산도 가를 듯한 거력을 검에 실어 날렸다.

검신에 허공이 갈라지며 피부가 떨리는 압력이 밀려들었다. 그 속도가 눈으로 쫓지 못할 정도.

파앗!

호연웅의 신형이 촛불이 꺼지듯 사라졌다.

그리고 금황의 면전에 나타나 청망을 폭사시켰다.

"으헉!"

부지불식간에 일어난 기습에 싸움을 관전하던 금황이 헛바람을 뿜어냈다. 그의 얼굴엔 공포의 그림자가 일렁였다.

하나 호연웅의 암습은 어느새 검망을 펼친 천로검군에게 막혀 푸른 불똥만 허공에 날렸다.

타당! 탕탕! 땅!

"치졸한 수로다!"

천로검군의 일침에 호연웅이 머쓱한 표정을 지으며 물러섰다.

"저자만 죽이면 쉽게 끝날 일인데 참으로 끈질기구려."

"나를 넘기 전에는 주군의 몸에 손끝 하나도 댈 수 없다."

무슨 사연인지는 모르나 천로검군은 금황을 지켜내기 위해 사력을 다했다.

예상치 못한 복병에게 시간을 빼앗기고 있는 사이, 문을 박차고 금천각의 수문위사들이 우르르 쏟아져 들어왔다.

삽시간에 몰려든 그들은 금황을 둘러싸고 인의 장막을 형성했다.

산 넘어 산이라고, 암습은 점점 진흙탕으로 빠져들고 천로검군은 작정이라도 한 듯 살기 어린 외침을 외치며 맹렬하게 달려들었다.

"차앗!"

살을 갈라낼 듯한 예기가 사방에서 쏟아졌다. 일검이 분명하거늘 어째서 이런 현상이 일어나는지 모를 일이다.

그러나 그런 추론에 빠져 있을 경황이 없었다. 여차 하다간 사지가 갈라질 판국. 호연웅의 신형이 다시 꺼진 불꽃처럼 모습을 감췄다.

"주군의 주변을 강화하라!"

금천위사들에게 경각심을 일깨워 준 천로검군의 예리한 시선이 허공을 훑었다.

그것이 천로검군의 실수였다. 금황의 곁에 위사들이 겹겹이 둘러싸고 있기에 그곳에 방비를 허술하게 한 것이 화근이었다.

쏴아아아아악!!

겹겹이 둘러진 인의 장막 속에서 불현듯 청망이 거미줄처럼 펼쳐졌다.

"크아악!"

“아아악!”

“으아악!”

처절한 비명이 빗발치며 전신에 구멍이 숭숭 뚫린 위사들이 무너져 내렸다.

뒤늦게 천로검군이 금황의 곁으로 뛰어들었으나 이미 한 줄기 청망이 그의 심장을 관통하고 지나친 뒤였다.

“주, 주군!”

호목을 부릅뜬 천로검군이 금황을 안아 들었으나 그는 이미 눈을 치켜뜨고 절명한 상태. 심장을 관통당하고 살아날 자는 없다.

금황은 항시 도검 불침의 호신갑인 용린갑(龍鱗鉀)을 착용하고 있었다. 한데 그 용린갑의 틈새를 뱀같이 파고들어 심장을 관통한 것이다.

“이, 이놈! 어디에 숨은 것이냐!”

그때 허공중에 호연웅의 목소리가 울렸다.

“천군, 무슨 연유인지는 모르나 금황은 죗값을 치른 것일 뿐 당신과는 아무런 연관이 없소. 천아영 그녀가 공언하였소. 차기 가주는 그대가 될 것이니 자중을 부탁드리오.”

“닥쳐라! 당장 모습을 드러내지 못할까!”

공허한 울림만 실내에 울릴 뿐 호연웅은 이미 종적을 감춘 뒤였다.

“정말 천로검군에게 차기 가주 자리를 내주기로 대공녀께
서 공언하신 겁니까?”
　은밀에서 벗어난 육섭이 호연웅에게 물었다.
“아니.”
“한데 어째서 그런 말씀을?”
“다 이유가 있지. 그리고 내 판단은 틀리지 않았어.”
“대체 무슨 말씀이신지?”
“천군이 대금천의 가주 자리를 승계 받을 유일한 인물이라
는 거지.”
“그래서 살려주신 겁니까?”
“그마저 죽이면 이곳은 살육의 현장으로 뒤바뀌고 말아.”
“그럼 뒷정리를 위해 그를 살려둔 거군요?”
“그보다는 깊은 뜻이 있는데 지금은 그렇게만 알고 있으라
고. 다음 대상은 누구지?”
“당연히 이번엔 대부인 차례 아닙니까.”
　호연웅이 고개를 저었다.
“금천세가주의 죽음이 가장 먼저 전달될 곳이 그곳이야.
그곳은 지금쯤 용담호혈이 되어 있겠지.”
“하면 어디를? 십이봉공을 치실 생각이십니까?”
“아니. 이번엔 삼성각으로 간다.”

　서호는 호수를 가로지르는 백제(白堤)와 소제(蘇堤)라는 제

방을 중심으로 리호(理湖), 외호(外湖), 악호(岳湖), 서리호(西理湖), 소남호(小南湖)의 다섯 개 호수를 통칭한다.

그 소남호 남단에 오 층 석탑처럼 우뚝 솟은 세 채의 전각이 있다. 자미원, 태미원, 천시원으로 불리는 그곳은 금천세가의 정보 부서였고, 통칭하여 삼성각이라 불렀다.

천하의 모든 정보는 삼성각으로 흘러든다.

간밤에 술에 취한 누군가가 대문에 오줌을 싸지르고 사라졌다면 삼성각에 물어보라. 그러면 그 범인을 알 수 있을 것이라 했다.

물론 풍문이요 우스갯소리이나 그만큼 강호 전반의 은밀한 정보들이 취합되는 장소임을 잘 나타내는 말이었다.

자미원!

그림자는 주인을 따라간다는 말이 있다.

이곳 자미원도 주인의 성품을 닮았는지 정보 관장 부서임에도 언제나 조곤조곤 잔잔한 분위기가 흘렀다.

주로 전서구를 통해 전달된 정보들을 지역이나 사건 별로 분류, 보관하는 업무를 맡았는데 하루에도 수천 통의 전서가 배달되는 터라 발걸음은 분주하지만 기침 소리 하나 없이 고요한 적막 속에서 업무가 진행되었다.

그곳에 벌컥 문이 열리며 누군가가 고래고래 고함을 지르며 뛰어들었다.

"자미원주! 자미원주 어디 있는가!"

불쑥 뛰어든 노인의 외침에 분류실 구석에서 문서를 검토하던 한 노인이 입술에 손가락을 붙이며 다가왔다.

"쉿! 조용조용하시오. 체통 떨어지게 이게 웬 소란이오?"

"금황께서 서거하셨소!"

"천시원주, 지금 제정신인 게요? 서거라니?"

자미원주는 불과 반 시진 전 외총사에게 무호 전선의 상황을 보고하며 금황의 용태를 확인했었다. 짜증스런 기색은 있었으나 평소와 다름없이 강녕했는데 느닷없이 서거라니 도저히 믿을 수 없는 일이었다.

"금천각에서 통보가 왔소! 자객이 들어 변을 당하셨다고!"

"진정 서거하셨단 말이오?"

자미원주가 반신반의하는 순간, 또 한 명의 노인이 자미원으로 뛰어들며 소리쳤다.

"금황께서 서거하셨소!"

뒤늦게 자미원에 난입한 자는 이곳에서 분류한 정보를 분석하는 태미원의 원주였다.

태미원주마저 경색하여 외치자 자미원주의 얼굴은 하얗게 탈색되어 갔다.

"이 사실을 내총사께 알렸는가?"

"알리는 게 아니라 대부인께서 직접 자객이 난입하여 금황께서 서거하셨음을 알려주셨네."

서거가 사실로 판명되자 자미원주가 하얗게 굳어진 얼굴

로 부원들을 향해 외쳤다.

"비상이다! 당장 업무를 중단하고 이곳을 폐쇄하라!"

정보를 총괄하는 자로서 단 한 장의 문서도 유실할 수는 없는 일. 그는 정보부서의 수장답게 민첩하게 봉쇄령을 내렸다. 오랫동안 정보 책무를 맡으며 발달된 직감이었다.

순식간에 모든 문서 비고에 철문이 내려졌다.

여덟 개의 문서고는 모두 봉쇄되었고, 이 사태가 진정될 때까지 절대 열리지 않을 것이다.

문서고의 봉쇄를 확인한 자미원주가 부원들에게 말했다.

"나와 삼상좌는 금천각으로 향할 것이니 너희는 문서고를 철저히 지켜내라!"

정보가 유출되는 것을 막아내는 일도 중하지만, 이번 사태를 분석하는 일도 그에 못지않게 중요한 일이다.

삼성좌가 급하게 자미원을 나섰다. 그 뒤를 수행원들이 우르르 뒤따랐다.

비상사태인 만큼 그들이 나서자 자미원의 철문을 굳게 닫혔고, 문에는 굵은 빗장이 걸렸다. 그리고 그들의 앞길을 가로막는 한 인영이 있었다.

"웬 놈이냐!"

수행무사들이 검을 뽑아 들고 전면으로 달려나왔다.

하나 그 기세는 마주 달려드는 한 사내에 의해 무참하게 깨어져 나갔다.

“으악!”

“아악!”

“크윽!”

밤하늘에 비명이 빗발쳤다. 마른 볏짚이 잘려 나가듯 썩둑 썩둑 잘려 나가고 그곳엔 단 네 사람만이 온전히 서 있었다.

그들은 습격한 괴인과 하얗게 안색이 질린 삼성좌였다.

“이, 이럴 수가?”

순식간에 눈앞에서 십여 명의 무사가 잘려 나가자 그들은 넋을 잃었다.

눈으로 보면서도 믿기 어려운 때가 있다.

지금이 바로 그러했다. 어떻게 썩은 무가 잘려 나가듯 사람이 잘려 나갈 수 있단 말인가.

괴인이 한 걸음씩 다가서자 그들에게 보이지 않는 공포가 밀려들었다.

“세 분은 이제 죽어주셔야 하겠소.”

“대, 대체 네놈은 누구냐?”

“한 여인의 부탁으로 그대들의 목숨을 취하러 온 저승사자요.”

“여인? 그 여인이 누구냐?”

“당신늘이 그렇게 죽이시 못해서 안달하던 그 여인이오.”

“혹 소공녀?”

“그래도 죽는 순간에 그녀를 소공녀라 불러주어 고맙소.”

순간 괴인 호연웅의 손에서 청망이 뻗어 나갔다.

눈으로 미처 따르지 못할 청광이 눈앞을 스쳐 간 뒤에 그들은 머리가 하얗게 탈색되며 모든 기억이 지워지는 착각이 일어났다. 그리고 의식과 함께 생명의 불길마저 지워졌다.

풀썩.

이마에 구멍이 뻥 뚫린 그들이 마른 장작처럼 넘어갔다.

관통된 뒤통수에선 꾸역꾸역 핏물이 넘쳤고, 어두운 대지는 그들의 핏물로 적시어갔다.

그들을 물끄러미 바라보는 호연웅의 뒷전에 은밀에서 벗어나 육섭이 모습을 드러냈다.

"이전에 비해 비교적 손쉽게 끝낼 수 있었군요. 다음은 어디로 방향을 잡을까요?"

"아홉 마리의 노룡을 잡는다."

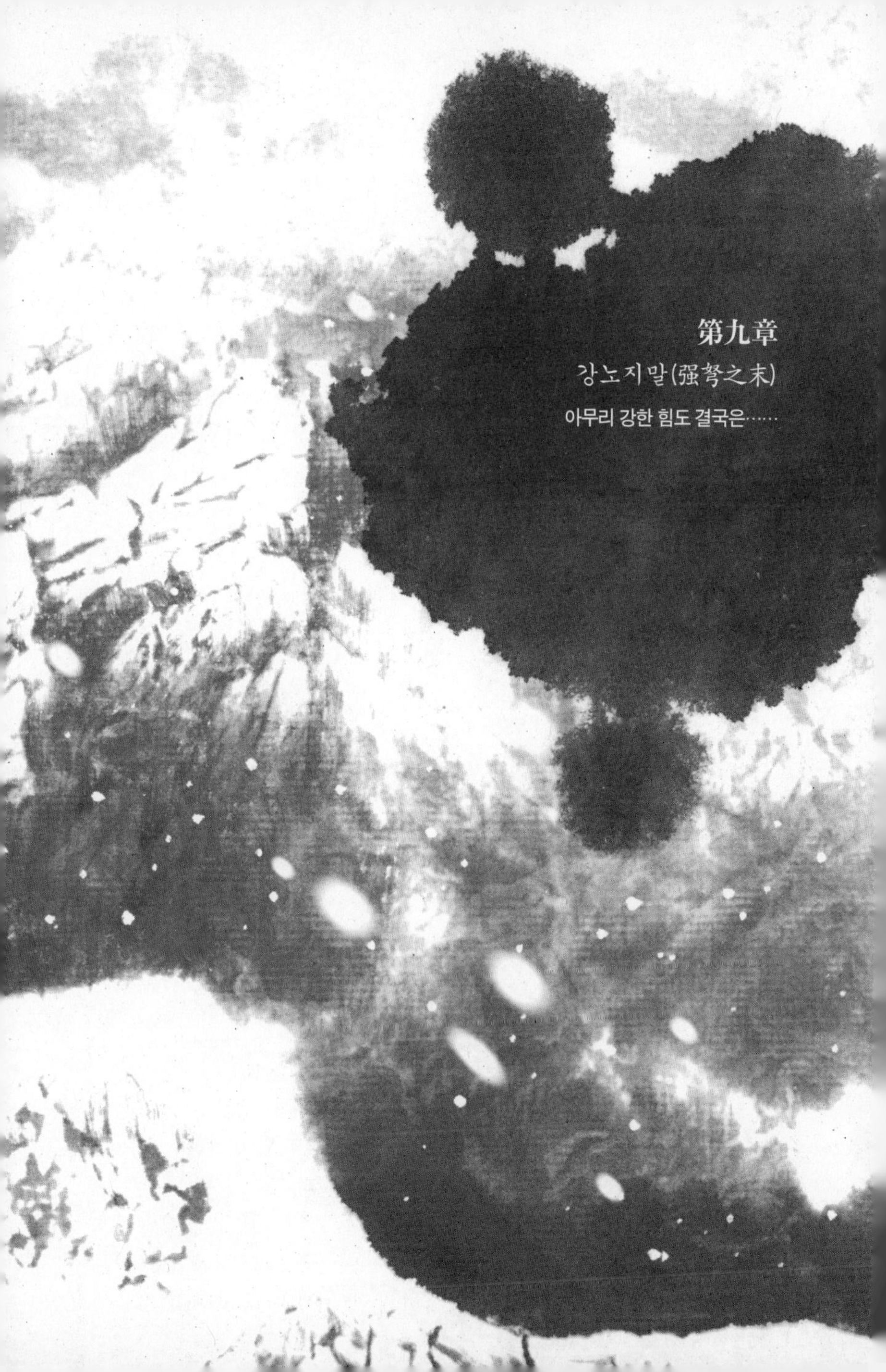
第九章
강노지말(强弩之末)
아무리 강한 힘도 결국은……

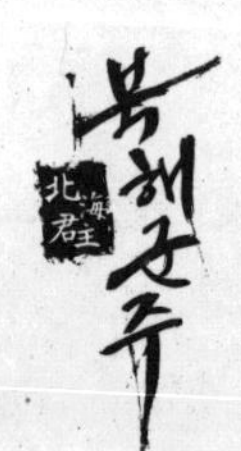

강노지말(强弩之末)

아무리 강한 힘도 결국은……

만보각(萬寶閣), 서호 북단 악호에 위치한 사백 평 너비의 복층 전각이다. 말이 사백 평이지 실내 광장 같은 그곳은 의전 전용 전각으로 금천 가내 무사들의 사열이나 영접, 환영식 같은 의전 행사가 주로 열리는 곳이었다.

한창 연회가 진행되는 이곳에도 금황의 서거 소식이 전해졌다.

병부대신을 비롯하여 오군도독부의 중군과 후군도독까지 모여 벌어지던 성대한 환영식은 순식간에 파장을 맞았다.

"그 말이 사실인가?"

"지금 막 금천각에서 통보가 전달되었습니다."

병부대신 석상영의 표정이 차갑게 가라앉았다.

그렇잖아도 행사의 주체가 모습을 드러내지 않아 의문을 느끼는 참이었다. 하나 워낙 막강한 권력을 쥔 금황인지라 내색하지 못하고 속을 끓이고 있었는데 서거라니.

금황은 석상영이 병무대신에 오르기까지 막대한 영향력을 발휘해 준 인물이다.

그 덕분에 지금까지 승진을 거듭하며 불혹이란 나이로 병권의 군정을 좌우하는 병무대신에까지 오를 수 있었는데 그 튼튼하던 끈이 갑자기 끊어지고 말았다.

금황의 서거 소식은 개인의 죽음이 아니라 조정의 판도를 좌우할 중차대한 문제였다.

"젠장, 갑자기 서거라니… 어떡하다가 변을 당하신 것이라 하더냐?"

"자객이 난입했다고 합니다."

석상영의 시선이 중군과 후군도독들에게 향했다.

"사태가 심각하구려. 두 분은 어찌하실 생각이시오?"

중군도독 추광생이 먼저 말했다.

"난 당장 군영으로 복귀해야 할 것 같소."

"나도 마찬가지요. 이대로 군영을 방치해 두었다간 무슨 역류가 일어날지 모르오."

중군도독과 후군도독 역시 병무대신 석상영과 마찬가지로 금황이 나서서 진급시킨 금황의 측근 인사들이었다.

중군도독의 나이 마흔다섯, 후군도독의 나이 쉰하나. 도독부의 장관이라는 중책을 맡기에는 너무 이른 나이였다.

그런 빠른 진급에는 수많은 숙청과 음모가 난무했던 만큼 그들을 질시하는 세력이 군영에는 독버섯처럼 싹을 피우고 있었다.

지금까지는 튼튼한 바람막이가 있어 자리를 지켜낼 수 있었으나 언제 모반이 일어나 휘하의 군영이 전복될지 모르는 일. 자신의 자리를 비우고 있을 여가가 없었다.

"알겠소. 두 분은 군영으로 복귀하여 동요가 일어나지 않도록 단속을 철저히 해주시오."

후군도독 왕자강이 석상영에게 물었다.

"병무대신께선 어쩌실 요량이시오?"

"난 이곳에서 사태의 추이를 지켜보도록 하겠습니다."

"한데……."

후군도독이 뒷말을 얼버무렸다.

"왜 그러십니까? 지금 이 상황이라면 우리가 합심해도 모자를 상황인데 왜 말씀을 머뭇거리시는 겁니까?"

"음… 그, 그게 말이오. 이번에 출병된 병력 때문에 그렇소."

눈치 하나로 오늘 이 자리에까지 오른 석상영이다. 무슨 일로 후군도독이 망설이는지 그는 한눈에 꿰뚫어 봤다.

"서남로군에 문제가 있군요?"

"그, 그렇소. 전 후군도독이었던 양진 제독의 장자인 양여생이 서남로군의 수장이오."

"그럼 후군영이 아니라 무호 전선으로 달려가 그쪽 서남로군 먼저 장악하셔야 하겠군요."

"그렇소. 그런데 이번 출병을 두고 서남로군에 불만이 팽배한지라 서남로군을 장악하고 그들을 진정시키려면 아무래도 회군을 해야 할 듯싶어서……."

석상영으로서는 금황의 서거가 그런 상황으로까지 연결될 줄은 예상치 못했다.

금황이 서거하였으니 금천세가보다는 자신들의 안위가 우선이고, 출병을 취소해도 될 상황이었다.

하지만 이번 전쟁은 금천세가뿐만 아니라 대련회와도 연관이 있었다. 끈이 끊어진 석상영의 입장에서 앞으로 기댈 곳은 대련회뿐이니 전장에서 발을 빼기도 난감한 상황이었다.

"왕 제독, 상황이 여의치 않은 것은 알겠으나 서남로군을 회군시킬 순 없소."

"그게 무슨 말이오? 금황께서 서거하신 마당에 우리가 왜 궂은일을 자처해야 한단 말이오?"

석상영의 굳은 표정으로 자초지종을 설명했다.

원래는 이군 제독들을 뒤로하고 자신만 십이봉공회와 접촉할 예정이었는데 상황이 여의치 않으니 사실을 드러낼 수밖에 없었다.

대련회 십이봉공회가 거론되자 중군도독은 안도하는 표정이었고, 후군도독의 표정은 급속하게 어두워져 갔다.

금황의 서거로 가장 난관에 빠져든 것은 그였다.

이러지도 저러지도 못하는 난감한 상황. 모반을 막자니 끈이 끊길 게 두렵고, 연줄을 쫓자니 당장 발등에 떨어진 불길을 수습할 길이 없는 진퇴양난이었다.

"아, 알겠소. 일단 무호 전선에 도착하여 상황을 보고 결정하도록 하겠소."

어정쩡한 결단에 석상영이 인상을 찡그렸으나 어쩔 도리가 없었다. 자신에겐 군정의 권한만 있을 뿐 병력을 통솔하고 출병과 회군의 결정 권한은 오롯이 후군도독에게 있기 때문이었다.

"음, 좋소. 양 제독의 판단을 믿겠소. 하지만 후회하지 않는 결정을 내릴 것이라 믿겠소."

어정쩡한 눈인사를 건넨 후군 도독이 떠나자 중군도독 역시 수하들을 이끌고 만보각을 떠나갔다.

"여기 누구 없느냐!"

석상영의 외침에 만보각 위사장이 황급하게 달려왔다.

"찾으셨사옵니까."

"지금 금천각의 상황은 어떠한가?"

"만보각의 방비를 철저히 하라는 명을 받은 터라 저 역시도 그곳의 상황을 알 길이 없사옵니다."

“십이봉공께서는 지금 어디에 계시느냐?”

“곡원풍하에서 회합이 있을 것이란 이야기를 들었는데 아직 그곳에 계신지는 전통을 넣어보아야 알 듯합니다.”

“하면 금천각으로 이동하셨을 수도 있단 말인가?”

“그렇사옵니다. 당장 전통을 전해 그분들의 위치를 알아오도록 하겠습니다.”

“화급하다. 당장 그분들의 위치를 찾고 내가 찾아뵐 것이라 전하라.”

“병부대신의 명을 받들겠습니다.”

허리를 굽혀 예를 취한 위사장이 화급히 만찬장을 빠져나갔다. 그가 떠나간 뒤 만찬장 대들보에 숨어 있던 한 인영이 황급히 밖으로 빠져나갔다.

*　　*　　*

“련주, 대공께서 전서를 보내오셨습니다.”

황염이 환한 표정을 지으며 천아영의 막사로 들어섰다.

회군을 결정하며 비통함이 감돌던 군막이 황염의 활기찬 표정에 의아한 표정을 지었다.

“대공께서 보내신 전서를 한번 보십시오.”

황염이 건넨 전서를 읽어 내려가는 천아영의 표정에도 은근한 미소가 번져 갔다.

“돌파구를 찾아내셨군요.”

“그렇습니다. 대공께서 보낸 내용에 따르면 서남로군을 오히려 저희가 끌어안을 수도 있을 듯합니다.”

“다행이에요. 이런 걸 천운이라고 하는 건가요?”

천아영의 표정은 지옥 끝에서 벗어난 사람처럼 활력이 넘쳐났다.

사실 황염이 받은 전서구는 두 통이었으나 호연웅의 당부에 따라 한 가지 사실을 숨기고 있었다.

그것은 금황의 암살이 성공했다는 소식이었다. 그 사실마저 밝혔다면 천아영은 세상을 다 떠안은 듯한 표정일 것이다.

천아영은 자신이 읽은 전서구를 수뇌진에게도 돌려서 읽도록 했다.

맹가량을 거쳐 방개와 고적태, 그리고 적벽하까지.

전서구를 읽고 난 그들의 표정이 한결같이 밝아졌다.

무호 전선에서 떠밀려 무작정 회군했다가는 북상련까지 쫓길지도 모르는 판국에서 호연웅이 보낸 소식은 가뭄의 단비와도 같았다.

맹가량이 말했다.

“한데 대공을 구출하기 위한 특무조는 어떻게 합니끼?”

“그대로 진행하겠어요.”

천아영이 단호하게 화답했다.

그러나 황염의 판단은 천아영과 달랐다.

서남로군을 포섭할 수 있다면, 아니, 금황의 죽음이 확실한 이상 포섭은 기정사실이었다.

그렇다면 그 기세를 밀어붙여 무호 전선을 돌파하여 항주까지 진격하는 데 문제가 될 것이 없었다.

특무조를 편성하는 것보다 전군이 힘을 집중해 항주까지 진군하여 금천세가를 정벌한다면 굳이 특무조를 편성할 필요가 없는 일이었다.

황염이 좌중을 향해 조용히 말문을 열었다.

*　　　*　　　*

그 시각 호연웅은 십이봉공의 거처로 향하는 석상영의 뒤를 은밀히 뒤따르고 있었다.

사실 이 막막한 서호에서 아홉 명이나 되는 대련봉공이 어디에 거처하고 있는지는 호연웅으로서도 알 길이 없는 일이었다.

하여 호연웅은 병무대신의 환영식을 떠올렸고, 그곳에 잠복했던 덕분에 귀중한 사실을 알게 되었다.

서남로군을 장악할 방도를.

그 내용은 이미 전서구를 통해 무호 전선으로 발송했으니 머리가 비상한 천아영과 황염이 잘 해결해 낼 것이다.

석상영을 태운 사인교가 도착한 곳은 곡원풍하라 불리던

교각 위에 세워진 누각(樓閣)이었다.

어둠 속에서도 누각 주변은 대낮처럼 환하게 불을 밝히고 있었다. 수백에 달하는 무인이 각자 횃불을 밝혀 들고 주변을 방비하기 때문이었다.

호연웅의 입에서 침음이 흘렀다.

최대한 유혈을 자제하려고 했으나 상황은 점차 여의치 않게 흘러갔다. 게다가 이번에 상대할 적들은 호연웅도 승리를 자신하기 어려운 괴물 같은 존재들.

그를 해결할 방법은 오로지 하나, 한계치를 넘어선 내력을 격발하여 마성을 끌어내는 길뿐이었다.

호연웅이 주먹을 불끈 쥐었다.

"육섭."

"네, 주군."

"이번에 상대할 자들은 자네들도 알다시피 대련회를 이끄는 노강호들이다. 규원보원각에서 경험했듯이 저들 하나하나가 불세출의 무학을 지닌 개세 고수들이다."

"알고 있습니다. 이미 죽을 각오를 하였습니다."

육섭도 이미 굳은 결의를 다지고 있는 상태였다.

서호에 도착하여 살생부에 오른 인물들 줄 가장 먼저 찾아낸 자들이 바로 저들 아홉의 대련회 봉공들이었다.

하지만 주군은 그들을 바로 대적하지 않고 승부를 미루며 금황과 삼성좌 먼저 처단하고 이곳을 찾아왔다.

그것이 뜻하는 바는 승리를 장담하지 못할 벅찬 상대임을 간접적으로 나타내는 것 아니겠는가. 게다가 도창에서 주공과 겨루던 경천동지할 무학을 관전했던 터라 지금 육섭의 긴장은 최고조에 이르고 있었다.

"난 스스로 마성의 살계를 열 생각이네."

"네? 설마……?"

"자네도 그때의 처참했던 광경을 기억하고 있겠지."

"기, 기억하고 있습니다."

호연웅이 폭주하여 삼백여 명의 무인을 학살하던 광경은 지금 생각해도 모골이 송연해질 만큼 살이 떨리는 광경이었다. 두 번 다시 떠올리기 싫을 만큼.

"마성은 내가 억제한다고 다스려지는 것이 아니니 나 역시도 어쩔 수 없는 일이지. 그래서 부탁할 것이 있네."

"말씀하십시오, 주군."

"횃불을 밝힌 저들을 유인하여 딴 장소로 데려가 주게. 그리고 구룡과의 싸움이 끝나기 전까지 내가 지각할 수 있는 영역에서 최대한 떨어질 수 있도록 힘을 써주기 바라네."

그 정도가 호연웅이 마성에 잠식되면서도 최대한의 유혈을 방지하는 길이었다.

육섭이 떨리는 입술로 답했다.

"아, 알겠습니다. 부디 옥체 보존하십시오."

"그럼 부탁하네."

호연웅은 이미 한차례 마성에 이성을 잃은 경험이 있었던 지라 살계가 열리고 난 뒤에 제정신으로 돌아오는 방법을 습득하고 있었다.

그것은 일정한 시간 동안 주변에 대적할 적이 없으면 스스로 이성을 찾게 된다는 것이었다.

호연웅이 낮은 호흡으로 심기를 다스리고 있는 동안, 누각 주변에서 소란이 일어나기 시작했다.

"침입자다!"

"으아악!"

"아아악!"

누각 주변을 환하게 밝히던 불빛이 한 점을 향해 몰려들었다. 마치 수백 마리의 반딧불이 한곳을 향해 날아드는 것 같았다. 그들이 모여들자 비로소 허점이 드러났다.

호연웅은 그들이 사라진 어두운 그늘을 타고 누각을 향해 접근해 갔다.

누각에서도 바깥 상황에 동요가 일어나는지 그림자가 일렁거렸다. 이제 남은 일은 저들을 흔들어 분산시켜 놓는 일이었다.

마성에 물들었어도 혼자의 힘으로 과연 아홉이나 되는 초인을 동시에 상대할 수 있을까?

자신할 수 없는 일이다.

하지만 언젠가는 승부를 결해야 할 상대들. 여기서 물러설 순 없는 일이다.

호연웅의 신형이 스륵 허공에 잠겨들었다.

구룡들은 무위가 가늠치 못할 경지에 오른 초인들. 어쩌면 비공은형술은 무의미한 것인지도 모른다. 하지만 저들을 흔들어놓을 방도 또한 비공은형술이 유일했다.

호연웅이 누각을 향해 돌진했다.

콰직!

"누구냐!"

누군가의 외침이 들렸다. 창문을 박차고 뛰어든 호연웅은 사방으로 청망을 난사했다. 느닷없이 허공에서 뿜어지는 청광에 누각은 일대 소란이 일어났다.

콰직! 콰쾅! 콰지직!

예사롭지 않은 패도적인 기운에 노룡들은 반사적으로 누각 밖으로 튀어나갔다.

창문이 박살 나 사방으로 흩날리고 뒤이어 청망이 쏟아져 나가자 누각은 마치 폭탄이 터진 듯한 형국이 되었다.

본능적으로 몸을 피신한 노룡들이 누각을 향해 각자의 절기를 쏟아냈다. 그들이 쏟아내는 기파는 주변의 대기를 일그러뜨리며 해일이 몰려들 듯 누각을 향해 쏟아졌다.

쿠오오오!

콰콰콰쾅!

화산이 폭발한 듯한 파괴력. 누각이 조각조각 갈라져 나가며 일대는 초토화가 되었다. 교각은 쩍쩍 갈라져 반파되었고, 강력한 힘을 이기지 못한 공간은 물결이 치듯 흔들렸다.

"으음."

누군가의 침음이 흘렀다.

일렁거리던 대기가 수그러들고 야공에 치솟았던 먼지가 가라앉자 짓누르는 어둠이 찾아왔다.

어둠 속에는 날을 세운 긴장감이 흘렀다.

구룡은 자신들의 일수가 상대에게 타격을 주지 못했다는 것을 감으로 알았다. 누군지는 모르나 허공에 숨어 누각으로 뛰어든 자는 아직 생존해 있었다.

"쥐 죽은 듯이 숨어 있어도 곧 위치는 발각될 것이다. 나서라! 금황을 암살한 것이 네놈이더냐?"

신면 봉공의 외침이 어둠을 갈랐다.

번뜩이는 눈초리로 사주를 경계하며 발걸음을 옮기는 신면 봉공과 은밀에 몸을 숨긴 호연웅과는 불과 여섯 걸음. 아무리 초인이라도 이런 근거리에서 받는 급습에는 대응치 못하리라.

하지만 호연웅은 쉽사리 급습을 감행하지 못했다. 신면 봉공을 잡게 되면 행적이 노출될 것이고, 여덟 명의 노괴에게 집중 포화를 받게 된다.

과연 그 포화를 견뎌낼 수 있을까?

호연웅이 손끝에 힘을 모았다.

물러설 수 없는 싸움이요. 어차피 그 시점부터 이 싸움의 향방이 가름될 것이다.

호연웅은 은밀을 박차고 나가 쌍수를 쭉 뻗었다. 좌수는 신면 봉공에게 향하고 우수는 지면으로 향했다. 손끝에서 푸른 광채가 쏟아졌다. 섬광은 그대로 신면 봉공을 관통하고 지나쳤다.

"아!"

주변을 경계하던 노룡들이 그 광경에 아쉬운 경탄을 흘렸다. 하나 그것은 착시였다. 호연웅이 쏟아낸 청망은 신면 봉공의 반탄공에 방향이 비틀리며 스쳐 나간 것이었다.

호연웅은 불시의 기습에 대응하는 신면 봉공의 반응 속도가 내심 놀랐다. 그러나 그의 암수는 따로 있었다.

푸욱!

전신에 금빛 서광이 흐르는 반탄공을 펼치고 당당하게 버티던 신면 봉공이 부르르 동체를 떨었다. 그리고 그의 정수리에서 간헐천이 치솟듯 청망이 솟구쳤다.

세인들이 흔하게 하는 말로 양수겸장이었다.

하나를 막아내면 다른 하나가 일격을 가하는. 지면으로 뿌린 청망이 땅속을 거쳐 신면 봉공의 발바닥에서 치솟은 것이었다.

하나를 제거했지만, 위기는 지금부터였다.

아니나 다를까, 사방에서 광풍노도와 같은 기파가 밀려들

었다. 대기를 갈라내며 몰려드는 그 기운은 검, 권, 장, 도 등
이 망라된 노룡들 최상의 절기들이었다.

이미 예상했던 공세다. 문제는 집약된 저 포격을 견뎌낼 수
있느냐가 관건. 호연웅은 잠재된 내력까지 끌어올려 일시에
격발시켰다.

파앗!

호연웅이 지면으로 파고들며 모습을 감췄다.

설잠공, 지면으로 숨어들어 대자연의 횡포에 대항하는 무
학. 지둔공의 일종이었으나 사방에서 기파가 쏟아지는 절체
절명의 상황에 피할 곳은 땅속이 유일했다.

거기에 머리 위로는 모든 내력을 쏟아낸 빙막을 펼쳤다.

콰콰콰콰콰쾅!!

대기가 터져 나가고 땅바닥이 꺼지며 주변의 지반이 해일
이 일어난 듯 쓸려 나갔다. 그 거친 돌가루가 노룡들의 안면
을 때렸으나 그들은 꿈쩍도 않고 격돌이 일어난 공간을 주시
했다.

신면 봉공의 죽음을 확인한 순간 주저하지 않고 최대의 진
력을 담아 성명절기를 뿌렸다.

오랜 세월을 같이한 덕분일까, 일심동체라고 다른 봉공들
까지 가세하여 그들의 절기를 펼쳐냈다.

여덟 명의 절기가 합심된 위력은 실로 놀라웠다.

땅거죽이 하늘로 솟구치고 대지는 유성에 폭격이라도 맞

은 듯 피폐하게 변했다.

주변의 수목을 폭풍에 쓸려 모두 부러져 나갔으며, 교각은 와르르 주저앉았고, 그 이후에도 대기는 후폭풍이 남아 물결처럼 넘실거렸다.

잠시 후 일렁이는 기운이 사라지며 현장이 드러났다.

폭발의 진원지에 푹 꺼진 구덩이. 그 둘레가 무려 칠 장에 달했다.

낙뢰가 일어나고, 불길이 뿜어지고, 핏빛 섬광이 사방을 휘저었으니 당연한 결과. 그 가공할 폭발 속에서 살아날 생물체는 없다. 폭발의 중심에 있던 신면 봉공의 시신이 사라지고 암습자가 사라졌으니 그대로 분쇄되었으리라.

한데 그 폭발의 진원지에서 노도와 같은 기운이 일어났다.

쿠우우우!

푹 꺼진 구덩이에서 균열이 일어났다. 균열은 점차 땅바닥을 가르며 사방으로 번져 나갔다. 대지는 갈지(之) 자를 그리며 펼쳐진 투망처럼 흉물스럽게 갈라졌다. 그 틈에서 증기가 솟구쳤다.

증기는 뜨거움이 아니라 뼈가 시리도록 차가운 냉기였다.

치이이이익!

"어헉!"

"허억!"

"대체? 이, 이것이?"

뿜어 나오는 냉기에 놀란 노룡들이 주춤주춤 물러설 때 진원지가 들썩이며 하나의 인체가 솟아올랐다.

산발하여 헝클어진 머리카락 사이로 회백색 안구가 비쳤다. 사지를 오그라들게 하는 눈빛, 넝마처럼 갈라진 옷자락은 펄럭이고 그 사이론 핏물이 번져 흘렀다.

마치 시신 한 구가 허공에 벌떡 세워진 것 같은 느낌. 그의 입가에 섬뜩한 미소가 번졌다.

그는 마성에 물든 호연웅이었다.

슬쩍 벌어진 입술 사이로 귀곡성이 흘렀다.

"키키키, 킥킥킥."

호연웅이 털썩 무릎을 꿇었다.

그의 앞에는 갈가리 찢겨 나간 여덟 구의 시신이 나뒹굴고 있었다. 어떻게 시간이 흘러갔는지 모르게 새벽 동이 트고 있었다.

사지가 찢겨 나간 시신 위로 덮이는 푸른 햇살이 기괴한 정경을 더욱 괴기롭게 만들었다.

"크큭."

마성에서 깨어닌 호연웅이 고개를 들었다.

회백색 안구는 검은 동자를 찾고 있었다. 그의 눈가로 핏물 한줄기가 또르르 흘렀다. 마성에 물든 살성이 그 피눈물 한 방울에 씻겨 내려간 것이리라.

마성에 의지하지 않았다면 노룡들을 넘어설 수 없었을 것이다. 그러나 왠지 모를 회한이 스쳐 갔다. 스스로 괴물이 된 느낌은 모르는 상태에서 마성에 물들었던 것보다 훨씬 더 가슴에 아린 상처를 남겼다.

신체의 남겨진 흉터들보다도 깊게.

"괜찮으십니까?"

육섭의 음성이 들려왔다.

호연웅이 고개를 돌렸다. 육섭도 옷자락이 수십 갈래로 갈라진 것이 고된 싸움을 치른 흔적이 역력했다.

"다른 친구들은 어찌 되었나?"

"다들 저와 같은 꼴이지만 무사합니다. 이제 괜찮아지신 겁니까?"

"넘을 수 없는 태산을 갈아냈으니 당연한 대가겠지."

"상태가 많이 안 좋아 보이십니다."

"내 눈에는 자네가 더한 것처럼 보이는데. 가지. 아직 싸움이 남아 있잖아."

한쪽 무릎을 세우던 호연웅이 인상을 찡그렸다.

"으윽."

온몸이 갈기갈기 찢어지는 고통이었다. 하나 한편으로는 후련한 느낌도 주었다. 스스로 마성을 불러들인 그 대가였기 때문이다.

육섭이 서둘러 호연웅을 부축했다. 그의 눈빛에 염려가 가득했다.

"정말 괜찮은 겁니까?"

"견딜 만해. 한데 언제부터 지켜보았지?"

육섭의 눈빛을 보고 직감한 것이다. 그는 광란의 현장을 목도하였기에 저런 눈빛을 띨 수 있으리라.

"마지막 두 인물이 남았을 때부터입니다."

"그들은 어떻게 죽었나?"

호연웅은 마성에 빠지며 이성을 잃었다. 그러니 어떻게 싸웠고 어떤 일이 일어났는지 기억나는 것이 없었다.

대답을 망설이던 육섭이 말했다.

"다른 자들은 어땠는지 모르나 최후까지 남아 있던 그들 둘은 초인의 한계를 벗어난 자들처럼 보였습니다. 규원보원각의 이화인과 비교해 한 치의 모자람도 없는 괴물들이었습니다."

호연웅이 고개를 끄덕였다. 육섭의 마음이 느껴지기 때문이었다. 그는 진실을 밝히길 주저하고 있었다. 아마도 악신의 강림이 펼쳐졌을 것이다.

지금의 풍경이 그 상황을 말해주고 있으니.

사방 이백여 장의 대지기 폭풍우에 휩쓸린 듯 온통 뒤집혀 있었다. 교각은 흔적도 없이 사라졌다. 연잎이 지천이었던 연못도 진흙탕으로 변해 버렸다.

게다가 여덟 명의 초인을 갈가리 찢어놓았다. 어떤 광경이었을지 능히 짐작되는 일이었다.

그리고 무엇보다 자신에게 남겨진 격한 피로감. 석고령에서 삼백여 무인을 몰살했을 때보다 적어도 세 배 이상의 피로감이 몰려들었다.

사실 지금은 발걸음을 내딛기조차 버거웠다. 하지만 여기서 지체하다가 대부인이 도주하거나 종적을 감춘다면 또 그 일에 얼마나 신경을 허비할지 모르는 일이다.

날이 무뎌지고 핏물에 범벅되었다고 싸움이 남아 있는 전장에서 칼을 집어넣을 순 없다. 몸이 박살 나더라도 마무리를 지어야 한다.

대부인 당미려가 거처하는 전각은 웅장하고 특이했다.

이백여 장에 이르는 폭, 그리고 백오십여 장 높이로 쌓아올린 석조 제단, 그 위에 화려하게 지어진 전각이 당미려의 거처였다. 게다가 올라가는 길이라고는 일 장의 폭으로 끝없이 이어진 계단뿐이었다.

범인이 이곳을 오를 경우 반드시 한 번은 쉬어야 할 것이며, 전각까지 도달하려면 반 시진은 족히 걸릴 것이다.

웅장한 규모도 그렇지만 석조 제단은 신성한 의식을 치르는 성스러운 제단처럼 보여 당미려의 거처는 성스러운 느낌을 전했다.

성화신모궁(聖花神母宮)!

그것이 저 전각의 명칭이었다.

그 화려한 자태나 웅장한 면모는 북극빙성과 비교해 한 치의 모자람도 없었다. 오히려 제단 위에 올려 있는 소박한 면모가 더 신성하게 느껴진다고 해야 할까.

대부인 당미려.

천아영이 작성한 금천세가 살생부 목록 가운데 최고의 상좌에 놓인 인물. 오히려 금황 천만공보다도 윗줄에 적혀 있었다.

"금천세가에서 가장 위험인물은 대부인 당미려예요."

천아영이 살생부를 건네주며 호연웅에게 남긴 말이었다.

세인들은 천만공을 대단한 인물로 보지만 그는 당미려가 만들어낸 인물에 지나지 않았다.

금천세가에 골육상쟁을 일으킨 것도 그녀다.

만년 이인자처럼 그늘에 숨어 세상을 조롱했던 여인. 사갈 같은 냉철함, 범호 같은 용맹성, 그리고 그 간교함은 세상에 누구도 따를 자가 없을 것이라고 했다.

계단 끝에선 호연웅이 끝없이 펼쳐진 계단을 올려보며 말했다.

"이제 이곳만 접수하면 이 싸움도 끝이 나는가."

은형이조원들도 모두 은밀에서 벗어나 호연웅을 호위하고

있었다.

"몸 상태도 좋지 않으신데 이곳을 방비하며 몸을 추스른 다음에 올라가는 것은 어떠십니까?"

"우리가 쉬면 당미려가 도주할 시간을 줄 수도 있네."

솔직히 저 끝에 당미려가 있을 것이라고 장담할 수도 없는 처지였다. 간교하고 교활하다는 그녀이니 이미 사태를 파악하고 몸을 숨겼을 수도 있는 일이다.

특히 성화신모궁을 지키는 위사가 한 명도 없다는 것이 호연웅의 불안을 가중시켰다.

그때 성화신모궁을 둘러싼 숲이 흔들렸다.

이어 침울한 표정의 무인들이 숲을 헤치고 나와 하나둘 모습을 드러냈다.

일백, 이어 금방 이백에 근접하고 점점 숫자가 불어났다.

대체 얼마나 되는지 감을 잡을 수 없을 만큼 불어난 무사가 성화신모궁 주변으로 펼쳐진 숲을 둘러쌌다.

서호에 펴져 있던 금천세가의 모든 무사가 이곳으로 모여든 것이었다.

호연웅의 표정이 굳어졌다.

그토록 우려했던 대형 참사가 목전에 이르렀기 때문이다. 유혈을 자제했지만 죽을 자리를 찾아 불나방들처럼 모여드는 저들을 보며 입가에 안쓰러움이 흘렀다.

"휴! 다들 유서들은 써놓고 왔는가!"

　"유서는 이미 오 년 전에 써둔 것이 있소. 한데 아직도 모진 목숨을 부지하고 있구려."

　장작을 세워놓은 것처럼 빽빽한 무인들 사이를 헤치며 한 사내가 앞으로 나섰다.

　그는 천로검군 무제학이었다.

　호연웅은 피식 웃었다. 어처구니가 없다. 그나마 자비를 베풀어 살려주었거늘 이렇게 떼를 끌고 죽을 자리를 찾아왔으니 씁쓸하기 그지없는 일이다.

　"일순간의 자비가 돌이킬 수 없는 혈겁을 불러왔군."

　호연웅의 자조 섞인 넋두리였다.

　한데 다가선 천로검군이 수천의 무인을 뒤로하고 털썩 무릎을 꿇었다.

　"금천가 이만오천의 가솔이 귀공께 승복합니다."

　이어 병풍처럼 둘러선 무인들이 일제히 무릎을 꿇었다.

　"승복합니다!!"

　산천초목이 뒤흔들리는 함성이요, 예상치 못했던 반전이다. 호연웅이 의아한 눈빛으로 천로검군에게 물었다.

　"마음을 돌리셨소?"

　"이만오천의 가솔이 길바닥에 나앉는 꼴을 볼 수 없어 나섰을 뿐, 제 마음은 아직도 금황께 머물러 있소이다."

　천로검군의 주관은 뚜렷했다. 항복을 공표하는 자리에서 의지를 굽히지 않는 것은 마뜩찮으나 진정성만큼은 호연웅의 가슴을 움직였다.

"이만오천의 가솔을 위해선 그대의 손으로 숙청을 단행해야 하는데 그를 감당할 수 있겠소."

"다수를… 위해 감행하겠소이다."

천로검군의 음성은 격앙되어 있었다.

호연웅이 품에서 한 권의 책자를 꺼내 들었다.

툭!

책자가 무릎을 꿇은 천로검군 앞으로 떨어졌다.

"살생부 아흔아홉 인의 목록이오."

"……."

천로검군의 시선이 발치에 떨어진 명부로 향했다.

뭔가 망설여지는 눈빛이었으나 천로검군이 수용하든 안 하든 이미 제거되어야 할 백 명의 명부는 작성되어 있었다.

"명부에 오른 자들 가운데 아직 생존한 자들의 생사를 그대에게 위임하겠소. 그러나 단 한 명, 대부인 당미려만큼은 내 손으로 처단하겠소."

천로검군이 굳은 표정으로 명부를 집어 들었다. 그리고 한 장 한장씩 펼쳐가며 인명을 확인하여 가던 그때 성화신모궁에서 소란이 일어났다.

"와아아아!!"

살기충천한 함성이 천공을 꿰뚫고 요란하게 울렸다.

성화신모궁의 꼭대기 전각에서 무사들이 물밀듯이 쏟아져

나왔다. 그리고 성난 파도처럼 계단으로 밀려왔다.

호연웅이 불시에 나타난 그들에게 시선을 던진 채 천로검군에게 물었다.

"승복하겠다더니 저들은 뭐지?"

"저들은 금천의 식솔이 아니외다."

"그럼 뭔가?"

"대부인이 사육한 맹수들, 신화군이오."

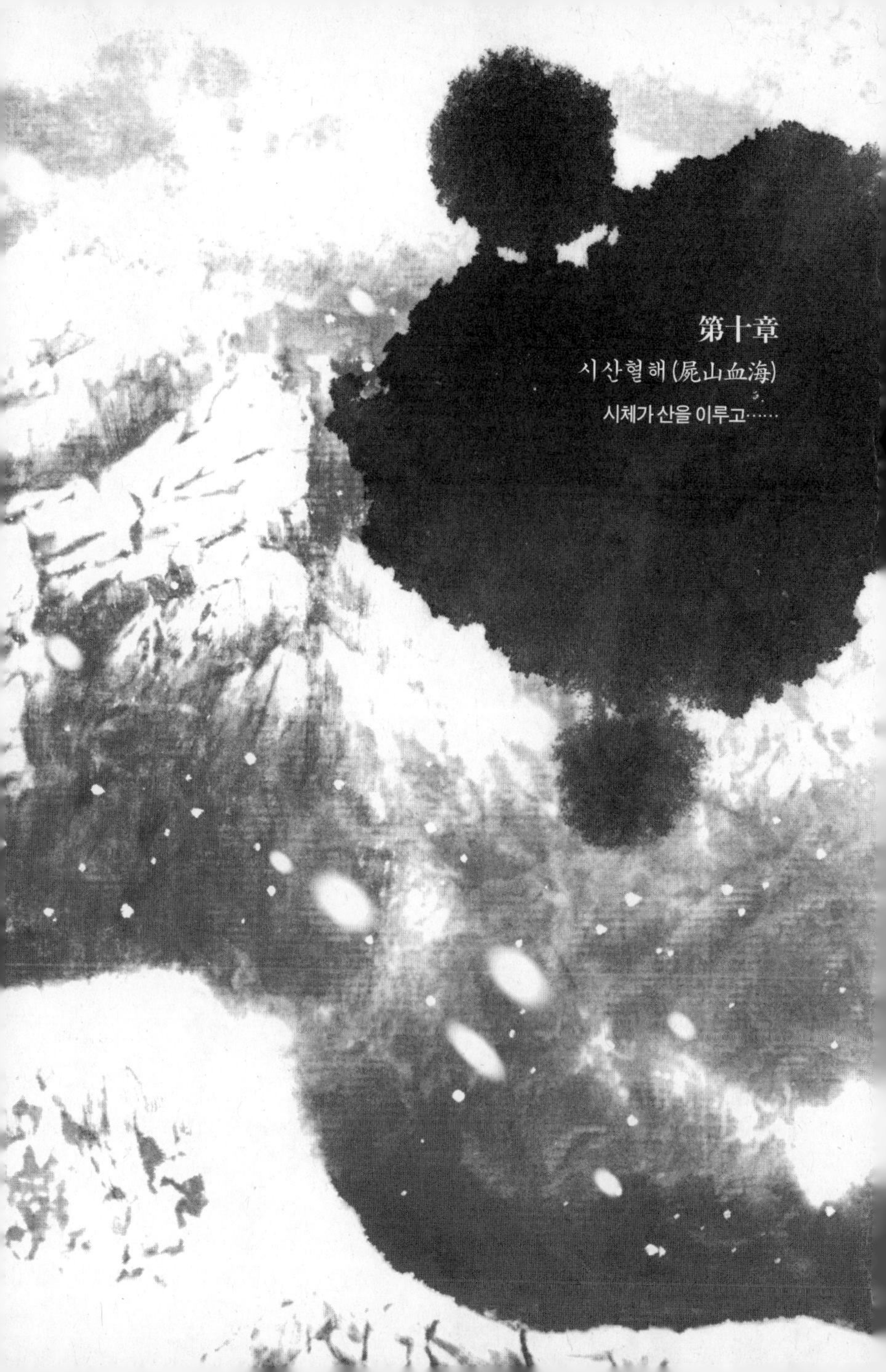

第十章
시산혈해 (屍山血海)
시체가 산을 이루고……

시산혈해(屍山血海))
시체가 산을 이루고……

성화신모궁 수호대 신화군(神花軍).

그들은 금천세가가 아니라 오직 성화신모궁만을 위해 존재하는 이천오백 명의 살인귀였다.

천로검군조차도 그들의 내막을 자세히 모를 만큼 당미려가 은밀히 배양한 그녀의 친위대였다.

존재는 예전부터 거론되었으나 한 번도 전군이 모습을 드러낸 저이 없고 무위 또한 장막에 가려졌다.

외모도 흉측했다. 얼굴을 세로로 갈라 우측은 온통 붉은색으로 칠을 했고, 하늘로 치켜세운 눈썹은 성난 맹수와 같았으며, 눈빛은 살기에 물든 야수와도 같았다.

그들은 외양만으로도 일당백의 투사들이라 할 만했다.

게다가 쏟아내는 투기는 그 이상을 훨씬 웃돌았고, 얼굴이 따가우리만치 살기를 뿜어냈다.

이천오백의 신화군은 계단을 가득 메우고 양손에 든 직도를 비켜 세웠다.

천로검군이 고개를 흔들며 자리에서 일어섰다.

"우리가 길을 뚫겠소이다."

뜻밖의 제안에 호연웅이 되물었다.

"이유가 뭐지?"

"대부인이 성화신모궁을 살아서 나가면 오늘 승복한 이만 오천의 가솔은 떼죽음을 면치 못하오. 이제 저들과 우리는 적이오."

천로검군의 의지가 눈에 보였다.

그러나 호연웅은 고개를 저었다.

천로검군과 함께 승복하고 나선 무사들은 앞으로 금천세가를 이끌어갈 주역들이다. 금천이라는 명패를 내린다면 모를까 존립하기 위해선 반드시 필요한 기둥들, 그들을 오늘 이 자리에서 몰살시킬 순 없었다.

더욱이 전력 차가 확연했다. 이대로 접전이 붙으면 필패요, 신화군 삼 할 정도와 동수를 이룰 뿐이다.

"전력 차가 너무나 극명하오. 무리요."

"그럼 나와 부장들만이라도 함께하겠소."

"그렇게 대부인을 잡고 싶소?"

"이만오천의 생사가 달린 일이오. 그녀와 우리는 이제 양립할 수 없소."

"그렇다면 그대들이 해줄 일은 따로 있소."

"말씀하시오."

호연웅이 잠시 뜸을 들인 뒤 되물었다.

"성화신모궁의 구조를 알고 싶소. 특히 비상 탈출구가 어디에 있는지 그것을 알아야 하겠소."

"음, 그렇구려. 이제 귀공이 무엇을 우려하는지 알겠소이다. 아쉽게도 우리 중에 성모궁의 구조를 아는 사람은 없소이다. 하나 비상 탈출구라 해도 언젠가는 지면으로 나올 것이니 서호에서 나가는 모든 길을 봉쇄하겠소."

천로검군은 단번에 호연웅의 의도를 간파해 냈다.

"맞소. 바로 그 일을 맡아주시오. 모든 도로를 봉쇄하고 단 한 사람도 통과시켜선 아니 될 것이오."

천로검군이 비장한 표정으로 돌아섰다.

자그마치 이만오천의 생사가 달린 일이다. 아니, 그들에게 달린 식솔들까지 따진다면 끔찍했다. 대부인 당미려는 반드시 제거되어야 한다. 그는 각 부장을 모아 봉쇄령을 지시했고, 부장들을 수하들을 이끌고 썰물처럼 숲을 빠져나갔다.

그리고 천로검군은 호연웅에게 돌아왔다. 그의 표정은 여전히 비장했다.

"난 귀공과 함께 싸우겠소이다."

호연웅은 그를 수락했다.

천로검군이 직접 나서준다면 큰 보탬이 될 것이다. 그라면 신화군 삼사백 명 정도는 능히 상대할 수 있을 것이고, 은형 이조가 각각 삼사십 명 정도, 그 나머지를 자신이 맡는다면 승산이 있었다.

더욱이 신화군이 흉흉한 기세를 드러내는 곳은 일 장 폭의 계단이다. 또한 길게 늘어서 진을 쳤으니 오히려 소수에게 유리한 상황. 충분히 돌파할 수 있을 것이다.

"가자!"

호연웅은 신화군과 십 보 거리에 멈춰 서서 잠시 숨을 골랐다. 계단에 장벽처럼 버티고 선 신화군을 보며 처절한 혈로가 저절로 머릿속에 그려졌다.

그때 계단 상부에서 누군가가 군호가 울렸다.

"살명(殺命)! 개세(開歲)! 내재(內在)! 천하(天下)!"

"살명(殺命)! 개세(開歲)! 내재(內在)! 천하(天下)!"

"살명(殺命)! 개세(開歲)! 내재(內在)! 천하(天下)!"

똑같은 구호가 계단을 타고 점점 아래로 흘러내렸다.

그리고 이어지는 외침.

"성화를 만개하라!"

신화군의 손에 들려진 직도가 일제히 하늘로 솟구쳤다. 이어 날을 뒤집어 자신들의 얼굴을 그었다.

슥!

길게 그어진 혈흔에서 핏물이 스미어 나왔다. 으스스함이 느껴지는 광경. 죽음을 불사하겠다는 투지이나 광적으로 느껴지는 행동이라 왠지 모를 전율이 스쳤다.

신화군을 주시하는 호연웅의 눈빛이 깊어졌다.

계단 칸칸마다 배치된 신화군의 수는 네 명, 위로 올라갈수록 줄어들어 세 명, 두 명씩 짝을 이루었다.

아래위로 인원 배치가 다르다는 것은 무공 역시 차이가 있음을 나타내는 것. 하부 층은 방패 역할을 맡은 자들이고 위로 올라갈수록 무위가 높은 자들이 배치되었을 것이다.

그냥 걸어도 이각 이상은 족히 올라야 할 길이니 계단이 높아질수록 싸움은 더욱 치열해질 것이다.

호연웅이 입술을 지그시 악물었다.

"조금은 고된 산행이 되겠구나."

"저희가 선두에 서겠습니다."

은형이조원들이 육섭을 따라 앞으로 나섰다. 그들의 면면을 살핀 호연웅이 고개를 끄덕였다.

"좋아! 먼저 선두를 맡아!"

아직은 마성의 후유증이 남아 상태가 온전치 못했다.

그것을 눈치챈 육섭이 선두를 자처한 것. 그것은 전우애였다. 호연웅은 수히 들의 그런 마음을 받아들였다.

차앗! 파앗! 챠아!

은형이조가 신화군에게 돌진하여 그들을 쓸어내며 계단을
치고 올라갔다. 그 뒤를 천로검군이 받치며 힘을 실었고, 호
연웅이 후미를 따랐다.

차장! 챙챙챙! 차자자자장!

도광이 난무하며 타병의 금속성이 귀청을 찢었다. 계단은
삽시간에 피바람이 솟구치며 진한 혈향을 뿌렸다.

은형이조는 거침없이 계단을 돌파했다.

언제 저 정도로 기량이 향상되었을까?

후미에 선 호연웅이 놀랐다.

'그동안 남모르게 고생들 했구나!'

노력 없는 대가가 어디 있으랴. 각고의 수련이 그 진가를
발휘하는 순간이었다.

어느덧 싸움은 이각이 흘렀고, 성화신모궁으로 오르는 계
단의 중간 지점을 돌파하고 있었다.

콰아아아!

파도가 쓸려가듯 거대한 검강이 신화군을 쓸어냈다. 일순
간 계단이 훤해지는 느낌. 그 거대한 잠력을 뽑아낸 천로검군
이 은형이조 앞으로 나섰다.

"지금부턴 선두를 내가 맡겠네!"

은형이조는 지칠 대로 지쳐 있었다. 오뉴월 복날에 혀를 빼
문 개처럼 사지가 늘어질 상황에서 천로검군의 선두 진입은
가뭄의 단비와도 같았다.

천로검군은 질풍처럼 계단을 치고 나갔다.

세찬 광풍이 휘날렸다. 천로검군의 검강이 허공을 가를 때마다 피분수가 솟아났고, 신화군은 마른 갈대처럼 잘려 나갔다.

뒷선으로 물러선 은형이조는 그 광경에 혀를 내둘렀다. 자신들이 치고받고 싸우며 계단을 올랐던 방식하고는 차원이 달랐다.

슈아아악!

무학이 예술의 경지에 들어선 것 같은 우아함이 천로검군의 검끝에서 펼쳐졌다.

코를 찌르던 피비린내도 천로검군이 휘두른 검풍에 휘말려 사라졌다.

은형이조가 신화군을 베어내고 갈랐다면 천로검군은 쓸어냈다. 빗질이 이어지듯 검이 휘둘러지는 자리엔 신화군이 사라져 갔다. 비명조차 들리지 않았다.

정말 잔혹한 예술의 향연이었다.

예술의 극치에 오른 화공의 유려한 붓놀림처럼 그의 칼부림은 화폭을 휘저어 다녔다

검신이 뒤집힐 때마다 뿌려지는 선혈은 화선지에 뿌려지는 먹물이오, 일수를 올려치면 난(蘭)이 생겨나고 일수를 휘두르면 구름[雲]이 흘렀다.

휘이이잉!
볼살을 간질이는 바람이 불었다.
피륙이 난무한 처참한 혈향도 고지에 흐르는 바람에 씻겨
갔다.
고지에 올라선 일곱 사내가 자신들이 뚫고 올라온 계단에
시선을 던졌다.
아득하게 내려선 계단이 온통 핏물에 젖어 그 형태를 가늠
할 수가 없었다.
계단마다 굴러다니는 시체들.
잘려 나간 사지들이 그 처참했던 혈로를 여실하게 드러내
고 있었다.
호연웅을 비롯해 다들 기진맥진했지만, 무사히 저 난관을
돌파할 수 있었던 것은 천로검군의 신들린 듯한 움직임 덕분
이었다.
"천군, 고생하셨소. 은형이조도 고생이 많았다."
육섭이 털썩 주저앉자 다른 조원들도 그를 따라 피범벅이
된 바닥에 철퍼덕 주저앉았다. 그들은 숨 쉬기도 버거울 만큼
지쳐 있었다. 그냥 실없는 웃음을 흘리며 격려를 전한 호연웅
에게 멍한 시선을 보냈다.
천로검군도 지친 기색이 역력했다.
검을 쥔 손이 부르르 떨리는 것으로 보아 그도 한계 이상의
내력을 쏟아낸 것 같았다.

천로검군도 격려를 전한 호연웅에게 덤덤한 시선을 던졌
다.

다시 고지에 부는 바람이 피에 물든 그들의 정신을 깨우고,
호연웅은 성화신모궁의 입구로 고개를 돌렸다.

"이제 이 악업의 종지부를 찍어야지."

호연웅의 발걸음이 입구로 향했다. 그리고 말했다.

"혼자서 갈 것이다."

"난 아직 검을 휘두를 여력이 남아 있소."

천로검군이 일그러진 얼굴로 답했다. 끝까지 함께 싸우겠
다는 의지다.

그러나 호연웅은 고개를 저으며 입구로 들어섰다.

"천군의 몫은 지금만으로도 충분하오."

이곳으로 들어서면 또 얼마나 많은 무인과 싸워야 할지 모
르는 일이다. 그렇다면 다시 마성에 빠져들 것이고, 천로검군
이 위험해질 수도 있었다.

그것이 호연웅이 천로검군을 뿌리치고 혼자서 성화신모궁
에 들어가는 이유였다.

"천군에게 약속하리다! 이만오천의 가솔을 위해 반드시 당
미려의 목숨을 끊어놓겠소!"

할 말을 마치고 문 안으로 들어서는 호연웅을 향해 천로검
군이 조용히 경배를 올렸다.

　성화신모궁에 들어선 호연웅을 맞이한 것은 싸늘한 정적이었다. 신전인 듯한 대전은 텅 비어 있었고, 을씨년스런 적막감을 전했다.

　대전을 지나 내실을 돌아다녀도 기척은 느낄 수 없었다.

　그리고 하나의 커다란 철문이 나타났다.

　활짝 열린 철문은 호연웅을 유혹했다.

　어서 어서 나의 입속으로 들어오라고.

　정적은 이어졌고, 호연웅은 경사진 계단을 내려갔다.

　한 층을 내려가자 복도가 나타나고 크고 작은 석실이 활짝 문을 열고 있었다.

　성화신모궁으로 올라오던 계단은 그냥 석축이 아니라 내부가 주거 공간으로 지어진 건축물이었다.

　층층마다 육중한 철문은 활짝 열려 이방인을 유혹했다.

　공기는 사위를 무겁게 짓눌렀고, 호연웅은 가파르고 경사진 계단을 따라 묵묵히 내려갔다.

　몇 층이나 내려갔을까?

　끈적끈적하던 대기에 살기가 묻어나기 시작했다. 그리고 적의 공세가 시작되었다.

　휘이익! 휘익!

　바람을 가르는 소리와 함께 푸른 섬광이 몰아쳤다.

　그에 맞춰 호연웅의 청망도 춤을 추었다.

　전방에서 검기를 뿌려내던 세 놈의 몸에 뱀처럼 유영하는 청망이 박혀들었다.

　그러나 적은 그들뿐만이 아니다. 후방과 측방에서도 섬광이 번뜩였다. 그에 반응하듯 호연웅의 등판과 옆구리에서 청망이 솟아나 놈들에게 쏘아졌다.

　호연웅의 전신은 이미 청망에 휩싸인 상태. 동시에 사방 어느 곳으로나 청망을 뿌려댈 수 있었다. 시선을 주지 않아도, 고개를 돌리지 않아도 그의 기감이 반응하면 여지없이 청망이 쏟아져 사물을 뚫었다.

　"으윽!"

　"크윽!"

　"커억!"

　현란하게 춤을 추는 청망과 암흑을 가르는 푸른 섬광이 교차하며 푸른 불똥을 사방에 뿌렸다. 그때마다 미세한 신음이 흐르고 섬광은 빛을 잃어갔다.

　도대체 얼마나 많은 자가 숨어 있는지 계단을 따라 암습은 이어졌다. 그리고 그들은 놈들이 아니라 여인들이었다.

　사방에서 몰려드는 섬광에 반응하느라 미처 발밑에 은신한 적을 발견하지 못했다. 불쑥 치솟아 비도를 찔러오는 적을 일장으로 쳐냈는데 손바닥에 뭉클하게 잡히는 그것은 여인의 젖무덤이었다.

　여인은 사내와 달리 숨을 고르는 소리가 얇다. 무공은 호흡에 따라 초식이 펼쳐지고 진기가 유동한다.

호흡을 무시한 칼부림은 칼을 들고 설치는 광란에 불과할
뿐 무예가 아니다. 섬광과 함께 들려오는 숨소리는 색색거리
는 것이 얇고도 깊었다.

호흡에 집중하자 사방에서 같은 숨소리가 들렸다.

암습자들은 모두 여인이었다.

그렇다고 사내의 검과 여인의 검이 다른 것은 아니다. 살을
가르면 베어지고 찌르면 관통하기는 마찬가지다. 살기를 품
고 달려드는 이상, 남녀의 구분은 무의미한 일. 이 순간 그들
은 모두 적이다.

"컥!"

"끅!"

"억!"

가차없다. 살기를 품고 달려드는 자들은 모두 죽인다.

삭풍이 몰려들 듯 빗발치는 검기 앞에서 손속에 사정을 둘
여유가 없다. 죽이지 못하면 내가 당한다.

호연웅의 청망은 더욱 요란하게 춤을 추었다.

불나방같이 달려들던 적의 공세가 어느 순간 뚝 끊겼다.

여유가 찾아오자 내력이 고갈 직전인 호연웅의 팔다리가
후들후들 떨렸다. 전신에 침이 박힌 듯 통증이 느껴졌지만,
정확히 어느 부위를 다쳤는지 감각도 없었다.

"휴!"

큰 날숨 한 번으로 통증을 날리는 것이 호연웅이 취할 유일

한 치료법. 가파른 계단을 내려가는 발걸음은 이어졌다.

하나의 층을 지날 때마다 호연웅은 기감을 열어 내부를 살폈다. 그러나 내부는 텅 비어 있었다.

도대체 이 계단은 어디까지 이어질까?

그것은 알 도리는 없다.

몇 층까지인지, 층마다 어떤 용도를 지닌 밀실인지, 아무튼 이 경사진 계단을 내려가다 보면 무엇인가는 반드시 나타나리라.

어느 순간부터 습한 기운이 느껴졌다.

그 기운만으로도 제단의 내부 공간이 끝나고 지하로 자리 잡은 공간이라는 것을 알 수 있었다.

졸졸졸.

열한 번째 철문을 지나쳤을 때 우측 공동에서 물 흐르는 소리가 들렸다. 그리고 그곳에서 나직하게 숨을 고르는 소리가 들렸다.

하나, 둘 이어져 들리는 숨소리. 적어도 일백 명 이상은 그 안에서 숨을 죽이고 있었다.

물소리에 의지해 기척을 숨기려고 했으나 워낙에 많은 인원이 숨어 있어 오히려 기척이 쉽게 드러났다.

호연웅이 도착한 방에는 청석으로 단을 쌓아 만든 욕조가 있었다. 연못이라 불릴 만한 크기. 물소리는 욕조에 흘러든 물이 넘치는 소리였다.

그리고 욕실에 벽을 둘러 수많은 여인이 몸을 움츠리고 있었다. 투기가 느껴지지 않는 것이 그녀들은 성화신모궁의 하급 시비들이었다.

그녀들의 면면을 살펴본 호연웅이 입을 열었다.

"대부인 당미려는 어디 있는가?"

잔뜩 움츠린 그녀들이 일제히 고개를 저었다. 하긴 일 초식의 무공도 지니지 못한 시비들이 당미려가 은신한 곳을 알고 있을 리 없다.

"이곳은 안전하지 못하니 뼈를 묻고 싶지 않다면 서둘러 빠져나가는 것이 좋을 것이다."

"저……."

한 시비가 주저하며 머뭇거렸다.

"무슨 일인가?"

"저희… 들은 성모궁을 벗어날 수 없어요."

"왜지?"

대답은 그 옆에 선 다른 시비에게서 나왔다.

"성모궁의 규율이 죽음 이전에는 성모궁을 벗어날 수 없게 되어 있어요."

"하면 이곳이 무너져 내릴지도 모르는데 얌전히 떼죽음을 당하겠다는 건가?"

"저희도 무서워요. 하지만……."

"하지만 뭐지?"

"신화군에게 발각되면 모두 죽어요."

"신화군은 모두 죽었다. 더불어 이곳에서 출구까지 올라가는 길에 살아 있는 자는 없다."

"……."

시비들의 표정은 믿을 수 없다는 얼굴이었다. 호연웅은 개의치 않고 궁금한 점을 물었다.

"하나만 물어보지. 이곳까지 내려오는 동안 무예가 꽤 높은 여인들을 만났는데 그녀들의 정체가 뭐지?"

"봉령단(鳳令團)이에요."

명칭이 어떠하든 그것이 중요한 것이 아니다.

"몇 명이나 되는가?"

시비들은 대답을 망설였다. 차후 어떤 일이 벌어질지 모르니 함부로 입을 열 수가 없었다.

"그 대답을 들어야 출구까지 열린 길이 안전한지 내가 대답해 줄 수 있네."

"이백… 명이요"

계단을 내려오면 물리친 여인들이 얼추 그쯤은 될 것이다.

"그렇다면 이곳을 탈출해도 될 것이네. 잠깐! 이곳에 신화군과 봉령단 말고 또 다른 무장 단체가 있는가?"

"신화군은 앙마단(殃摩團), 봉령단, 천추단(天追團)으로 나뉘어요. 그들 말고는 전부 시비들뿐이에요."

"천추단은 몇 명이지?"

“그것까지는 잘 몰라…….”

“서른 명이요.”

이번엔 뒤편에 선 시비에게서 대답이 나왔다. 천추단을 수발하던 시비인 것 같았다. 대답을 마치고도 어금니를 악무는 것이 천추단에게 앙금이 많은 듯 보였다.

“신화군 중에서 그들의 무예가 가장 높은가?”

“네, 맞아요. 그냥 손짓만 해도 제 옷고름이 막 풀어지고 그랬어요. 아주 짐승 같은… 놈들이에요.”

“그렇군. 난 아래층으로 향하는데 얼마나 더 가야 바닥에 도달하는가?”

“밑으로 두 개의 층이 더 있는데… 그 밑으로도 시비들이 출입하지 못하는 곳이 더 있어요.”

“알았네. 지금부터 뒤를 돌아보지 말고 계단을 올라가게. 그래야 자네들이 살 수 있을 것이야.”

시비들에게 탈출을 지시한 호연웅은 욕실을 나와 다시 계단을 타고 내려갔다. 그리고 두 개의 층을 더 내려섰을 때 그들을 만날 수 있었다.

천추단!

연무장인 듯한 광장에 타원형으로 도열한 그들이 짙은 살기를 뿜어내고 있었다. 그 숫자는 스물다섯. 시비들에게 입수한 정보에 비해 다섯이란 숫자가 적었다. 아마도 나머지 자들은 당미려를 측근에서 보호하고 있을 것이다.

호연웅이 다가오자 천추군은 가일층 짙은 살기를 뿌렸다.

전신이 따끔거리는 투기를 느끼며 호연웅은 오히려 의문이 들었다.

그렇잖아도 이곳으로 내려오는 동안 많은 생각을 했다.

저들이 과연 당미려를 만나기 위한 마지막 관문일까.

범상치 않은 투기이나 부족하다는 생각이 들었다.

그럼 당미려는 이곳에서 당당하게 죽음을 받아들일까?

결코 그런 일은 일어나지 않을 것이다.

과연 그녀는 성화신모궁을 어떻게 벗어날까?

'비상 탈출구?'

호연웅이 고개를 저었다.

오연하게 세상을 굽어보는 그녀다.

세상에 우뚝 솟아 거만스러운 그녀가 굳이 비상 탈출구가 필요했을까. 오히려 비상구를 통해 잠입할지 모르는 자객을 더 염려했을 것이다. 성화신모궁에 비상 탈출구는 없다.

한데 풀리지 않는 의문은 여전했다.

외부 소식이 이곳에도 전달되었을 것이다. 금황에 이어 삼성좌 그리고 대련회 봉공들이 죽었다. 과연 그녀는 비상 탈출구도 없는 이곳에서 이천오백의 신화군민을 믿고 버틸 수 있을까? 그리고 엷게 코끝으로 스치는 피 냄새를 맡으며 호연웅은 자신의 오판을 깨달았다.

지하층까지 도달했으나 그가 만난 시비는 욕실의 일백여

명 정도였다. 이천오백의 신화군이 생활하는 성화신모궁에 일백이라는 시비의 숫자는 터무니없이 적은 숫자였다.

그렇다면 나머지 시비들은?

엷게 느껴지는 혈향이 그 증거였다.

성모궁의 인물은 살아서 성모궁을 벗어날 수 없다는 말처럼 남은 시비들은 모두 지하 암동에서 제거되었다. 한데 욕실에 일백 명의 시비들은 왜 살려두었을까.

아차 싶었다.

시비 중에 당미려가 숨어 있었다.

머리를 흔들어 다시 생각해 봐도 치밀한 안배였다.

사실 호연웅이 시비들에게 큰 의심을 품지 않은 이유는 동정심이 크게 작용했기 때문이다.

성모궁에 들어와 이백에 가까운 봉령단을 몰살하며 죄책감이 살짝 남아 있을 때 시비들을 발견했다. 그 미안한 감정이 시비들에게 투영되었고, 그녀들만큼은 살게 해주고 싶다는 감정이 우러났다. 결국 그 모든 수순이 당미려가 성화신모궁을 탈출하기 위한 안배가 아니던가.

천추단을 마주했던 호연웅이 방향을 돌려 계단 위로 치고 올라갔다.

"엇! 놈을 막아라!"

오연하게 호연웅을 맞이했던 천추단이 화급하게 호연웅의 뒤를 쫓았다.

호연웅의 뒤를 쫓아 작은 유성들이 날아들었다.

퍼퍼퍼퍼퍽!

호연웅이 내빼는 계단을 따라 요란하게 파편이 튀겼다. 천추단이 발출한 강기가 석벽에 박혀드는 것. 하나 호연웅은 그것을 무시한 채 치달렸다.

허수를 허비한 천추단의 발길이 잠시 멈칫하는 사이 호연웅은 거리를 더욱 벌리며 계단을 치고 올라갔다.

실로 전광석화 같은 움직임. 번쩍하는 순간 대여섯 계단을 지나치고 다시 번뜩이며 일고여덟 계단을 박찼다.

순식간에 호연웅을 놓쳤다 싶은 그들이 요란하게 경적을 불었다.

삐— 익! 삐— 익!

누군가를 향한 신호음. 그러자 즉각 반응이 일어났다.

그그그그그긍! 구르르르르릉!

계단을 내려설 때만 해도 활짝 열려 있던 철문들이 폐쇄되기 시작했다. 계단을 치달려 올라가는 호연웅의 눈앞에서 철문은 빠른 속도로 닫혀 나갔다.

터덕!

닫히는 철문에 몸을 부딪치고 사까스로 빠져나온 호연웅이 계단 위로 굴렀다. 치달리는 속도가 워낙에 빠르다 보니 슬쩍 부딪쳤는데 몸의 중심이 무너지고 만 것이다.

쿠앙!

호연웅이 지나친 철문이 목덜미를 물어뜯는 맹수의 이빨질처럼 거칠게 닫히며 굉음을 울렸다.

하나는 통과했다. 하지만 철문은 하나가 아니다. 층층마다 이어진 철문은 십여 개. 바닥을 뒹굴며 느꼈던 충격에 고통을 호소할 틈이 없었다.

파앗!!

호연웅의 신형이 화살처럼 쏘아져 계단을 치달렸다.

철문은 하나가 잠기면 그다음 층이 이어서 닫히는 연차 방식이었다.

다시 하나의 철문을 통과했으나 요란한 굉음이 울리는 순간 다시 위층의 철문이 좁혀지기 시작했다.

숨을 고를 사이도 없이 호연웅은 다시 계단을 박찼다.

그러나 사람은 기계와 다르다. 힘을 쓰면 한계가 있고 결국은 지친다는 것. 호연웅이 다섯 번째 철문을 통과했을 때 급격하게 내력이 감소하였다.

그렇잖아도 간당간당하던 기력이 고갈되고 만 것이다.

"허억… 허억……."

여기서 철문에 막혀 버리면 당미려는 시비들 틈에 섞여 성화신모궁을 탈출할 것이다.

서서히 좁혀지는 철문의 틈새를 바라보며 호연웅이 사력을 다해 사자후를 토해냈다.

"천― 군! 출구를― 봉쇄― 하라―!"

쿠앙!

여섯 번째 철문이 아가리를 닫았다. 계단에 벌러덩 드러누운 호연웅이 거친 숨을 토해냈다.

이제 믿을 것은 두 가지뿐이었다.

제단 위에서 외침을 들은 천로검군이 출구를 봉쇄해 주는 것과 연차적으로 닫히는 철문이 당미려의 발길도 막아주는 것. 어쩌면 그녀도 상층부 어느 계단에서 철문이 막혀 고립되어 있을 수도 있었다.

그동안 숨을 가다듬으며 체력을 보충하는 게 우선이다.

한데 호연웅을 가둬놓은 아래층에서 기계음이 울리며 철문이 열리는 소리가 하나둘씩 들려왔다.

천추단이 봉쇄된 철문을 해체하며 올라오는 소리였다.

'큭, 나름 훌륭한 봉쇄 수단이군.'

문을 열어 맨 하부 층까지 상대를 끌어들이고 올라가는 길을 봉쇄한다? 나름 역발상으로 침입자를 감금하기엔 더없이 좋은 수단이었다.

그런데 계단을 울리며 올라서는 발걸음이 심상치 않았다.

쿵! 쿠웅! 쿵! 쿠웅!

울림이 들릴 때마다 바닥에 진동이 느껴지고 벽체에서는 먼지가 들썩이며 떨어졌다. 스물다섯이라는 천추단 인원만으로는 이런 진동이 울릴 리 없다. 적어도 일천, 아니, 그 이상이 동시에 계단을 밟고 올라서는 울림이었다.

'이건 대체?

진동은 느껴지고, 호연웅으로서도 영문을 모를 일이었다.

그때 시비들이 전해준 이야기가 떠올랐다.

'그 밑으로는 시비들이 출입하지 못하는 곳이 있어요.'

아마도 출입 통제 구역이란 곳에 비밀이 있을 것이다. 외부에 절대 발설되어서는 안 되는 병력이 그곳에서 똬리를 틀고 있으리라.

그만큼 비밀스러운 자들이라면 무위 또한 범상치 않을 것이니 어쩌면 다시 마성이 번지게 될지도 모른다.

호연웅이 올라섰던 다섯 번째 철문이 열리며 그들이 모습을 나타냈다.

일 장의 폭으로 이어진 계단.

성인이 지나치면 네 명은 무난하게 통과하는 폭이다. 그런데 지금 올라서는 자들은 한 사람이 일 장 폭의 계단을 꽉 채우고 있었다.

지금껏 중원에 들어와 숱한 거구들을 만나보았지만 이런 거구들은 본 적이 없다. 맹가량도 체격이 제법 크지만, 그와 비교해도 저들은 세 배는 족히 되었다.

상체를 드러낸 맨몸에 얼굴에서부터 가슴까지 길게 세로로 그어 앙마군들처럼 붉은색을 칠하고 있었다. 게다가 헝클어진 머리카락 사이로 드러난 안구는 붉게 충혈되어 핏물이 번져 나올 것 같았다.

그들이 손에 쥔 병기 또한 기괴하기 그지없었다.

봉 끝에 묵직한 참외추가 달려 금과(金瓜)라고 불리는 단병기인데, 거구들의 손에 쥐니 그것은 중병기라 해야 했고, 참외추에 무수한 쇠꼬챙이가 박혀 금과가 아니라 골타(骨朶)라고 불리는 기병이었다.

쿵! 쿵! 쿵!

거구들이 내딛는 걸음 소리만으로도 숨이 턱 막히는 것 같았다. 자신도 모르게 일어서 있던 호연웅이 먼저 거구들에게 달려들었다.

부우우웅!

골타를 휘두르는 거구의 손짓에 부채 바람이 일어났다. 그 바람만으로도 신형이 휘청거릴 정도. 상체를 바싹 숙여 골타를 머리 위로 스쳐 보낸 호연웅이 거구의 품으로 뛰어들어 복부에 돌주먹을 박았다.

푸욱!

이어 상체를 숙이는 거구의 턱주가리에 일각을 내질렀다.

거구가 입에서 피분수를 뿜으며 뒤로 넘어갔다. 다시 넘어지는 그의 가슴을 향해 연이어 두발당성을 박아 넣었다. 거구를 내차는 발길질에 찌릿찌릿한 충격이 울렸다.

"그륵!"

거구가 신음을 질렀다. 만근거석도 바스러뜨릴 발차기였으니 아무리 산만 한 덩치의 거구라도 그 충격을 감당할 순 없는 노릇. 거구는 고송이 도끼질에 넘어가듯 넘어가 가파른 계단을 따라 굴렀다. 그러자 뒤를 받치고 올라오던 거구들이 연쇄적으로 계단을 굴렀다.

하나 연쇄 충돌은 서너 명을 이어지며 멈춰 섰고, 뒤를 이은 거구들이 넘어진 자들을 질겅질겅 밟으며 올라왔다.

호연웅이 머리를 세차게 흔들었다.

일부러 타격에 승부를 걸었고, 선두를 무너뜨리면 줄줄이 통로를 구를 줄 알았더니 생각보다 밑에서 받쳐주는 힘이 강했다. 통로를 꽉 메우고 올라오니 어쩌면 당연한 일인지도 모른다.

그들은 거령군(巨令軍)이라 불리는 반 불괴 신체의 마병들이었다. 도검으로는 몸에 상처가 나지 않으며 몸에 지닌 괴력은 일천이백 근을 거뜬히 짊어지고 웬만한 차돌쯤은 손아귀에서 가루로 만들어 버리는 마병들이었다.

선두로 올라온 거병과 호연웅의 난전이 벌어졌다.

골타가 스쳐 갈 때마다 호연웅의 옷자락은 찢어질 듯이 펄럭거렸다. 여차 하다간 바람에 휩쓸려 중심을 잃을지도 모르는 상황. 호연웅은 통로의 벽과 벽을 박차고 다니면서 거병들을 상대했다. 하지만 둘을 거꾸러뜨리는 것이 한계. 뒤로 물러선 호연웅이 거친 숨을 연신 뿜어냈다.

언제 다쳤는지 호연웅의 입안에는 비릿한 혈향이 가득 찼다. 더는 버틸 힘도, 서 있을 힘도 없었다.

"퉤!"

호연웅이 입안에 고인 핏물을 뱉어냈다. 이제 기댈 것이라고는 자신도 조절하지 못하는 미지의 힘뿐이다.

몸 안에 남겨진 실 가닥 같은 기력을 끌어올렸다. 한계치를 넘어서는 내력을 끌어올리기 위해서였다.

"끄으으윽!"

호연웅의 심장이 요동치듯 쿵쾅거렸다. 불끈불끈 근육이 흔들리고 그의 눈빛이 회백색으로 변해갔다.

"크아아아앙앙!!"

마성에 눈을 뜬 호연웅이 다시 깨어났다.

第十一章

의금귀향(衣錦歸鄕)

다시 북해로……

의금귀향(衣錦歸鄉)

다시 북해로……

"콰아앙!

골타가 내리 찍히는 자리마다 철문이 종잇장처럼 일그러져 갔다. 일백의 거병, 스물다섯의 천추단을 쓸어버리고 온 호연웅은 거병의 병기로 철문을 부숴 나갔다.

열두 번째 철문을 부서뜨리고 다음 층으로 올라섰을 때 비로소 시비들이 보였다.

오들오들 떨고 있는 그녀들은 욕실에서 호연웅이 만났던 시비들이 틀림없었다. 마지막 한 층을 못 넘어서고 철문에 가로막힌 것이다.

서늘한 호연웅의 시선이 그녀들의 면면을 살폈다.

　철문을 부수고 나타난 자의 몰골을 보고 시비들은 사시나무처럼 몸을 떨었다.

　온통 피 칠을 하고 흉측한 골타를 양손으로 거머쥐고 사나운 눈빛으로 계단을 오르니 흉신악살이 따로 없었다.

　시비들은 괴인이 점차 다가오자 얼굴을 감싸 쥐고 주저앉아 공포에 벌벌 떨었다.

　"고개를 들어라."

　덜덜 떨리는 손이 내려지고 겁에 질려 글썽이는 용모를 확인한 호연웅이 시비들을 지나쳤다.

　목소리를 통해 자신들을 욕실에서 꺼내준 사내라는 것을 확인한 시비들의 표정엔 조금의 안도가 비쳤다.

　호연웅은 그런 시비들 얼굴 하나하나를 확인하며 지나쳐 철문 앞에 섰다.

　"철문에서 다들 물러서시오."

　화들짝 놀란 시비들이 문에서 황급히 멀어졌다.

　호연웅이 철문을 기대고 돌아섰다.

　"누가 당미려인가?"

　시비들이 서로를 돌아보며 쑥덕거렸다.

　당미려라니?

　그 존귀한 존재가 어찌 자신들과 함께 섞여 있단 말인가. 하지만 호연웅의 섬뜩한 눈빛에 압도되어 입을 벙긋할 수가 없었다.

“이곳에 숨어 있음을 알고 있다. 당미려, 앞으로 나서라.”

한 시비가 겁에 질려 벌벌 떠는 음색으로 물었다.

“대, 대부인께서는 존귀하신 분이신데 어찌 천한 저희와 어울릴 수 있겠습니까?”

“그대는 조용히 하시오.”

시비에게 일침을 전한 호연웅이 좌중을 향해 서늘한 눈빛을 던졌다.

“끝까지 본색을 드러내지 않을 셈인가?”

시비들은 숨죽이고 호연웅을 주시했다.

호연웅은 그런 시비들을 보면서 머리를 털어냈다.

아무리 시비들 속에 숨어 신분을 숨겼어도 그를 찾아내는 방법은 있다.

“어쩔 수 없구려. 한 사람씩 옷을 벗어야 할 것 같소.”

존귀한 존재와 미천한 신분을 밝혀내는 일은 의외로 쉽다. 의복을 남루하게 입고 옥용을 지저분한 화장으로 이목을 속이기는 쉽지만 숨겨진 속살의 매끄러움은 감출 수 없다. 피부의 보드라움이 극명하게 차이를 가르기 때문이다.

웅성거림이 시비들 사이에서 번져가고, 한 시비가 앞으로 나서서 자신의 옷고름을 풀었다.

호연웅도 미처 예상치 못했던 일. 그녀는 천추단의 수발을 맡았으리라 예상되었던 그녀다.

호연웅이 놀란 눈빛으로 시비에게 물었다.

“당장 옷을 벗으라고는 하지 않았소.”

그러나 시비를 손놀림을 멈추지 않았다.

“만약 대부인께서 우리 중에 숨어 계신다면 공자님의 판단이 옳습니다. 숱한 사내들에게 농락당해 알몸이 수치스럽지 않은 저희와는 다르시겠죠.”

그녀는 눈 깜짝할 사이에 매미가 허물을 벗듯 옷을 벗어 내렸다.

호연웅은 질끈 눈을 감았으나 이내 눈을 떴다.

그녀의 용기를 생각해서라도 확인해 주는 것이 옳았다.

굴곡진 몸매는 실로 아름다웠으나 신체 이곳저곳에 멍든 자국이 보였고, 다소 거친 피부가 그녀의 존재를 알렸다.

“고맙소. 옷을 걸치시오.”

호연웅의 시선이 의복을 추스르는 시비 너머로 향했다.

극심하게 동요를 일으키는 누군가를 찾는 것이었다. 그러나 워낙에 많은 인원이 뒤섞여 있는지라 그를 찾아내는 일은 쉽지 않았다.

‘당미려! 언제까지 버티는지 두고 보마.’

호연웅이 의복을 추스른 천추단 시비에게 말했다.

“그대의 신분은 확인되었소. 그 용기에 감사를 드리오. 내 뒤로 자리를 옮겨주시오.”

첫 시작이 어렵지 한번 검사가 이뤄지자 시비들은 서둘러 나서서 자신의 옷고름을 풀었다.

"통과!"

"통과!"

"통과!"

숫자는 점점 늘어나 철문으로 이동한 시비의 숫자가 절반을 넘어섰을 때 아래 계단에 섰던 시비들 가운데 한 여인이 앞으로 나섰다.

"내가 대부인이니라!"

여체를 탐구하기에 여념이 없던 호연웅이 대부인이라고 외친 여인에게 시선을 돌렸다.

턱을 치켜들고 도도한 눈빛을 보내는 그녀를 보며 호연웅이 풀썩 웃었다.

"그렇다면 확인해 보게 옷을 벗어주겠나?"

"이, 이런 발칙한 놈!"

"수치스럽다 이건가? 그런 다른 방식으로 확인해 주지."

호연웅이 좌중을 둘러보며 말했다.

"당신들 가운데 대부인을 수발했던 시비가 있는가?"

"저요."

대답은 아래 계단 쪽에서 즉각 나왔다.

"또 없는가?"

"저도 대부인의 옥용을 뵌 적이 있습니다."

또 다른 곳에서 대답이 들려왔다.

"저 여인이 대부인인지 용모를 확인할 수 있겠는가?"

“대부인이 맞습니다.”

“대부인이십니다.”

시비들이 대부인이란 사실을 밝히는 순간 호연웅은 지면을 박찼다. 그의 눈빛에선 북풍한설 같은 매서운 바람이 몰아쳤다.

퍼벙! 펑! 퍼버벙!

호연웅이 휘두른 골타에 대부인의 신원을 확인했던 시비들이 피분수를 뿜으며 넘어가고 이어 대부인을 자처했던 여인은 호연웅이 뻗은 일수에 목이 꿰뚫리고 눈을 부릅떴다.

그런 그녀는 표독한 시선을 남긴 채 고개를 떨궜다.

순식간에 이뤄진 참혹한 광경에 여기저기서 숨죽인 비명이 흘러나왔다.

호연웅은 시비들의 경악에도 아랑곳하지 않고 좌중을 향해 차가운 눈빛을 흘려보냈다.

“당미려! 어설픈 장난은 치워라!”

그때 한 시비가 용감하게 튀어나와 따지듯이 물었다.

“이들이 무슨 죄가 있다고 이렇게 참혹하게…….”

그녀가 가리키는 여인들은 당미려의 신분을 확인했던 시비들이다. 단지 물음에 답을 했을 뿐인데 왜 죽었느냐는 하소연이었다.

호연웅은 가당치 않다는 듯 시비에게 물었다.

"그대는 어느 곳을 수발했던 시비인가?"

"저, 저는 반청에서 신화군의 식사를 수발했습니다."

"죽은 시비들과는 친한가?"

"한 숙소를 쓰던 사이입니다."

"거짓말이 매끄럽군."

"무엇을 보고… 거짓이라는 거죠?"

호연웅이 대거리하는 시비를 향해 실소를 흘렸다.

"이곳의 시비들 가운데 대부인의 용모를 알고 있는 시비는 단 한 명도 없다. 그녀의 용모를 한 번이라도 보았던 시비들은 지하 연무장에서 모두 죽임을 당했고 여기 생존한 시비들은 당미려가 탈출을 도모하기 위해 살려둔 것뿐이다. 그대 역시 천추단이겠지."

"으음."

"자네까지 천추단임을 밝혀졌으니 이제 천추단은 한 명이 남았군."

따지듯이 물었던 시비의 얼굴이 붉어졌다.

언제 꺼내 들었는지 그녀의 손에는 서슬 퍼런 비도가 들려 있었다.

"참으로 놀랍구나. 난 천추단 십오령 담화다."

"당미려를 밝힌다면 담화 당신의 목숨을 살려줄 것이다. 누군가, 이 중에 그녀가?"

"미친놈… 윽!"

담화가 미처 말을 끝내기도 전에 호연웅은 그녀의 목을 움켜쥐었다.

"마지막 살길이다. 누구냐? 당미려가."

"모, 모른… 끄으윽, 끅."

호연웅은 목을 쥔 왼손에 힘을 더했고, 담화는 목이 부러져 고개를 떨궜다.

대수롭지 않게 그녀를 털어낸 호연웅의 싸늘한 시선이 다시 좌중으로 향했다.

"다시 검사를 시작하겠소."

연이어지는 살육에 신음을 흘리던 시비들이 앞 다투어 나서며 옷고름을 풀었다.

옷을 벗어가는 그녀들의 손길은 바들바들 떨고 있었다.

애처로운 광경이나 당미려를 찾아내기 위해선 어쩔 수 없는 일이다.

호연웅이 어금니를 악물었다.

여기서 당미려를 놓치면 강호에 어떤 피바람이 몰아치게 될지 모르는 일. 그녀는 반드시 잡아야만 했다.

시간은 점차 흘렀고, 검사는 이어졌다.

그리고 마지막 두 여인을 남기고 신체검사는 끝을 맺었다.

끝까지 옷고름을 풀지 않은 두 여인.

오연하게 호연웅을 노려보는 눈빛은 이미 그 존재를 드러내고 있었다.

"결국 찾아냈군, 당미려!"

"설마하니 거령군을 상대하고도 네놈이 살아서 올라올 줄은 예상치 못했다."

"내 몸엔 특별한 놈이 숨어 있거든."

당미려는 순순히 자신의 패배를 자인했다. 거부한다 하여도 이 상황에서 그녀로서는 어쩔 수 없는 일이다.

"큭, 죽여라!"

"마지막으로 남길 말은 없는가?"

"일평생 나의 뜻을 거스를 것은 없으리라 생각했건만 그것이 오판이었구나."

"그래도 한세상 잘살다 가니 아쉬운 것은 없잖아?"

"…헛소리 말고 어서 죽여라."

당미려는 거두들을 조종하던 요물답게 의연하고 당당했다.

그렇다고 그녀를 살려둘 수는 없는 일.

호연웅이 손끝에 내력을 전했다.

스멀스멀 피어난 청망 한 가닥이 당미려를 향해 다가섰다. 마지막 천추단의 수하가 그녀의 앞길을 막아섰으나 청망은 그녀를 꿰뚫었다. 이어 당미려의 심장을 관통하고 계단을 향해 흘러나갔다.

당미려의 눈가에 허망한 눈빛이 스쳤다. 그리고 그대로 얼어붙으며 빙상이 되어갔다.

호연웅은 꽁꽁 얼어붙은 당미려를 향해 골파를 집어 던졌
다. 산산조각이 난 얼음이 계단에 나뒹굴었다.

'이제 모든 것이 끝났구나.'

정말 이것으로 이번 전쟁은 끝을 맺었다. 전쟁의 중추를 모
두 제거했으니 나머지는 시간이 해결해 줄 것이다.

그런데 이 허전함은 무얼까.

호연웅이 고개를 세차게 흔들었다.

뭔가 미진한 느낌이 들었다. 그것이 무엇일까를 곰곰이 떠
올리던 호연웅이 퍼뜩 고개를 들었다.

'그녀는 당미려가 아니다.'

지략이 뛰어나고 교활했던 그녀가 너무도 순순히 죽음을
받아들였다는 것이 이치에 맞지 않았다.

가진 것이 많을수록 아쉬움은 큰 법이다.

세상을 통째로 쥐었던 그녀가 그렇게 오연하게 죽음을 맞
이한다는 것이 당연한 것일까? 결코 그렇지 않다.

그렇다면 그녀는 누구일까?

천추단처럼 당미려의 분신 가운데 하나일 것이다.

호연웅은 자신이 무엇을 놓쳤을까 생각을 되짚어갔다.

정말 천추단의 인원이 서른 명일까?

그 정보가 정확하다 단언할 수가 없었다.

정보를 전해준 이는 수발을 들던 시비에 불과하고, 달리 생
각하면 그녀가 잘못 알고 있을 수도 있고 또한 자신을 속였을

수도 있다.

하지만 그녀는 옷을 벗어 분명하게 자신이 미천한 신분임을 증명해 냈다. 그렇다면 그녀 역시 정확한 인원을 모르고 있었다는 말이 된다.

천추단은 서른 명이 아니라 서른한 명, 아니, 어쩌면 그보다 더 많을 수도 있었다.

이해가 되지 않는 것은 그뿐만이 아니었다.

철문이 봉쇄되었을 때 당미려는 왜 갇혀 있었을까?

당미려는 성화신모궁을 건설했고 이곳의 주인이다. 그런 그녀가 닫힌 기관을 해체하지 못한다는 것은 말이 되지 않는다. 얼마든지 기관을 해체하고 벗어날 수 있었을 것이다.

그런데 왜 남아 있었을까.

그리고 천추단은 경적으로 누군가에게 신호를 보내 기관을 가동하게 시켰다. 하면 이곳엔 시비들 말고도 아직 생존한 자가 있다는 이야기다.

그럼 기관을 가동하고 숨어 있는 자가 당미려인가?

그것은 지나친 억측이다.

당미려는 분명히 시비들 가운데 숨어 있었다.

기관을 해체하고 탈출을 감행하지 않았나는 깃이 그것을 증명했다. 가만히 시비들 속에 섞여 있어도 그녀는 이곳을 빠져나갈 자신이 있었다.

그런데 시비들 가운데 누가 당미려란 말인가.

자신은 뭔가를 놓치고 있었다. 과연 무엇을 놓쳤을까?

결국 시비들 모두를 죽여야 한단 말인가.

그럴 순 없다. 무고한 생명을 해칠 순 없다.

호연웅의 시선이 천추전 시비에게 향했다. 그녀는 호연웅의 눈빛을 접하고는 뭔가 잘못되었음을 직감하고 불안에 떨었다.

“천추단 중에 여인이 있다는 것을 왜 말하지 않았소?”

“그, 그것은 저도 모르던 일입니다.”

“흠, 애석하게도 당미려는 아직 살아 있소.”

시비들 사이에서 숨죽인 비명이 흘렀다.

“그녀의 죽음을 확인하기 전까지 당신들 역시 이곳을 벗어날 수 없소. 철문이 가동되어 감금되었을 때 이상한 행동을 보인 여인은 없었소?”

시비들이 일제히 고개를 흔들었다.

그때 하나의 생각이 호연웅의 뇌리를 스쳤다.

이곳에 모인 시비들은 모두 신체검사를 끝내고 미천한 신분임을 증명한 여인들이다.

그것이 뜻하는 바는 하나.

당미려는 이미 호연웅의 예측을 뛰어넘어 속살까지 변장을 마쳐 둔 상태였다는 것이다.

그러기에 자신할 수 있었다.

절대 발각되지 않으리라고.

그럼 나체를 검사한 것은 무의미한 일이 되어버린다. 그것에 연연하여 생각하다간 당미려를 찾아낼 수 없다.

모든 것을 백지로 돌리고 가장 의심되는 여인은 누굴까?

그녀는 천추전 시비였다.

그리고 보니 유독 그녀만 퍼런 멍이 들어 있었다.

여체이기에 손을 만져서 확인한 것도 아니고 다만 육안으로 확인한 것뿐이다.

다른 시비들과 다르게 짙은 멍이 들었다는 것은 다른 시비들의 신체를 본 적이 없기에 일부러 과장하여 분장한 것이리라.

"그대였군, 당미려!"

호연웅의 시선이 천추전 시비에게 박혔다.

어이없다는 듯한 눈빛을 보내던 그녀는 이내 자조적인 웃음을 흘렸다.

그리고 웃음이 멈춘 순간 쾌속하게 쌍수를 휘저었다. 무엇인지 모를 그것은 빛살보다도 빨랐다.

호연웅이 반사적으로 빙막을 세웠으나 그것은 만년한철보다도 강한 빙막을 뚫고 지나쳤다. 빙막을 뚫는 동안에 궤적이 뒤틀렸기에 망정이지 안 그랬다면 이마에 두 개의 구멍이 뚫렸을 것이다. 한데 지나친 그것이 타원을 그리며 다시 쏘아져 왔다.

당미려의 손을 떠난 암기는 천요비취접(天要飛取蝶)이라는

희대의 마병으로 사천당문이 만들어낸 최대의 걸작으로 손꼽
히는 물건이다.

　시전자의 정신 감응에 부합하여 움직이는 병기라서 이기
어검술과 다를 바 없었다.

　게다가 그 크기가 워낙에 미세한지라 육안으로는 식별할
수 없는 마병이다. 단지 궤적을 그리는 잔상이 그 존재를 확
인시켜 줄 뿐이다.

　천요비취접은 호연웅의 요혈을 노리고 날아들었다.

　호연웅이 신속하게 몸을 비틀어 그를 피해냈으나 그는 직
감에 의한 비틀림일 뿐 확실하게 눈으로 쫓아 피해낸 것이 아
니었다.

　게다가 교묘하게 비행을 하는지라 막아내기도 피하기도
공교로웠다. 이대로는 몸에 무수한 구멍이 뚫리고 결국엔 주
저앉게 될 것이다.

　재차 선회하는 천요비취접을 향해 호연웅이 급하게 허리
춤에서 뽑아낸 학우선을 휘둘렀다.

　청망도 빙막도 막아내지 못한다면 바람으로 그 방향을 비
틀어보려는 시도였다.

　그 시도는 효과를 보였다.

　천요비취접을 기류를 타고 움직이는 것이라 풍향에 그 방
향이 조금씩 엇갈리며 호연웅의 몸을 스쳐 갈 뿐 관통하지는
못했다.

미친 듯 휘둘러지는 학우선과 쾌속하게 잔상을 남기는 천요비추접의 움직임은 묘한 조화를 이루었다.

그러나 공경에 처한 것은 호연웅. 언제까지 천요비취접의 교묘한 궤적을 회피할 수 있을지 모르는 일이다.

현란하게 움직이는 호연웅만큼이나 당미려의 피로도 누적되어 갔다. 정신 감응이라는 것이 심력을 소비해야 하는 만큼 무한하지 않다.

한참 동안 몰입하여 집중하다 보면 급속도로 한계가 다가온다. 당미려가 인상을 찡그렸다.

한계에 도달하는 것이었다.

그 때문인지 천요비취접의 궤적이 다소 느슨해진 순간 호연웅이 계단을 박차고 당미려에게 뛰어들었다.

"헛!"

그녀의 쌍수가 쾌속하게 교차하여 뻗어져 나왔다. 마치 섬광이 번뜩이듯이. 호연웅은 체공 상태에서 빙벽을 세워 당미려의 연쇄적인 강기를 막아낸 후 신형을 회전하여 청망을 쏟아냈다.

파라라라락!

수십 줄기로 뻗어난 청망이 똬리를 틀며 히니로 합쳐져 웅후한 거력을 실어 당미려에게 쏘아졌다.

퍼엉!

당미려의 신형이 허공으로 붕 떠올랐다. 그녀의 가슴엔 따

리를 튼 청망이 박혀 있었다. 이어 청망은 똬리를 풀고 그녀
의 사지를 뚫으며 사방으로 퍼져 나갔다.

파아아악!

허공으로 분산한 핏물이 사방으로 뿌려지며 움츠리고 벌
벌 떠는 시비들을 뒤덮었다.

"꺄아악!"

그러나 핏물을 뒤집어쓴다고 죽는 것은 아니다. 그녀들은
단지 공포에 질렸을 뿐이다.

당미려가 즉사하자 천요비취접도 바닥으로 툭 떨어져 또
르르 굴렀다. 정신 감응자와 함께 운명을 같이한 것이다.

호연웅의 입에서 깊은 한숨이 흘렀다.

이제는 모든 것이 끝났다는 안도감이었다.

교활함으로 보나 무력으로 보나, 또한 마병인 당문의 암기
로 보나 그녀는 당미려가 확실했다.

"이제 다 끝났소."

호연웅의 허무한 뒷말이 시비들의 귓전에 울렸다.

*　　　*　　　*

서호 강심. 유유히 흐르는 물살을 따라 용선 한 척이 흘러
들었다.

갑판에는 네 명의 사내가 있었다. 그들은 일전에 병무대신

석상영이 승선했던 용선을 몰았던 자들이다.

"크흐, 지금쯤 안에서는 깨가 쏟아지겠지?"

"한창 힘깨나 쓰실 나이시던데… 흐흐."

"그나저나 이제 강호의 정세는 어찌 변하려나?"

"협약이 끝났다고 하던데."

"어떻게?"

"강북은 북상련이, 강남은 금천세가가 그대로 상권을 유지하고 상호 교역을 증진한다나 뭐라나 하던데."

"그럼 변한 게 없잖은가?"

"왜 없나, 이 사람아! 전쟁이 끝났잖아, 전쟁이."

"하긴 우리 같은 사람들에게 그보다 좋은 일이 어디 있겠나. 하하하!"

"하하하!"

"밖이 꽤 소란스럽네요?"

커다란 원형 침상에 이불을 푹 뒤집어쓴 채 한 여인이 옆자리에서 뭔가를 주물럭거리는 사내에게 물었다.

"저치들 전부 다 호수에 빠뜨려 버리고 올까?"

"꼭 그럴 필요는 없는데 자꾸 신경이 쓰여서……."

"그래?"

사내가 이불을 휙 젖히며 상체를 세웠다. 그 바람에 알몸인 여인의 몸이 드러났고, 그녀는 기겁하여 이불로 자신의 몸을 감쌌다.

"역시나 아름다워."

사내의 몽롱한 눈빛이 여인에게 향했다. 그는 호연웅이었다. 새침한 눈초리를 던진 천아영이 더욱 이불을 끌어당겨 몸을 감쌌다.

"엉큼하긴."

호연웅은 게슴츠레해진 눈빛으로 손을 휘둘러 침상 주변에 기막을 펼쳐 놓고 천아영이 둘둘 말은 이불 속으로 파고들었다.

"이젠 맘대로 소리 질러도 돼!"

*　　　*　　　*

북남상벌전(北南商伐戰)이라 세인들이 명명하는 강호의 참사가 지나고 다섯 달이 흘렀다.

이곳은 심양의 모용세가.

그 거대한 위용을 자랑하는 숫을대문으로 한 사내가 들어섰다.

"무슨 일이시오?"

수문위사가 호연웅을 막아 세웠다.

호연웅의 시선이 대문 너머 모용세가의 장원으로 향했다.

이곳을 처음 방문했을 때가 벌써 이 년 전. 그동안 변한 것은 없는데 왠지 모를 낯선 감정이 스쳐 갔다.

"너희는 못 보던 자들이구나."

위사들의 물음에 대답이 들려온 것은 호연웅의 뒤를 따르는 무리 중에서 들려왔다.

그들 가운데 한 중년인이 앞으로 나섰다.

"너희는 가주에게 전하거라. 아비가 돌아왔다고."

문을 막아선 위사는 어처구니가 없다는 표정이었다.

"이 사람들이 실성을 하였나? 감히 여기가 어딘 줄 알고."

위사는 뿔이 잔뜩 난 표정으로 동료 위사를 향해 말했다.

"여보게! 자네는 실성한 자들이 몰려와 행패를 부린다고 안에다 기별을 전하게! 이 사람들이 말이야! 뜨거운 맛을 봐야 정신을 차리지!"

"네 이놈들! 네놈들이야말로 치도곤을 당해야 정신을 차리겠느냐!"

"저 늙은 노파는 또 뭐야?"

"난 너희 가주의 할미가 되는 사람이니라!"

위사는 더욱 황당한 표정이 되어 길길이 날뛰었다.

"이 사람들이 떼거리로 미쳤군! 낭상 써지지 못하겠소!"

그때 장원에서 놀란 외침이 들려왔다.

"할머님?"

"설이냐!"

"아버님?"

"설이냐?"

"아, 아버님! 할머님!"

모용설이 그렁한 눈빛으로 장원에서 달려나왔다.

호법 양만추와 시찰을 위해 밖으로 나섰다가 소란을 듣고 나와 본 것이다.

그렁한 눈으로 얼싸안은 두 사람이 뜨거운 눈물을 흘렸다.

이어 묵노가 다가가 눈물을 흘리는 부녀간을 감싸 안았다. 세 사람의 오열은 한동안 이어졌다.

해후의 기쁨이 어느 정도 진정되었을 때 모용설은 그를 보았다. 꿈에도 못 잊을 그를.

"호 공자님……."

기쁨의 눈물로 얼룩진 모용설의 얼굴에서 희미하게 떠오르는 미소를 보며 호연웅이 인상을 찡그렸다.

"가관이 따로 없구려."

"흐흑. 저, 보기 흉하나요?"

"아니. 세상의 그 어떤 모습보다도 아름답소."

"큭큭, 거짓말도 여전히 어색하네요."

"그, 그런가? 그럼 아름답지 않소. 대신에 고결해 보이오."

"큭. 넉살은 여전하시네요."

"그런데 우릴 이렇게 세워놓을 참이오?"

"맞아요. 다른 분들은 다 안으로 모셔도 당신만큼은 세워둘 거예요."

"나만 왜?"

모용설이 주변의 눈치를 살피며 그렁한 눈으로 호연웅에게 속삭이듯 말했다.

"그래야 제가 언제라도 나와서 볼 수 있잖아요."

"그것보다는 밤낮으로 붙어 다니는 것은 어떠시오?"

"치, 누구 맘대로. 그건 생각 좀 해볼게요."

이 순간만큼은 모용설도 천하를 다 가진 듯한 표정이었다.

그러나 한 여인을 본 순간 그 기쁨은 봄눈 녹듯이 사라지고 말았다.

"언니?"

"그래, 설아. 오랜만이다."

천아영의 얼굴에 꽃이 핀 것이 먼 기억 속의 예전 모습보다도 더 환한 얼굴이었다. 과중한 가주라는 업무와 외로움에 시달려 메말라가는 누구와는 다르게.

특히 모용설을 경직하게 했던 것이 호연웅의 복색과 천아영의 복색이 한 쌍이라는 것이었다.

그것은 두 사람의 관계를 단적으로 드러내는 증거. 의심의 여지가 없었다.

"결국 두 분이 맺어지셨군요. 축하드려요. 정말, 정말 축하드려요.”

“훗, 고마워. 설아의 축하에 마음이 한결 가벼워지는데.”

천아영의 환한 웃음과 달리 모용설은 울컥한 심정을 드러내지 않으려는 듯 먼 허공으로 시선을 던졌다.

“아버님과 할머님까지 한자리에 모이게 되었으니 저도 큰 소원을 풀었어요. 그러니 두 분을 축복해야죠.”

그렇게 모용설이 장승이 된 듯 먼 하늘로 시선을 던지고 있을 때 사람들은 모용설과 호연웅이 긴밀한 이야기를 나눌 수 있도록 자리를 피해주었다.

모용설이 퍼득 정신을 차리고 주변을 둘러보았을 때는 빙그레 웃음 짓는 호연웅만이 남아 있었다.

“다들 어디를 가셨죠?”

“좀 걷고 싶은데 함께 가겠소?”

“아영 언니는 어떡하고요?”

“글쎄, 나보다 더 좋은 사람이 있는지 안으로 들어가던데? 아니면 꿀이라도 숨겨두었나?”

호연웅의 너스레에 모용설은 실소를 흘렸다.

“풉, 능청은……. 그나저나 북남상벌전의 결과는 풍문으로 들어서 알고 있었지만 두 분이 화해하셨을 줄은 꿈에도 생각 못했어요. 모두 당신 덕분이에요. 고마워요.”

“시대가 두 분을 갈라서게 했고, 두 분을 화해시켰지.”

“그런데 좀 전에 보니 일행 중에 주가청 낭자도 끼어 있는 것 같던데?"

"그녀가 왜 이곳에 따라왔는지 궁금하다고?"

"조금은요."

"내 두 번째 부인이거든."

모용설이 눈을 동그랗게 뜨고 호연웅을 노려보았다.

"그런 거짓말 재미없거든요."

"맞아. 그리고 이렇게 세 번째 부인이 될 사람이자 내 첫사랑을 찾아서 왔잖아."

"누가 세 번째 부인인데요?"

"당신."

"어머, 누구 맘대로. 그리고 그게 말이 된다고 생각하세요? 저희 아버님과 할머님이 용인하리라 생각하세요?"

"두 분의 승낙은 받았어. 당신만 승낙해 주면 되는데."

"저, 정말 당신!"

놀라는 모용설을 보면서 호연웅이 손짓으로 문설주에 앉아보라는 시늉을 보냈다.

"우선 이곳에 앉아서 내 이야기를 좀 들어주겠어?"

문설주에 나란히 앉아 호연웅의 이야기가 이어졌다.

그것은 삼십 년 전 무림사의 한 획을 긋게 될 사건의 단초가 되는 암왕야 구자기의 사랑 이야기였다.

그 모든 이야기를 듣고 난 모용설이 눈물을 글썽였다.

"참으로 안타까운 일이네요."

"난 그 어르신의 인생사를 알게 된 뒤 한 가지 사실을 깨달았어."

"그게 뭐죠?"

"여인을 울리면 안 된다는 것."

"……."

"당신이 내 아내가 되어주었으면 좋겠어."

*   *   *

세월은 유수같이 흘렀다.

호연웅이 세 아내와 북해로 돌아온 지 이십 년이 흘렀고, 어느새 장성한 딸과 아들들을 두게 되었다.

"어느새 네가 시집갈 나이가 되었구나."

호연웅이 근엄하게 흑염을 쓰다듬으며 장녀 호설향에게 물었다.

"아빠! 자꾸 이러실 거예요?"

"뭐가 말이냐?"

"시집가기 싫다는데 왜 자꾸 그러시는 거냐구요?"

"네가 얼른 시집을 가야 네 동생들이 장가를 갈 수 있을 것이고, 그래서 후사를 이을 것 아니겠느냐."

"참 나, 어이가 없어서."

"너도 얼른 배필을 맞이해야지, 좀 더 지나면 골동품 취급을 받고 가고 싶어도 못 갈 수가 있느니라."

"어머, 점점. 그리고 말씀하셨으니까 하는 말인데, 왜 제 배필을 아빠가 마음대로 이놈 저놈 고르시는 거죠?"

"아비가 고른 녀석 중에 마음에 드는 자가 없더냐?"

"아휴, 그렇게 비리비리해서 신랑 노릇이나 제대로 하겠어요? 적어도 저보다는 이거, 이게 더 세야죠."

호설향이 불끈 주먹을 쥐어 보이며 흔들었다.

그런 딸의 모습에 호연웅은 어이가 없는지 고개를 푹 숙였다.

"에휴~ 막말로 너보다 센 사내놈이 북해에 있기는 하냐?"

"북해에 없다면 중원에라도 나가서 잡아와야죠."

호연웅이 벼락이라도 맞은 듯 벌떡 일어섰다.

"안 된다! 너의 그 지랄 맞은 성격으로 중원에 나갔다가는 큰일이 나. 절대 안 된다. 안 돼!"

그러나 그것은 호연웅의 바람이었을 뿐 자식을 이기는 부모가 어디 있으랴.

호설향이 중원으로 향하는 날, 호연웅은 북극빙성에 꺼져라 한숨을 내쉬었다.

자신보다 열 배는 더 막무가내인 딸이다.

게다가 성격은 또 얼마나 급한지 덤벙대기가 일쑤인 딸이다.

　　그리고 그런 딸은 둔 호연웅은 딸보다 강호를 더 걱정하고
있었다.
　　"휴~ 알아서 잘 버티겠지."

『북해군주』완결

장강삼협

長江三峽

조돈형 新무협 판타지 소설

『궁귀검신』, 『마도십병』, 『운룡쟁천』의
작가 **조돈형**
그가 장강의 사나이들과 함께 돌아왔다!

굽이쳐 흐르는 거대한 장강의 흐름 속에서
선혈처럼 피어나 유성처럼 지는 사내들의 향취!

장강삼협(長江三峽)!

하늘 아래 누구보다 올곧았던 아버지의 시신을 이끌고
고향으로 돌아온 유대웅을 기다리고 있던 것은
천오백 년의 시공을 뛰어넘은 패왕(霸王)의 무(武)와 검(劍)!

패왕칠검(霸王七劍)과 팔뢰진천(八雷振天)의 무위 아래
천하제일검(天下第一劍)으로 우뚝 설 한 소년의 일대기!

장강의 수류는 대륙을 가로질러
이윽고 역사가 된다!

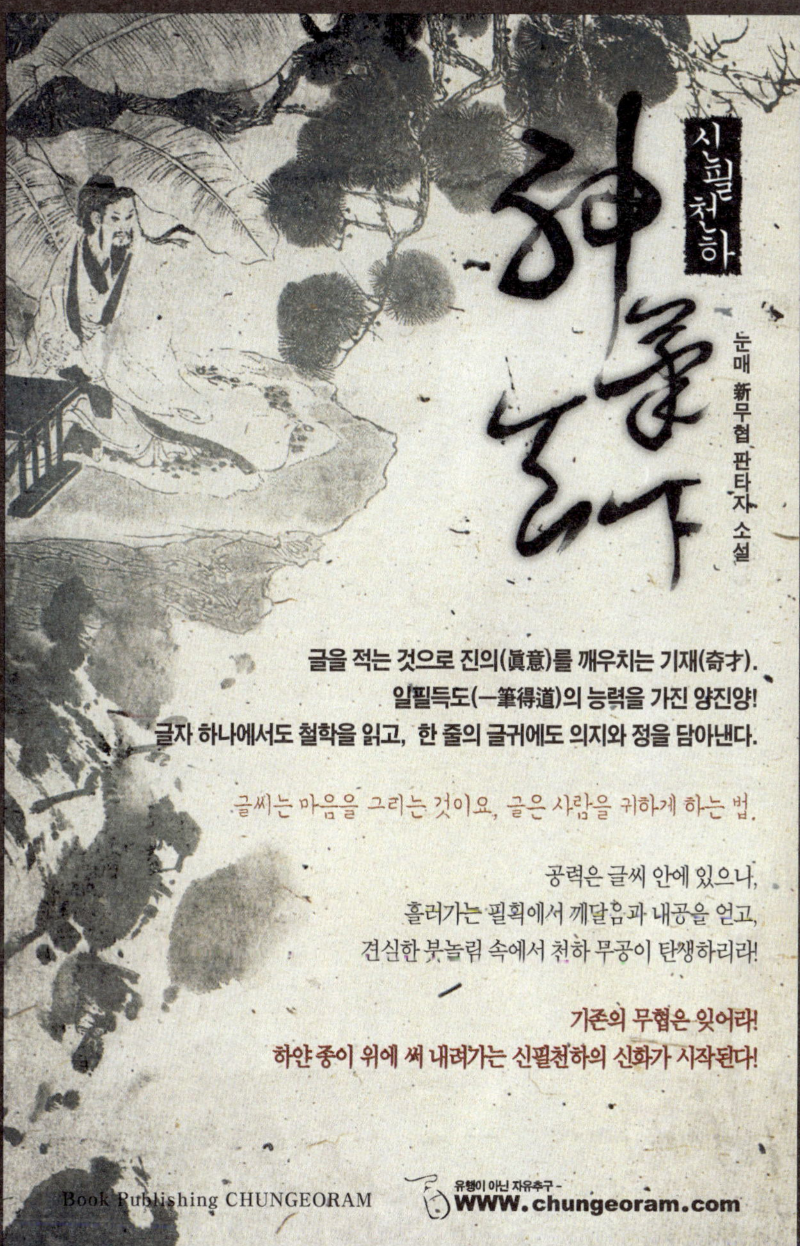